Papa et… chirurgien

*

Leur bébé surprise

ANNIE O'NEIL

Papa et… chirurgien

Traduction française de
MARIE-JOSÉ LAMORLETTE

BLANCHE

HARLEQUIN

Collection : Blanche

Titre original :
RISKING HER HEART ON THE SINGLE DAD

HARPERCOLLINS FRANCE
83-85, boulevard Vincent-Auriol, 75646 PARIS CEDEX 13
Service Lectrices — Tél. : 01 45 82 47 47

www.harlequin.fr

ISBN 978-2-2804-4381-4 — ISSN 0223-5056

1.

Kirri leva les yeux vers le haut gratte-ciel et esquissa un sourire rayonnant de plaisir. *Incroyable.* Son nouveau lieu de travail pour les six semaines à venir était carrément fabuleux.

Le centre d'innovations médicales, vu de l'extérieur en tout cas, était tout ce qu'elle avait espéré. Un imposant monument élevé à la médecine pionnière. Peut-être les médecins, ici, verraient-ils ce que son frère était incapable de voir. Les rêves *pouvaient* devenir réalité si elle travaillait assez dur pour cela.

Alors quelle importance s'il pleuvait à verse et si elle était trempée comme un rat ? Elle n'était pas ici pour paraître sexy. Elle était ici pour embraser son cerveau. Elle était à Atlanta, Géorgie, s'il vous plaît !

Ah… Le printemps. Humide et chaud. Quel contraste avec chez elle, à Sydney, où les gens hésitaient à mettre le chauffage ! Si tout se passait selon ses plans, ses recherches porteraient leurs fruits en même temps que les pêchers de Géorgie.

Hum… Elle inhala une grande bouffée d'air local. Complètement différent des brises salines de son pays. Son parfum était plus… floral. Jasmin ? Chèvrefeuille ? Elle avait six semaines pour le découvrir. Enfin, s'il lui arrivait de quitter le laboratoire. Compte tenu des « têtes » réputées qui y travaillaient, elle était sûre qu'il faudrait la traîner dehors quand sa période d'échange serait terminée.

Elle renversa encore la tête en arrière puis ouvrit les yeux tout grands sous la pluie. Par ce temps, on aurait vraiment dit que le toit de son nouvel immeuble de fonction chatouillait le ciel. Tout de verre et d'acier, l'édifice ultramoderne qui abritait le Pavillon Piedmont pour les femmes et les bébés semblait proclamer qu'il était dédié aux activités novatrices, aux idées d'avant-garde, à la médecine de pointe. C'était le genre d'endroit qu'il lui fallait. Du genre à se pincer pour y croire.

Souffrant encore du décalage horaire après son vol long-courrier et trop excitée pour dormir, elle était venue de bonne heure. Au lever du soleil. Et avec trois jours d'avance, qui plus est. Elle n'était pas censée commencer avant le lundi, mais qui avait besoin de temps pour s'installer quand on allait, comme elle, se lancer dans une ultime tentative pour prouver à son frère qu'elle avait eu raison depuis le début ?

Le soleil devait se coucher en Australie où Lucius, sans nul doute, tapait un mail furieux après l'autre. Ou fulminait en silence tandis que son génie médical continuait à éblouir leur liste de patients illustres. Elle n'avait pas, à strictement parler, éclairci les choses avec lui, et elle ne s'était pas attardée pour voir quelle serait sa réaction à sa « désertion ».

Elle avait couvert ses arrières. Mis en place des chirurgiens remplaçants en néonatalogie – tous avides de travailler avec le fameux Magicien australien des bébés. Être sa petite sœur était pratique, parfois. Mais la plupart du temps, cela l'était beaucoup moins. En ce moment, par exemple.

Si ses chances de le faire changer d'avis quant à l'arrêt de ses recherches étaient minces une semaine plus tôt, elles étaient nulles à présent. Son labo – son placard à balais, en fait – resterait sombre et désert pendant la durée de son absence. Le genre de recherches qu'elle menait n'était pas la tasse de thé du centre néonatal et de fertilité d'Harborside. Pourtant, il devrait l'être car mettre au monde des bébés en bonne santé était sa fonction première.

Elle résista à l'envie de consulter son téléphone et s'essuya les yeux pour contempler l'endroit qui lui avait offert une planche de salut en tant que chercheuse.

Elle plissa les paupières, gênée par la pluie qui s'intensifiait, tandis qu'un hélicoptère orné d'une croix rouge émergeait des nuages et commençait à descendre vers le toit. Son cœur s'emballa sous l'effet de l'adrénaline, comme chaque fois qu'elle était témoin d'une urgence médicale.

Elle ne l'admettrait jamais devant son frère, mais la concentration si aiguë qui accompagnait les opérations où vie et mort étaient engagées lui manquerait, pendant ces six semaines. La chirurgie le jour, la recherche le soir et une partie de la nuit. C'était sa vie et elle avait toujours aimé la mener ainsi.

Jusqu'à ce que Lucius décrète l'arrêt de son laboratoire de fortune.

L'invitation à venir ici pour se consacrer à la recherche était très bien tombée. Une chance inouïe de réaliser ses rêves ? Et comment !

L'hélicoptère disparut à sa vue en se posant sur le toit. Son regard s'abaissa vers l'étage situé au-dessous – son « chez elle » temporaire. Il était judicieux, se dit-elle, d'avoir installé le Pavillon Piedmont tout en haut de ce complexe médical d'excellence : les patients dont l'état était le plus critique pouvaient y accéder rapidement. Tout le monde avait dû convoiter cet emplacement de choix.

Cœur, poumons, oreilles, nez, gorge… Ce building abritait des spécialistes pour tout et tout le monde. Mais seul le Pavillon Piedmont se consacrait à la chirurgie et à la recherche fœtale et néonatale. Dans ses murs, elle pourrait affronter son cerveau à celui de quelques-uns des meilleurs experts mondiaux. Et elle ne pouvait attendre de le faire.

Son frère aurait dit que cette journée pluvieuse était mauvais signe, mais elle n'était pas de cet avis. Au-delà des nuages, le ciel de Géorgie devait être aussi bleu que celui de Sydney, et quand la nuit tomberait, elle aurait un firmament tout neuf au-dessus de la tête.

Juste comme elle allait pénétrer dans le hall de réception, un homme la dépassa en trombe et la heurta à l'épaule.

— Hé là, doucement ! Vous n'allez pas manquer le défilé !

Elle se tourna pour lui faire face et, ce faisant, perdit

l'équilibre. L'homme pressé tendit une main pour la stabiliser, l'autre tenant un parapluie.

Oh ! mon Dieu !

Il était plutôt plaisant. En particulier si « plaisant » signifiait beau à tomber, du type *latin lover* ou George Clooney en plus jeune.

— Je vous prie de m'excuser, madame. Est-ce que vous allez bien ? demanda M. Charme incarné.

Elle marmonna quelque chose. Elle ne sut pas très bien quoi. C'était sa faute, aussi. Il était si… Hum…

— Madame ? Est-ce que tout va bien ?

Kirri ouvrit la bouche, mais rien n'en sortit. Pourquoi ne pouvait-elle pas parler ? Elle était une chirurgienne de trente-sept ans hautement qualifiée, pour l'amour du ciel !

Elle essaya de nouveau. Rien. Zéro.

Si elle n'avait pas plongé les yeux dans son regard brun chocolat et n'était pas devenue toute molle à l'intérieur, elle aurait été parfaitement capable de lui dire qu'il pourrait regarder où il allait. Après tout, l'esplanade devant le centre médical ne grouillait pas de monde à cette heure matinale.

Oui, elle l'aurait rabroué. Vraiment. Sauf… qu'il était exactement son type d'homme.

Penser ces mots la ramena à la réalité. Elle *n'avait pas* de type d'homme. Plus maintenant, en tout cas. Et elle était bien trop occupée pour sortir et flirter, mais…

Elle aurait parié que M. Charme, ici présent, avait été un fort en thème, par le passé. Du genre à avoir des notes parfaites, à ne jamais se mettre dans les ennuis, à être nul en sport et à passer inaperçu aux yeux du sexe opposé. Un peu comme elle…

Athlétique, avec de beaux cheveux d'un noir d'ébène, semés de poivre et sel sur les tempes. Un visage pour lequel un mannequin se serait damné, une coquine petite fossette au milieu du menton et *ces yeux*. Couleur d'expresso, avec des paillettes dorées.

Il avait vécu. Elle pouvait le voir au petit éventail de rides au coin de ses yeux tandis qu'il les plissait. Ou peut-être se servait-il de sa vision spéciale aux rayons X pour s'assurer qu'elle allait bien. Ou pour voir son soutien-gorge. Dentelle bleu pervenche, s'il était intéressé. Et qui se dégrafait devant, s'il voulait plus de détails.

Il cligna des paupières. Quelque chose de très différent de la lubricité illuminait ces paillettes d'or.

Comme s'il la *reconnaissait.*

Elle n'aurait su dire comment ni pourquoi, mais il semblait voir directement jusqu'à son cœur.

Et puis, en un autre clin d'œil, il redevint un étranger.

Il fit un geste rapide de la main pour s'excuser, désigna le haut de l'immeuble, comme si cette direction expliquait pourquoi il était si distrait, et se tourna pour partir.

D'accord, mon ami. Nous avons tous des choses à faire. Mais... heureuse de vous avoir rencontré.

Comme s'il l'avait entendue, il fit demi-tour, lui tendit son immense parapluie de golf, puis déclara avec l'un de ces accents moelleux qu'elle n'avait entendu qu'à la télévision :

— Toutes mes excuses. Puis-je vous offrir ceci en compensation de ma grossièreté ?

Puis il disparut dans le building.

Miséricorde.

Une moitié de Kirri fut tentée de se précipiter dans l'immeuble et de se laisser coincer dans l'ascenseur avec lui pour le reste de la journée. Mais l'autre moitié – celle avec laquelle elle était beaucoup plus à l'aise – voulait... Non, éprouvait un besoin urgent de monter jusqu'à son nouveau laboratoire et de se mettre au travail. Vingt-quatre heures sur vingt-quatre et sept jours sur sept, si on la laissait faire.

Elle regarda la poignée du parapluie, troublée à la pensée qu'il l'avait tenue, puis les portes d'entrée du building. Tentant. Franchement tentant...

Son téléphone vibra dans son sac à dos en cuir et, malgré elle, elle le sortit pour regarder le message.

Oh ! flûte !

Le Magicien australien des bébés en personne lui donnait une belle semonce s'il fallait en juger par les mots en majuscules.

JE N'AI PAS DE NOUVELLES DE TOI ! ! !

Elle commença à répondre, comme la petite sœur disciplinée qu'elle était, puis, se rappelant qu'elle était une chirurgienne néonatale hautement respectée, effaça son message et choisit l'option bien plus adulte d'ignorer le tout.

Son père lui avait toujours dit que viser haut n'était pas encore assez haut. Eh bien, si presser le bouton d'ascenseur pour monter jusqu'à l'un des centres de recherche et de traitement les plus prestigieux du monde comptait pour quelque chose, elle était finalement arrivée au sommet.

Le Pavillon Piedmont pour les femmes et les bébés représentait le summum des soins néonataux dans l'hémisphère nord. À égalité avec son propre employeur, le centre néonatal et de fertilité d'Harborside, à Sydney. La principale différence était que son grand frère ne serait pas son patron, ici. Pas durant les six prochaines semaines. Grâce au mystérieux, à l'énigmatique Dr Ty Sawyer.

D'une manière quelconque, ce chirurgien néonatal de premier plan avait entendu parler de ses recherches et, par l'intermédiaire d'un de ses collègues, lui avait tendu une perche inespérée – un échange de chercheurs. Elle passerait six semaines dans sa clinique et, un peu plus tard, un de ses collaborateurs passerait six semaines dans la leur.

Cette offre lui avait fait l'effet d'une bouffée d'oxygène. Quarante-deux jours pour s'adonner à corps perdu à une rivalité fraternelle et remporter la mise. C'était cela ou rentrer piteusement chez elle et entendre Lucius lui rabâcher sans fin son échec.

Elle aurait moins de pression ici qu'à Sydney. Au moins, son frère était à vingt-cinq mille kilomètres. Elle savait qu'il était bien intentionné en voulant l'écarter de la recherche pour la ramener à la chirurgie, mais quelque chose de profond en elle avait besoin d'avoir raison. Elle pouvait être une pionnière dans les soins intensifs néonataux. La technologie de l'utérus biochimique était la clé. Même si cela avait l'air d'être de la science-fiction.

Bon ! Nouveau pays. Nouvelle clinique. Et une chance

unique de démontrer à son frère qu'elle ne poursuivait pas des chimères.

Elle savait dans ses tripes qu'elle possédait la clairvoyance scientifique nécessaire pour donner à de futures mères en difficulté l'espoir qu'un jour elles pourraient porter un bébé jusqu'à son terme. L'espoir et la science *pouvaient* aller de pair. Parfois, il suffisait de mettre quelques milliers de kilomètres de distance entre soi et les sceptiques pour en apporter la preuve.

Elle avança vers l'entrée, faisant de son mieux pour ignorer la nervosité qui la gagnait. Il n'y avait rien de tel que le présent, se rappela-t-elle. Et le présent, c'était maintenant.

— Tout va bien, docteur Sawyer ?

Ty leva les yeux de l'eau qui coulait dans l'évier de la salle de préparation et fronça les sourcils.

— Oui, très bien.

Il se retint d'ajouter : *Pourquoi cette question ?*

Peu de chose échappait à Amanda, l'une de ses infirmières obstétriciennes de haut niveau, et ce jour-là ne faisait pas exception. Il était encore ébranlé. Même si une poignée de minutes s'étaient écoulées entre le moment où il avait percuté cette femme au physique extraordinaire, devant la clinique, et maintenant.

De brillants yeux bleus qui semblaient éclairés par Hollywood… Une riche chevelure auburn trempée par la pluie qui lui arrivait au milieu du dos… Des lèvres de la couleur d'une rose satinée… Un blouson de cuir qui lui tombait jusqu'aux hanches… Une jupe qui ressemblait à un tutu, coupé dans de la toile de camouflage… Et, s'il ne s'était pas trompé, car il avait désespérément tenté de garder son regard rivé au sien, un T-shirt orné de kangourous en costume de parade.

Ces derniers avaient occupé une position gênante. Gênante pour quelqu'un qui essayait de maintenir un contact purement oculaire, en tout cas.

Mais peu importait, parce que ce qui ressortait de cette rencontre, en bref, c'était qu'il avait été attiré par elle. Et pas seulement sous la forme : « Oh ! qu'elle est jolie ! » Il s'était agi d'une attirance qui l'avait saisi tout entier, lui faisant ressentir une vraie secousse. Une secousse comme quand on rencontre une âme sœur. En d'autres termes, quelque chose qu'il pensait ne plus jamais éprouver. Pas depuis…

Enfin, il n'avait pas pensé qu'il expérimenterait de nouveau, un jour, cette sensation particulière.

Bien qu'il se lavât avec diligence et tentât de conserver ce qu'il espérait être son attitude habituelle, il sentait les yeux d'Amanda s'attarder sur lui. Puis, comme il ne réagissait pas, elle changea de tactique.

— Vous voulez que je vous redonne les détails de l'opération ?

— Si cela ne vous ennuie pas.

L'opération. La chirurgie. Exactement ce qu'il lui fallait pour détourner son esprit de ces yeux bleu saphir qui s'étaient connectés aux siens – lui donnant l'impression qu'il croisait le regard d'une amante perdue depuis longtemps. De la folie, étant donné qu'il n'avait eu qu'une seule amante dans sa vie, mais…

Il se frictionna de plus belle pour chasser cette pensée. Sa femme avait été son seul et unique amour. Ce qui s'était passé ce matin, quoi que ce fût, était une bizarrerie, sans plus.

Il jeta un coup d'œil à la salle d'opération vide, mais les transports d'urgence allaient amener la patiente d'une seconde à l'autre, maintenant. Il avait vu arriver l'hélicoptère.

Même s'il avait mémorisé tous les détails du cas, Amanda les lui rappela.

Mary Lingford était une femme enceinte qui vivait à cent soixante kilomètres d'Atlanta, d'où l'hélicoptère pour la transporter. À quarante-trois ans, elle présentait une grossesse à haut risque, car le bébé, un garçon, souffrait d'une malformation cardiaque congénitale, ce que son hôpital local avait découvert la veille lors d'un scanner de routine.

Un syndrome d'hypoplasie du cœur gauche, la plus courante

des affections mortelles. Environ un bébé sur cinq mille l'avait, et aucun ne survivait sans la chirurgie.

Il restait encore treize bonnes semaines de grossesse, aussi le bébé de Mary devait-il rester dans son ventre. Mais ce cœur avait besoin d'être réparé, et le Pavillon Piedmont était le meilleur endroit pour que ces deux exigences soient respectées.

Ty se tourna pour que l'infirmière de service noue les liens de sa tunique.

— Ont-ils fait une pré-anesthésie ? Je veux m'assurer qu'ils n'ont pas employé de drogues tératogènes. Provoquer accidentellement le travail à ce stade serait un cauchemar.

— J'ai appelé hier soir et encore il y a une heure, avant qu'ils la préparent pour le vol. Pas de pré-anesthésie. Ils laissent tout aux soins de notre équipe.

Ty sourit. Amanda veillait méticuleusement à tout. Spécialisée dans les accouchements, elle ne ferait sans doute qu'observer, et ils espéraient ne pas avoir besoin de ses compétences ce matin, mais c'était le protocole.

La sécurité des patients de Ty était capitale. Il allait là où la plupart des chirurgiens refusaient d'aller : directement dans l'utérus.

Amanda fit un signe de tête vers la salle d'opération où leur patiente était amenée.

— Apparemment, ils sont prêts.

Bien. Ty avait besoin de remettre ses œillères. Les œillères qui lui avaient permis de traverser le mieux possible les dernières années de sa vie : le travail, sa fille et sa grande famille. Telles étaient les trois composantes de son existence. Et aucune n'impliquait d'avoir des pics d'adrénaline lorsqu'il posait les yeux sur une parfaite inconnue.

Le téléphone sonna comme il entrait en salle d'op. Amanda répondit.

— C'est bon si le Dr West assiste à l'intervention ?

Ty leva les yeux, surpris.

— Elle est déjà là ? Et de si bonne heure ?

L'infirmière hocha la tête.

— Souffrant de jet-lag, à ce qu'il semble. Elle a dit qu'à son avis, si elle assistait à une opération, cela l'aiderait à comprendre la philosophie de la clinique. Aimeriez-vous une paire de mains supplémentaire ?

Il acquiesça.

— Pourquoi pas ?

Intéressant. Il savait que le Dr West était chirurgienne néonatale, comme lui, mais d'après son dossier, il avait pensé qu'elle serait plutôt une souris de laboratoire. Quelqu'un dont le monde tournait autour de microscopes, de lamelles et de boîtes de Pétri. Visiblement, il s'était trompé.

Bon. Il avait fait un bon choix. Elle lui plaisait déjà.

Amanda raccrocha. Après avoir salué sa patiente et lui avoir assuré qu'elle était entre les meilleures mains possible, Ty tourna son attention vers l'anesthésiste dont la tâche était très délicate dans un cas pareil.

— Chez nous, à Oz, nous essayons de réduire l'anesthésie au maximum. Trop risqué pour le bébé *et* la maman.

Tout le monde se tourna quand cette voix féminine à l'accent australien résonna dans la salle.

La poitrine de Ty se contracta tandis que son regard croisait une paire de brillants yeux bleus. La femme au parapluie ! Là, dans la salle de préparation. Lui rappelant de nouveau – ou rappelant à son corps, en tout cas – qu'il était toujours un mâle au sang chaud.

Toujours vigoureux et réactif, même après cinq ans pendant lesquels il avait été sûr que ses chances de nouer une relation avec une femme sur ce plan-là étaient mortes avec son épouse.

L'arrivante détacha les yeux des siens puis adressa un signe de la main au reste de l'équipe.

— Bonjour à tous. Désolée… Je sais que je ne devrais pas intervenir avant d'avoir été correctement informée, mais je présume que le but, ici, est de garder le bébé où il est.

C'était le Dr Kirrily West ?

Ty ne parvenait pas à le croire. Elle n'était pas la femme qu'il avait attendue. Certes, il n'avait pas vu de photo d'elle, mais… sérieusement ? L'inconnue au parapluie ? Et pourquoi parlait-elle des risques de l'anesthésie avant que la patiente, très stressée, ait été endormie ?

Il pressa doucement l'épaule de Mary et dit à voix basse :

— Nous avons une nouvelle chirurgienne qui va assister à l'opération, mais seulement comme observatrice. Pas de quoi vous inquiéter.

Mary hocha la tête en silence, le front plissé.

Puis Ty regarda de nouveau vers la salle de préparation, prêt à dire ce qu'il pensait à ce nouveau médecin.

Kirrily West ne portait plus son costume de motarde chic. Elle avait revêtu une tenue chirurgicale de Piedmont. Néanmoins, elle restait si sexy que la tunique et le pantalon standards paraissaient beaucoup plus intéressants à enlever qu'ils ne l'auraient dû.

Pourquoi diable n'avait-il pas regardé sa photo avant de donner son accord pour ce billet d'avion ?

Pas besoin d'être chirurgien pour le savoir. Il était très occupé, et l'apparence ne comptait pas lorsqu'il envisageait de faire venir des chercheurs de pointe susceptibles d'apporter une contribution inestimable à l'état de santé du fœtus.

Il se surprit à la fixer au lieu de la tancer, tandis qu'elle relevait ses cheveux d'une main, les tordait de l'autre et glissait la torsade auburn sous une coiffe chirurgicale bleue. Ce simple geste rendait bien trop facile d'imaginer quantité de choses qu'il n'avait pas lieu d'imaginer.

Une chevelure de soie… Une douce peau nue… Un gémissement à peine plus fort qu'un murmure…

Quel idiot ! Il aurait dû faire cette vidéoconférence avec elle plutôt que d'en charger son collègue, Mark.

Et pourquoi ? Parce qu'il aurait pu changer d'avis ? Décider qu'une femme avec un visage ravissant et des yeux saphir qui produisaient un effet bizarre sur son cœur ne valait pas qu'il lui consacre son temps, malgré son génie évident et sa passion pour les avancées en chirurgie néonatale ?

La science ne fonctionnait pas ainsi.

Il ne fonctionnait pas ainsi.

Tout de même… La beauté qui pivotait pour que l'infirmière de service ferme sa tunique n'était pas du tout la personne qu'il avait escomptée. Il avait supposé qu'elle serait… Eh bien, plus âgée, pour commencer. Sa connaissance approfondie de la chirurgie de reconstruction fœtale la mettait sur le même plan que des chirurgiens bien plus mûrs. Sa vision de ce qui pourrait être réalisé un jour dans le domaine des soins intensifs néonataux avait de quoi obtenir le prix Nobel. Si ses recherches aboutissaient, elle changerait la vie d'innombrables bébés prématurés.

Rien qui expliquât pourquoi il s'était attendu à une sorte de vieille bibliothécaire mal fagotée. Être intelligent n'était pas synonyme de manquer de séduction, mais…

Oh ! tout ceci était un désastre !

Kirrily West intervint de nouveau.

— Qu'en est-il de l'anesthésie ?

— Docteur Sawyer ? chuchota Mary en saisissant la main de Ty. Est-ce que ce qu'elle dit est vrai ? L'anesthésie peut être dangereuse pour mon bébé ?

Bon. Bien que seule une poignée de secondes ait passé, c'était une poignée de trop. C'était *sa* salle d'opération. *Son* intervention. *Sa* méthode de traitement.

Il regarda la belle Australienne et déclara d'un ton sec :

— Comme notre patiente Mary est éveillée pour le moment, il vaudrait peut-être mieux lui dire que nous ferons tout pour que son bébé ne risque rien au lieu de se focaliser sur ce qui n'a pas lieu de se produire.

Il ignorait comment on faisait les choses au-dessous de l'Équateur, mais ici, ils s'y prenaient en gens du Sud, courtois et attentionnés. C'est-à-dire avec beaucoup plus de professionnalisme et de tact, pour commencer.

Il s'adressa à son équipe et, surtout, à la patiente qui s'agitait visiblement.

— Comme toujours, Mary, notre priorité essentielle est la sécurité de votre enfant. Je ne dis pas qu'il s'agit là d'une opération de routine. Mais ce pavillon est le meilleur endroit où vous pouvez être opérée et tout a été pris en compte. En particulier, l'anesthésie.

Il résista à l'envie de lancer à sa collègue un regard lui rappelant que la prudence verbale était aussi importante que la prudence chirurgicale. Puis, les actes ayant plus de force que les mots, il pressa la main de Mary et la tapota d'un geste rassurant. Cette grossesse était très probablement sa dernière chance d'avoir un enfant, et il n'allait sûrement pas être le chirurgien qui la laisserait tomber.

— Le protocole est aussi sûr que peuvent l'être ces choses-là. Nous allons administrer des médicaments conçus spécialement pour éviter un travail prématuré.

Il regarda Kirrily West droit dans les yeux.

— Satisfaite, docteur ?

2.

Kirri inspira une bouffée d'air. C'était *exactement* le genre de chose pour lequel son frère l'aurait éjectée de sa salle d'opération : sauter sans regarder où elle mettait les pieds.

Elle appelait cela de l'innovation spontanée. Lui, de l'impulsivité incontrôlée. Jusqu'ici, elle avait pensé qu'il y avait un peu des deux. Mais là…

Bonté divine, comment n'avait-elle pas remarqué que la patiente était encore éveillée ?

Facile. Elle fonctionnait à l'adrénaline et voulait en mettre plein la vue au beau médecin. Au moins, le Dr Ty Sawyer – le chirurgien qui dirigeait le Pavillon Piedmont et son bienfaiteur – n'était pas là. Cet impair aurait été irrécupérable.

Malgré tout, elle se demandait si elle aurait pu faire une pire première impression.

Probablement pas.

C'était ce qui arrivait lorsqu'elle voulait briller comme une adolescente, espérant que son côté « fort en thème » séduirait ce chirurgien de pointe et que, peut-être, elle et son sauveur au parapluie auraient un avenir heureux ensemble…

Bon sang.

Si elle n'avait pas porté un masque et une coiffe, elle se serait tapée sur le front.

— Je peux toujours me joindre à vous ? demanda-t-elle, penaude.

— Pour observer seulement, fut la réponse laconique.

Normal.

Elle avait été trop avide de plaire. Trop pressée de prouver qu'elle valait l'investissement. Et elle ne parlait pas seulement du vol en classe affaires, mais du fait qu'on lui donnait accès à l'un des laboratoires de recherche les plus performants du monde, à un formidable appartement sur parc au centre d'Atlanta et à six précieuses semaines loin de son frère pour donner à son projet une impulsion finale avant de décider si elle lâchait ou non l'affaire.

Réaliser un rêve pour compenser la perte d'un autre rêve était la façon dont elle avait fonctionné ces dernières années.

Elle passa les mains sur son ventre plat, puis les laissa retomber.

C'est bon. Assez de tous ces sentiments.

Se ressaisissant, elle entra dans la salle d'opération. Qui que fût ce médecin, elle ne l'avait pas ébloui, loin de là, et il avait probablement l'oreille de Ty Sawyer. Aussi devait-elle le faire changer d'avis sur elle. Sinon, elle n'aurait même pas à défaire ses bagages.

Elle se tint sur le côté pendant que le médecin aux yeux chocolat parlait encore à sa patiente puis à l'anesthésiste. Il était calme, encourageant, capable. Et il impressionnait Kirri, ce qui n'était pas facile.

Puis il fut prêt à commencer.

S'il n'opérait pas le bébé, le côté gauche de son cœur, une fois qu'il serait né, ne pourrait pas envoyer du sang riche en oxygène au reste de son corps. L'intervention était la seule option.

— Où voulez-vous que je me place, docteur ?

Kirri parcourut le petit groupe des yeux. Il y avait trois femmes et trois hommes, tous en tenue. Un seul avait des yeux qui faisaient battre son cœur plus vite. Elle détourna son regard de lui et remarqua un homme qui avait plus de cheveux gris que les autres. Pouvait-il s'agir du Dr Sawyer ?

Une infirmière indiqua d'un signe de tête un endroit juste en face du chirurgien aux superbes yeux bruns.

— Le Dr Sawyer aime que son assistant se tienne là.

Pardon ? Le beau chirurgien était le Dr Sawyer ?

Oh ! catastrophe ! De quoi tourner les talons et sauter de nouveau dans l'avion.

Elle se reprit. Une femme qui partait à l'autre bout du monde pour prouver à son frère qu'il se trompait devait probablement étudier les choses d'un peu plus près.

Elle n'aurait pas refusé de faire ce voyage même si elle avait vu sa photo, se dit-elle. Après tout, quantité d'hommes fantastiques franchissaient les portes de leur clinique, à Oz. Avec, à leur bras, une femme superbe qui avait retardé le moment d'avoir un enfant pour favoriser sa carrière.

Ces gens-là avaient de la chance. Ils pouvaient repousser une naissance au lieu de passer leur vie entière en sachant que ce ne serait jamais une possibilité pour eux.

Kirri chassa ces pensées. Elle n'était pas là pour songer à ceux que son frère pouvait aider avec sa baguette magique dans le domaine de la fertilité. Elle était là pour prendre un nouveau départ.

Et le médecin aux yeux chocolat était son nouveau patron.

D'accord. Très bien. Ce n'était pas parce qu'il provoquait toutes sortes d'effets bizarres dans son ventre qu'elle ne pouvait pas se ressaisir et se concentrer.

Prenant une grande inspiration pour se calmer, elle observa tandis que la magie de la chirurgie commençait.

Quelques heures plus tard, elle relâcha son souffle.

Regarder Ty Sawyer au travail était stupéfiant. Habileté et finesse associées dans un incroyable talent. Pas étonnant que les gens se pressent dans sa clinique.

Après avoir jeté un bref coup d'œil dans sa direction, il était parti avec sa patiente en salle de réveil. Maintenant il était de retour, portant une tenue propre. Vert foncé. Un beau contraste avec sa peau mate. Il avait l'air d'avoir des origines latines, ce qui expliquerait ses brillants cheveux noirs et ses épais cils sombres…

Croisant à peine le regard de Kirri, il lui fit signe de le suivre.

D'accord. Elle supposa qu'ils n'allaient pas échanger les

banalités habituelles. *Comment allez-vous ? Enchantée de vous connaître. Désolée pour tout à l'heure.*

Mais bon, il lui avait bel et bien donné un parapluie. Si elle le lui rendait, ce geste réchaufferait peut-être l'atmosphère glaciale qui le faisait marcher deux pas devant elle, tandis qu'ils longeaient à toute allure le couloir menant à un escalier.

— Comment vont la maman et le bébé ? demanda-t-elle, en courant un peu pour le rattraper.

— À peu près comme quand vous les avez vus tout à l'heure. Comme vous avez pu le constater, l'intervention s'est bien passée, et le pronostic est bon. Son fils devra sans nul doute subir d'autres opérations plus tard, mais pour le moment, c'est une vie sauvée.

Elle laissa les mots se mettre en place dans sa tête. Ce qui fut assez facile car elle adorait l'accent géorgien. Surtout lorsqu'il sortait de la bouche d'une certaine personne.

Une bouche très belle, maintenant qu'elle pouvait la voir sans son masque. Sensuelle. Et fermée par un léger pincement qu'elle se voyait très bien forcer de la langue…

Euh… Non, elle ne pouvait pas imaginer une chose pareille !

Elle obligea son esprit à revenir dans une zone plus neutre tandis qu'ils dévalaient l'escalier pour ouvrir une porte qui donnait sur un autre couloir. Cet étage, plus tranquille que l'étage chirurgical au-dessus, était visiblement destiné aux chercheurs.

Son cœur accéléra sa cadence alors qu'elle courait de nouveau pour rattraper Ty Sawyer. Et une idée lui vint.

— Vous n'auriez pas l'échographie cardiaque du fœtus, par hasard ? Celle à partir de laquelle on a posé le diagnostic ?

Il ralentit son allure.

— Elle est dans le système informatique de la clinique. Pourquoi ?

Elle haussa les épaules.

— Je suis fana de ce genre de truc.

Elle lui jeta un regard qu'elle voulut amusé, puis balança toute prudence par-dessus bord. Elle s'était déjà comportée comme une idiote devant lui et serait sans doute renvoyée à Oz d'ici la fin de la journée, alors pourquoi ne pas y aller carrément ?

— J'ai une sorte de collection.

— D'échographies cardiaques ?

— Oui. La malformation la plus précoce que j'ai diagnostiquée était à quinze semaines, répliqua-t-elle, pas peu fière.

Il émit un sifflement.

— C'est tôt.

Elle ne put retenir un grand sourire, flattée d'avoir été la première à le faire.

— Je sais. Je pense que j'ai eu de la chance. En tout cas, je possède des ultrasons prénataux pour à peu près tous les jours de la gestation et pour toutes sortes de cas. Pour moi, cela peut être intéressant.

— Très bien. Mais d'abord…

Et voilà. Elle allait avoir droit à la semonce qu'elle méritait pour avoir mis les pieds dans le plat en salle d'opération.

Ty s'arrêta devant une porte et croisa les bras, sourcils froncés.

— À l'avenir, si vous assistez à une opération – et ce n'est pas garanti —, il est important que vous respectiez la hiérarchie. À commencer par moi.

Dans le silence qui suivit, Kirri se retint de justesse de lever les yeux au ciel. Le chirurgien mâle dans toute sa splendeur… Oui, elle avait fait une bêtise, mais elle avait quelques cordes à son arc dans le domaine de la chirurgie. Dieu merci, elle allait être une souris de laboratoire durant ces six semaines car elle ne pourrait supporter d'être méprisée en salle d'opération, que son patron soit hyper sexy ou non.

— Parfait !

Ty fit claquer ses mains, comme s'il était soulagé d'avoir terminé son savon, et l'observa, tel un général jaugeant un soldat avant de l'envoyer au front.

— Permettez-moi de vous montrer votre laboratoire, docteur West.

— Ah non, alors. « Docteur West » est trop solennel pour

moi ! dit Kirri en riant, même si le regard de Ty, entre ses paupières plissées, avait quelque chose d'incisif.

— Appelez-moi Kirri, ajouta-t-elle. C'est moins laid que Kirrily.

Ty trouvait joli ce prénom, qui lui évoquait les trilles d'un oiseau. Mais il s'en voulait d'avoir trop parlé. Ce n'était pas son style. Rien de ce qu'il faisait en présence de cette femme n'était son style.

— Parfait ! répéta-t-il en faisant de nouveau claquer ses mains. Nous allons vous mettre au travail.

Il se morigéna mentalement tandis qu'il l'introduisait dans le laboratoire. C'était peut-être lui qui devait garder la bouche close. Il avait bien vu comment les yeux de Kirri avaient flambé quand il avait fait son discours ridicule sur la hiérarchie.

Regarder Kirri se présenter à l'équipe de chercheurs fut comme voir un pêcher surgir du sol et fleurir sous ses yeux. Elle mettait de la vie là où il n'avait pas imaginé que c'était possible.

Non pas que son équipe ne fût pas fantastique. Elle l'était. Son dur travail et son savoir-faire scientifique étaient à l'origine de nombre de « miracles » médicaux. Simplement, elle était... *silencieuse.*

— Bonjour.

Kirri tendit la main avec un sourire rayonnant à l'un des chercheurs en blouse blanche, Malachy. Cet homme d'un certain âge était très intelligent et terriblement timide.

— Heureuse de vous rencontrer. Je suis Kirri. C'est le diminutif de Kirrily qui fait un peu trop fifille pour moi, non ?

Elle passa les mains sur sa tenue chirurgicale comme si elle était un garçon manqué, et non un modèle de pin-up pour un calendrier des années 1950. Puis, sans attendre la réponse, elle passa à la personne suivante. Malachy hocha la tête avec un sourire ébloui, visiblement aussi captivé que José, qui restait bouche bée. Quant à Nathan, il essuyait ses lunettes, probablement couvertes de buée. Tous n'avaient clairement pas l'impression qu'elle était un garçon manqué.

Toutes sortes de sentiments malvenus dansaient la sarabande dans la poitrine de Ty tandis que Kirri faisait le tour de la salle, ses yeux bleus se tournant nerveusement vers lui de temps à autre. Ce qu'il n'appréciait pas trop. Certes, elle avait fait un peu de gâchis en salle d'op, mais il avait pu arranger les choses. Donc pas de quoi se montrer glacial et fermé. Il n'était pas dans sa nature d'être aussi froid, et il savait déjà que ses infirmières allaient le sermonner pour ne pas avoir accueilli plus aimablement la nouvelle arrivante.

À part quand elle était avec lui, elle ne semblait pas du tout timide. Elle demandait aux gens qui ils étaient, sur quoi ils travaillaient et si elle pourrait lire leurs études.

C'était le typhon Kirrily en action. Pas étonnant qu'il se soit senti pris de court lorsqu'elle avait surgi dans sa salle d'opération avec toute cette vitalité. Elle lui avait rappelé le chirurgien qu'il était autrefois. Débordant d'enthousiasme, avide de faire non seulement bonne impression, mais la *meilleure* impression possible, et blessé quand on le remettait à sa place.

Elle était venue ici pour chercher ce qu'il avait voulu lorsqu'il avait créé le Pavillon Piedmont avec son cofondateur : un endroit où imaginer l'impossible était encouragé.

Il passa une main dans ses cheveux et se massa énergiquement la nuque. Il avait eu tort de se montrer si coupant. De réprimer la passion évidente de sa collègue pour la médecine. C'était soit l'envie, soit cette attirance irrépressible qui l'avait fait se conduire comme un goujat. Ou les deux. Une pilule pas facile à avaler, surtout quand il pensait que cela allait durer six semaines.

Il jeta un coup d'œil dans le couloir, vers l'escalier. Il avait une belle brochette de patients sur son tableau de service, aujourd'hui, mais comme tout le monde était habitué à le voir absorbé par son travail jusqu'à ce qu'il parte rejoindre en fin d'après-midi la fille de sa vie, la journée ne serait pas différente des autres.

Sauf qu'elle l'était déjà.

Il avait donné son parapluie à une parfaite inconnue parce qu'il avait éprouvé quelque chose qu'il pensait ne plus jamais ressentir. Une connexion avec une femme. Il y avait eu dans les yeux de Kirri quelque chose qui l'avait touché. Il ne pouvait mettre le doigt dessus, mais cela avait eu un goût d'espoir.

Il regarda par la fenêtre, au-delà des frondaisons de Piedmont Park, et se représenta sa petite fille se balançant aux barres de la cage à poules ou glissant sur le toboggan dans la cour de son école. Tallulah, six ans. Intrépide. Une vraie pile électrique. Elle avait un surnom, elle aussi : Lulu. Non pas qu'avoir un surnom signifiât quoi que ce fût. Ni que c'était un signe.

« Tu le sauras, mon cœur. Cela prendra peut-être un moment, mais tu le sauras. Et pour l'amour du ciel, quand la foudre tombera, fais quelque chose. Le genre de magie qui a été la nôtre arrive rarement deux fois. »

Les paroles de sa femme le frappèrent en plein plexus solaire. C'était la première fois depuis des années qu'il se les rappelait. Il se les était repassées en boucle lorsqu'elle était morte – surtout parce que l'idée qu'il trouverait quelqu'un à aimer comme il l'avait aimée paraissait impossible. Et, le temps passant, il en était venu à penser qu'elle s'était trompée.

Il ne retrouverait pas l'amour. Jamais.

Gemma avait été l'amour de sa vie. Le cancer l'avait emportée cinq ans auparavant, et le seul amour qu'il connaissait maintenant était celui, farouche et protecteur, qui existait entre un père et sa fille. Avec l'amour de sa famille, bien sûr.

Après la mort de Gemma, ses quatre sœurs et ses parents avaient pratiquement emménagé avec lui. Peu à peu, ils l'avaient laissé avec Lulu, mais ils se rendaient toujours si souvent visite que c'était presque comme s'ils vivaient ensemble.

Les aimer était suffisant. Plus que suffisant. Au cours de ces cinq dernières années, en tout cas. Il n'était pas aux prises avec un typhon, juste une averse de printemps inattendue. Tendre un parapluie à une femme trempée par la pluie n'était pas vraiment le début d'une marche nuptiale.

— Qu'en pensez-vous, docteur Sawyer ?

Ty regarda de nouveau dans la salle et se rendit compte que la moitié des chercheurs – et en particulier Kirri – le contemplaient fixement.

— Excusez-moi. Quelle était la question ?

Kirri eut un rire embarrassé en regardant les autres.

— Vous voyez ? Ne vous ai-je pas dit que je ne cesse de mettre ce pauvre homme mal à l'aise ?

Puis elle se tourna vers lui.

— Je leur disais que j'étais trempée comme un rat quand je vous ai rencontré et que vous avez été le prince charmant incarné.

Elle se mordilla fortement la lèvre puis, comme il ne disait rien, elle continua :

— Allons, aidez-moi. Je suis en train de m'enfoncer. Vous savez bien…

Elle rosit légèrement.

— Le parapluie ? Cela a été la cerise sur le gâteau.

— Quel gâteau ?

Maintenant, Ty était carrément perplexe.

— Votre offre de rejoindre votre équipe de cerveaux pour les six prochaines semaines !

Pour elle, cela semblait être la réponse la plus évidente au monde. Il ne dit toujours rien.

— Bon ! Ma tendance à jacasser comme un moulin à paroles a visiblement besoin d'être réprimée.

Elle se frotta les mains.

— Et maintenant, si quelqu'un m'indiquait une place pour que j'y installe mon utérus ?

Ty en profita pour s'en aller sans un mot.

Kirri regarda en battant des cils l'endroit occupé par Ty un instant auparavant.

Hum… D'accord…

— Est-ce qu'il fait toujours ça ?

— Quoi, mon chou ? demanda Gloria, une Afro-Américaine merveilleusement chaleureuse, à l'accent traînant.

— Disparaître de cette manière.

Avant qu'il parte, elle avait espéré pouvoir s'excuser de s'être conduite comme une idiote en salle d'op. Et pour le commentaire sur le Prince charmant. À ce rythme, elle aurait bientôt une longue liste de bavures à se faire pardonner.

Gloria balaya l'air de la main.

— Oh ! ne vous inquiétez pas pour lui, mon chou. Il est ravi de vous avoir ici… C'est juste qu'il est timide.

— C'est une façon de le présenter, dit l'un des hommes en blouse blanche d'un ton sceptique.

— Il n'est pas timide, il était simplement distrait, précisa un autre.

— Il avait probablement une intervention, intervint un troisième. La salle d'op est prise d'assaut, aujourd'hui.

Puis la conversation partit dans toutes les directions, jusqu'à ce que tous les chercheurs du laboratoire – une huitaine – se retrouvent à fixer la porte dans un silence consterné. Un silence que seule Gloria eut le courage de rompre.

— Vous savez quoi ? Je ne l'ai jamais vu comme ça.

— Comme quoi ? demanda Kirri, amusée par l'incident, même s'il était assez blessant pour elle.

Mais, pour elle, glaner de précieux commentaires sur son nouveau patron valait son pesant d'or.

— Privé de l'usage de la parole, dit Malachy.

Gloria acquiesça.

— Il n'est pas exactement bavard même quand tout va bien, intervint une autre femme, Leigh, en faisant rouler sa chaise vers une batterie de tubes à essai. Mais c'est vrai. Normalement, il n'est pas aussi… *muet*.

Elle haussa les épaules en penchant la tête sur un microscope.

— Il a peut-être beaucoup de choses à l'esprit. La semaine a été chargée, et la prochaine va être encore pire, à en croire Stella.

— Qui est Stella ? demanda Kirri.

— Une infirmière en chirurgie, répondirent-ils en chœur.

— Elle était probablement avec vous aujourd'hui, déclara l'un d'eux.

Elle allait les interroger sur les interventions que Ty allait réaliser quand Gloria tapota le bureau.

— Si vous posiez votre sac ici afin que nous puissions vous faire faire un tour du laboratoire ? Nous sommes tous très excités à l'idée d'en savoir plus sur vos recherches. Et bien sûr, nous voulons vous montrer notre bébé.

Kirri eut un grand sourire.

— Vous voulez dire l'imprimante 3D ?

Gloria sourit elle aussi jusqu'aux oreilles.

— Nous pensions bien que vous n'aviez pas parcouru la moitié de la Terre pour regarder dans des boîtes de Pétri.

Kirri éprouva aussitôt un sentiment de camaraderie avec le groupe. Les boîtes de Pétri avaient leur place dans le monde de la recherche, mais les imprimantes 3D ? Elles offraient une ouverture inégalée sur la médecine moderne.

Elle ôta son sac à dos et eut un grand sourire en contemplant la salle.

— Je ne peux pas croire que je suis vraiment ici.

— Le Dr Sawyer est un champion de la médecine innovante, dit Nathan. C'est un vrai chevalier revêtu d'une armure étincelante, dans ce domaine, en tout cas.

Puis il se tourna vers sa table pour se mettre à griffonner nerveusement. Gloria secoua la tête en riant.

— Ne vous inquiétez pas. Vous vous habituerez vite à nous tous. Allez, mon chou, si nous allions prendre une tasse de café ou de thé ? Et vous pourrez tout me dire sur votre fameux sac à faire pousser les bébés.

Kirri renversa la tête en arrière en éclatant de rire.

— C'est une superbe façon de le décrire. C'est bien mieux que de le présenter comme un utérus sur une puce.

Elles sortirent du laboratoire pour se rendre dans une petite cuisine où du café était en train de passer.

— Et ça n'a rien à voir avec la technologie de l'utérus artificiel ? demanda Gloria.

— Non, même si j'emploie parfois ce terme pour mieux

me faire comprendre. Vous savez aussi bien que moi, j'en suis sûre, que certains éléments de cette technologie font l'objet de débats éthiques et moraux qui ne seront pas réglés avant des années, probablement des décennies. C'est pourquoi s'en tenir à des éléments purement biochimiques pour aider des bébés prématurés à survivre semble être la façon la plus rapide d'avoir un impact.

Gloria lui lança un regard de côté.

— Mais vous ne vous attendez pas à faire une avancée majeure au cours des prochaines semaines, n'est-ce pas, ma douce ?

— Oh ! non, dit Kirri, mentant sans vergogne. Je suis juste ici pour déployer mes ailes.

Et pour faire une découverte capitale.

C'était la seule façon pour elle d'attirer l'attention sur son propre laboratoire de recherche assez primitif et d'obtenir des financements quand elle serait de retour à Oz.

— Bonne façon de voir, commenta Gloria en prenant deux mugs dans le placard. Le Dr Sawyer soutient vraiment cette approche. Sa spécialité est la chirurgie, bien sûr, mais il défend à fond l'innovation ; il y croit très fort.

— Pour une raison particulière ?

Gloria la regarda comme si elle n'avait pas toute sa tête.

— C'est *le* médecin de pointe ! Il l'est devenu par lui-même en prenant des risques énormes que peu de médecins voudraient prendre. Il veut aider les gens capables de voir une réalité que les autres personnes ne peuvent pas voir. Il y a une queue d'un kilomètre de long pour travailler dans ce labo. Vous êtes chanceuse d'avoir été sélectionnée par l'œil de lynx de Ty.

Intéressant… Ainsi, Ty était un chirurgien dissident ? Après l'avoir observé ce jour-là, elle comprenait qu'il était hautement entraîné aux techniques chirurgicales d'avant-garde. À tel point qu'elle brûlait d'apprendre de lui. De voir le monde de la chirurgie fœtale à travers ses yeux.

Gloria lui tendit un mug.

— Alors, parlez-moi de ce sac à faire pousser les bébés.

Kirri eut un grand sourire.

— Eh bien, d'abord, j'adopte cette appellation. Voyons voir… Imaginez un environnement semblable à un utérus imprimé en 3D, contenu dans une puce à culture cellulaire microfluide qui remplacerait un incubateur.

Gloria hocha la tête.

— Bien… Et comment expliqueriez-vous cela au profane ?

Kirri but une gorgée de café tout en réfléchissant.

— Le sac à faire pousser les bébés va révolutionner les taux de survie dans le cas de naissances prématurées et améliorer la santé des mères enceintes.

Gloria acquiesça d'un air satisfait.

— Je suis impatiente de faire partie de cette aventure. Bienvenue à bord, Kirri, ajouta-t-elle en trinquant avec elle. Puissent vos recherches être fructueuses. Et ne vous préoccupez pas du Dr Sawyer. Il a toujours la tête d'un côté ou de l'autre. Sauf quand il opère, bien sûr. Là, il est votre homme.

Après lui avoir décoché un petit clin d'œil, elle repartit dans le couloir comme si elle connaissait un secret qu'elle n'était pas encore prête à révéler.

« Votre homme. »

L'expression résonna dans la tête de Kirri, associée à un sentiment de nostalgie étrangement fort.

Elle avait eu un homme à elle six ans auparavant, environ. Un homme avec qui elle avait pensé passer le reste de sa vie… Jusqu'à ce qu'il la laisse tomber comme une vieille chaussette.

Il voulait des enfants, et elle avait attendu trop longtemps pour lui dire qu'elle ne pourrait jamais lui en donner. Lorsqu'elle l'avait finalement fait, elle avait eu l'impression qu'il avait actionné un interrupteur sur son cœur, qui était devenu d'un froid glacial.

Pour la première et dernière fois de sa vie, elle s'était abaissée à supplier quelqu'un. Elle avait dit qu'elle était prête à faire n'importe quoi pour que leur relation continue. Adopter, faire une FIV, recourir à une mère porteuse. Mais il s'était emporté et lui avait lancé qu'elle ne serait *jamais* capable d'être un parent. Pas avec son besoin compulsif de rivaliser avec son frère au plan professionnel.

Il avait dit cela comme si vouloir être la meilleure était une mauvaise chose ! Comme si égaler son frère était un rêve impossible. Par ailleurs, il avait su que ce commentaire cruel parlerait à la petite fille en elle, qui savait qu'elle ne contenterait jamais son père.

Elle but une autre gorgée du café brûlant et, tandis qu'elle retournait au laboratoire, elle tenta de faire disparaître les vagues de vide bien trop familières qui s'attardaient en elle.

Il ne servait à rien de remuer le couteau dans la plaie. Son rôle dans la vie, maintenant, était d'aider d'autres femmes qui *pouvaient* avoir des bébés. Des femmes en mesure de mener l'existence qu'elle avait toujours imaginée pour elle-même, et la seule manière d'y arriver et de survivre était d'être au top dans sa partie.

3.

Trois jours plus tard, Kirri ouvrit enfin les yeux à une heure correcte le matin. L'arôme de café qui passait y était peut-être pour quelque chose. Ah, les cafetières électriques programmables !

Hormis le fait qu'elle s'était complètement humiliée devant Ty le premier jour, elle adorait sa nouvelle vie à Atlanta. La liberté de ne pas être considérée avant tout comme la petite sœur de Lucius West lui donnait des ailes. Partout où elle allait, elle était simplement une fille dans la foule. Une nana en blouse blanche. Personne à qui prouver quoi que ce soit… Sauf à un superbe médecin aux yeux sombres.

Elle avait *beaucoup* à prouver au Dr Ty Sawyer qui avait investi une belle somme d'argent sur elle. Sur son cerveau, en tout cas… Non pas qu'il l'ait supervisée au laboratoire car elle l'avait à peine vu après sa gaffe du Prince charmant. Mais il y avait eu le week-end et certaines personnes avaient une vie privée.

Certaines personnes ont quelqu'un à aller retrouver.

Elle chassa cette pensée et se recentra. Elle n'était pas ici pour fantasmer, mais pour travailler.

En parlant de travail… Elle jeta un coup d'œil à son réveil. Il était temps de se lever.

Le magnifique appartement que la clinique lui avait fourni était un super endroit. L'immeuble était tout en verre et en acier, un peu comme le centre d'innovations médicales, et l'appartement en angle offrait des vues sublimes sur le centre d'Atlanta et au-delà. Une vraie publicité pour la grande ville du Sud. Des levers et couchers de soleil fantastiques… Le cadre verdoyant de Piedmont Park en plein cœur d'Atlanta…

Non pas qu'elle ait vu grand-chose du centre, pour l'instant, ayant passé le week-end à remplir sa promesse de lire tous les projets du labo. Il allait être fascinant de travailler dans cet endroit dévolu à l'exploration des domaines du développement fœtal et au-delà, leurs recherches très pointues offrant une meilleure chance de survie aux nouveau-nés prématurés.

Elle but une gorgée de café brûlant puis regarda par la fenêtre vers la clinique et poussa un soupir mélancolique.

Aucun doute. Ty Sawyer lui avait causé un choc. Au sens propre comme au figuré. Parce qu'elle s'était comportée comme une idiote, pas étonnant qu'il ait fui le labo.

Son côté rationnel lui conseillait d'oublier cette vexation. S'il ne s'était pas assis avec elle pour parler de ses recherches, où était le problème ? Ne pas vérifier ce qu'elle faisait montrait qu'il avait confiance en elle, qu'il la jugeait capable de travailler seule. C'était une preuve de pragmatisme.

Ou la preuve qu'il était horrifié de l'avoir engagée…

Mais tout de même… Si les rôles avaient été inversés, elle savait qu'elle l'aurait invité à un barbecue, ou à une visite guidée des principales curiosités de Sydney, ou qu'elle lui aurait au moins offert un verre d'un excellent vin australien pour rompre la glace.

Peut-être ne veut-il pas rompre la glace. As-tu pensé à ça, Kirri ?

Elle se repassa en boucle les scènes de leurs brèves rencontres.

Il y avait eu quelque chose quand leurs yeux s'étaient rencontrés pour la première fois. Une connexion immédiate. Une réaction crépitante quand leurs doigts s'étaient frôlés, au moment où il lui avait donné le parapluie. Mais elle avait pensé la même chose de son ex. Elle avait cru que la connexion qui vibrait entre eux signifiait qu'ils pourraient vaincre toutes les tempêtes.

Posant son café, elle but une gorgée de smoothie glacé.

Le breuvage à illusions.

Son frère employait cette expression lorsqu'elle apparaissait, les yeux battus, après une autre longue nuit au labo, tenant un smoothie vert qu'elle associait avec un double expresso.

Tu t'y prends de bonne heure pour détruire tes illusions, hein ?

Il n'avait pas tort, et elle savait qu'il ne voulait pas se montrer sarcastique. Il désirait qu'elle se concentre sur le travail pour lequel elle était payée : la chirurgie néonatale. Ce qu'elle faisait quand elle la pratiquait. Le reste du temps, elle se terrait dans le labo qu'elle avait installé dans un placard, essayant de concurrencer tous les énormes centres de recherche qui essayaient eux aussi de créer des sacs à faire pousser les bébés.

Ou, d'après son frère, laissant sa vie lui passer sous le nez.

Jusqu'au moment où elle avait embarqué dans l'avion pour Atlanta, son existence quotidienne avait été ponctuée par la chirurgie pour contenter son frère, de recherches pour se contenter elle-même et de sommeil parce qu'il fallait bien dormir un peu.

Il lui arrivait de manger ou de sortir avec des collègues, de temps en temps. Les rendez-vous galants étaient rares. Ce qui était un autre problème parce qu'elle ne voulait pas avoir un enfant toute seule. Elle voulait tout : le mari attentionné, la jolie petite maison avec un barbecue, un pommier avec une balançoire, une cabane dans un arbre pour les enfants…

Elle se frappa la tête du plat de la main. Son frère avait raison. Elle avait eu sa dose de breuvage à illusions et montrait peu de signes d'amélioration.

Créer un utérus biochimique qui fonctionnerait correctement n'était pas seulement un rêve fou. Ce projet lui rappelait constamment la chose qu'elle ne possédait pas : un utérus à elle.

Elle pouvait plaisanter et porter des vêtements de fille libérée, parfois boire une tequila de trop, mais les faits restaient les mêmes. Mère Nature l'avait oubliée quand elle avait distribué l'équipement à faire des bébés et cela lui brisait le cœur.

Le syndrome de Mayer-Rokitansky-Küster-Hauser était une occurrence rare. Elle était née avec des ovaires, des ovules et des hormones féminines, mais pas d'utérus. Elle ne pouvait donc pas tomber enceinte, et elle ne pouvait rien y faire. Il existait bien sûr des greffes d'utérus, maintenant, dans une poignée d'hôpitaux à travers le monde, mais à trente-sept ans et chroniquement célibataire, elle n'en voyait pas l'utilité.

En outre, la rupture avec son ex avait été si traumatisante qu'elle avait sans le vouloir commencé à accepter sa prophétie. Il avait raison. Sa vie professionnelle la rendait complètement inapte à être mère.

La seule contrepartie était de savoir qu'elle essayait d'aider des femmes qui n'étaient pas à sa place. Des femmes qui pouvaient être enceintes, mais bataillaient pour mener leur grossesse à son terme. D'où la nécessité d'un « sac à faire pousser les bébés » pour faire vivre des fœtus extrêmement prématurés.

Si elle parvenait à le développer, ce serait l'incubateur néonatal le plus avancé au monde. Mais, comme pour beaucoup de ces choses-là, il fallait tenir compte des complications éthiques et la recherche en était encore à ses débuts. Elle aurait les cheveux gris ou serait morte avant que cela se réalise, alors son frère avait peut-être raison. Peut-être était-il temps d'abandonner le breuvage à illusions au profit du sérum de vérité. Elle était une chirurgienne talentueuse, et si elle voulait vraiment se rendre utile, elle devrait sans doute faire davantage usage de ce don au lieu de se consacrer à ce qui tenait presque de l'utopie.

Comme si son frère avait lu dans son esprit, son téléphone vibra : un appel vidéo de lui. Cela faisait cinq jours qu'elle était partie. Cette fois, peut-être voudrait-il vérifier qu'elle était en vie au lieu de lui asséner en majuscules les termes de son contrat. Un contrat qu'elle rompait bel et bien en étant ici, à Atlanta.

Mais les rêves valaient la peine d'enfreindre quelques règles, non ? Alors elle pressa le bouton « accepter » et afficha son sourire le plus effronté.

— Salut, Luci !

Elle l'appelait toujours ainsi lorsqu'elle voulait l'énerver.

— Salut à toi, Petite Feuille.

Hum… Il utilisait le terme affectueux qu'il avait trouvé des années plus tôt parce que Kirrily signifiait « feuille », ce qu'il faisait très rarement. Il devait vouloir quelque chose. Elle se prépara à un sermon.

— Comment ça va, là-haut ?

Curieux… Il faisait la conversation avant de la pousser dans ses retranchements. Une tactique qu'il n'avait jamais utilisée. Elle suivit son exemple.

— Bien. Les équipements sont stupéfiants. Les moyens du Dr Sawyer sont fantastiques.

Elle se lança dans la description du laboratoire ultramoderne, détailla toutes les recherches du Pavillon Piedmont auxquelles elle avait accès et conclut en disant combien c'était excitant.

— Plus excitant qu'ici ?

Une minute. Est-ce qu'il était *jaloux* ? Elle en fut déstabilisée.

— Non, pas du tout… C'est juste différent et nouveau. Il est gratifiant d'avoir une autre perspective de ce que l'on fait.

Elle eut presque la sensation de voir les mots s'écraser contre la silhouette tendue de son frère. Il pensait toujours que tout ce qu'elle avait à gagner en venant à Atlanta était un bonus « grand voyageur » sur les lignes aériennes.

— Bon, eh bien…

Il se passa une main dans les cheveux.

— Merci pour les mesures que tu as prises avant de partir. À dans quelques semaines.

Soudain, son frère lui manqua comme lui aurait manqué un membre. Certes, il était pénible, ils n'avaient jamais de conversations profondes et ils ne réglaient pas leurs différends avec de la tendresse, mais il était toujours là pour elle. Cet appel prouvait que c'était encore le cas, même s'il avait de sérieuses raisons de lui en vouloir.

— Merci d'avoir appelé. Je m'assurerai de te tenir au courant de tout ce qui se passe ici.

Kirri ravala des larmes brûlantes, tout en s'efforçant de garder un grand sourire. Lucius était un homme bien. Il lui faudrait travailler dur pour lui prouver que ce qu'elle avait fait en valait vraiment la peine.

— Prends bien soin de toi, alors.

Quand il raccrocha, elle l'imita puis regarda son téléphone, incrédule. C'était peut-être l'un des plus longs échanges personnels qu'ils avaient jamais eus. D'ordinaire, quand ils se parlaient longuement, c'était à propos de la clinique.

Avant qu'elle ait eu l'occasion d'y penser davantage, son portable sonna de nouveau. Sans prendre la peine de vérifier le numéro, elle répondit.

— Eh bien, rebonjour, étranger.

— Kirri ?

Ses joues devinrent brûlantes. Qu'est-ce que Ty Sawyer faisait au bout de sa ligne ?

— Docteur Sawyer ! Toutes mes excuses. Je venais de parler à mon frère. Désolée… Que puis-je faire de vous ? Euh… pour vous ?

Arrête de dire n'importe quoi !

Naturellement, Ty parut déconcerté.

— Nous avons un chirurgien en moins, aujourd'hui. Un problème de garde d'enfants. Je me demandais si vous seriez partante pour une journée en salle d'op au lieu du labo.

Était-ce un rameau d'olivier ? Ou un appel désespéré ? Aucune importance. Elle se jeta sur l'invitation tel un chat affamé.

— Absolument. Quelles sortes d'interventions sont au programme ?

Il cita quelques procédures in utero qu'elle avait déjà réalisées. Rien d'extraordinaire, mais opérer un bébé dans le ventre de sa mère était toujours intéressant.

— Vous êtes sûre de vouloir venir ? demanda Ty.

Hum… Réaliser des avancées microscopiques dans ses recherches ou passer toute la journée à faire de la chirurgie magique avec le médecin aux yeux chocolat ? Le choix n'était pas difficile.

— Bien sûr. Sans le moindre doute. Je ne vois pas ce que je pourrais désirer davantage.

Surtout si cela lui permettait de revenir dans les petits papiers de son nouveau patron.

Ty Sawyer était une énigme pour elle, et le resterait si elle ne se conduisait pas normalement en sa présence. C'est-à-dire sans devenir toute chose, et sans le regarder avec des yeux écarquillés.

— Vous avez une heure précise ?

— Dès que vous pourrez.

— Considérez que je suis déjà là.

Kirri prit une douche express, enfila une jupe vert citron, un T-shirt orné d'une licorne sautant par-dessus un arc-en-ciel, et franchit la porte en l'espace de quelques minutes.

Une fois désinfectée et en tenue chirurgicale, elle se sentit en pleine forme. La salle d'opération était sa zone de savoir-faire. Un endroit où elle se sentait à l'aise. Sûre d'elle.

Mais il était capital de décrocher une bonne note. Une journée passée à montrer à l'équipe de quel bois elle était faite la placerait dans une position idéale pour les six semaines de recherches à venir. Et peut-être pour les six prochaines semaines… de Ty Sawyer.

Ty devait l'admettre : après trois interventions, Kirri semblait infatigable. C'était une chirurgienne très douée, réparant les parties les plus délicates du corps minuscule d'un tout petit enfant aussi naturellement qu'elle respirait. Elle était également formidable avec les parents anxieux, qu'il s'agisse de mères devant être opérées ou de couples voyant leur bébé emmené sur un chariot. Lui trouvait ces moments difficiles, surtout en tant que père.

Amanda avait eu raison de le pousser à demander à la jeune femme de les rejoindre en salle d'op, ce jour-là, car il avait hésité, étant donné qu'il ne lui avait pas offert un accueil chaleureux. Avant de la rencontrer, il avait prévu de l'inviter à dîner avec sa famille au cours du week-end, de l'emmener faire un tour de Piedmont Park à vélo avec Lulu, de lui montrer les meilleurs endroits pour la primordiale tasse de café du matin.

En bref, il avait prévu de sortir de son mode de fonctionnement habituel – la réclusion – et de faire un effort pour apprendre à connaître la femme qui se trouvait derrière l'une des innovations médicales les plus excitantes dont il avait entendu parler.

Puis il l'avait rencontrée, ce qui avait tout changé.

Le manque d'un chirurgien spécialisé ce matin-là l'avait placé dos au mur. Il devait soit prendre sur lui pour faire un pas vers Kirri, soit annuler les opérations. Comme il détestait faire attendre ses patients, il l'avait appelée, persuadé qu'elle tiendrait à peine le coup pour une opération, et encore moins pour trois. Mais travailler avec elle était comme avoir une paire supplémentaire de mains. Un synchronisme parfait.

Kirri faisait vraiment partie d'une catégorie à part.

— Alors, qui est le suivant ?

Elle poussa les portes de la salle d'op, revêtue d'une tenue chirurgicale qui flottait derrière elle, avec l'allure d'une pop star sur le point d'éblouir des milliers de fans. Et c'était bien ce qu'elle faisait, même si ces fans se résumaient au personnel de la salle d'opération et à des étudiants en chirurgie. Sans oublier, Ty devait l'admettre, un père seul qui avait essayé de trouver le meilleur moyen de l'éviter pendant les six prochaines semaines.

Il lui exposa le cas : une petite fille de six mois, Meredith, qui avait des reflux gastro-œsophagiques. La pauvre petite ne recevait pas tous ses nutriments et, surtout, risquait d'avaler des aliments ou du liquide par la trachée, ce qui irriterait ses poumons ou causerait des infections. Ils allaient réaliser une intervention qui, si les choses se passaient aussi bien que dans les précédentes, remettrait le bébé d'aplomb en l'espace de quelques semaines.

Kirri avait déjà mis les infirmières chirurgicales dans sa

poche en les complimentant sur leur travail, leur éthique, leur précision et, bien sûr, leurs tenues. Au Pavillon Piedmont, le personnel arborait des tenues aux couleurs de l'arc-en-ciel, chacune correspondant à un symbole de l'État de Géorgie. Là, tout en commençant à opérer et à demander les instruments qu'il lui fallait, Kirri interrogea les infirmières sur ces derniers. De temps à autre, elle lançait un coup d'œil amusé à Ty derrière ses lunettes chirurgicales.

Stella, qui était très fière de son état, les lui énuméra : la grenouille arboricole, le moqueur roux, un oiseau, la truite des Appalaches, la pêche, bien sûr, une fleur, une pierre précieuse, un insecte et la cacahuète.

Kirri se mit à rire tout en pratiquant une incision de quelques millimètres.

— La cacahuète ?

— Mais oui ! Elle a même un monument, n'est-ce pas, docteur Sawyer ?

Ty lança à l'infirmière un regard qui disait clairement : *Voudriez-vous, s'il vous plaît, cesser d'essayer de m'attirer dans cette conversation ? Je sais très bien ce que vous faites.*

Depuis l'année précédente, les infirmières – Stella en particulier – s'étaient donné pour mission de le caser avec presque toutes les femmes célibataires de plus de vingt-cinq ans qui franchissaient les portes de la clinique. C'était comme si elles avaient toutes décidé que quatre ans de deuil suffisaient et qu'il était temps pour lui de se remettre à aimer de nouveau.

Comme si c'était aussi facile.

— Bon, voici le trocart de cinq millimètres, annonça Kirri. Êtes-vous prêt à insérer le gastroscope néonatal, docteur ?

Ty hocha la tête, ses yeux rencontrant de nouveau ceux de Kirri. Il était ébahi par la concentration qu'elle était capable de garder tout en discutant de tout et de rien. Une énergie joyeuse et contagieuse qui lui rappelait cette route pavée de briques jaunes menant à Oz dans le célèbre conte pour enfants. Tentante, mais effrayante en même temps. Pour lui, avoir aimé la même femme depuis l'âge de seize ans rendait l'idée de tomber amoureux d'une autre quasiment terrifiante.

Il avait sa routine. Nul besoin d'en changer maintenant, alors que le typhon Kirri allait retourner en Australie dans une poignée de semaines.

Puis ils se mirent à parler de barbecues, discutant des avantages de la viande sans sauce ou avec sauce, et Kirri continua à travailler gaiement pendant ce débat animé, avec Ty qui lui servait d'yeux et de mains supplémentaires. Soudain, quelqu'un mentionna le Paradis du charbon de bois, le restaurant de Chuck.

Ty comprit tout de suite où cela allait mener. Il n'engageait pas pour rien les infirmières les plus intelligentes du pays, mais parfois… Parfois, elles le faisaient tourner en bourrique.

— Vous y allez tous les mardis chez Chuck, n'est-ce pas, docteur Sawyer ?

Ty retint de justesse un : *Oh ! non, pas ça !* Stella pouvait paraître aussi innocente qu'une enfant quand elle le voulait.

— Les barbecues sont délicieux, chez Chuck, insista l'infirmière, visiblement décidée à jouer le rôle de son Cupidon personnel.

Un rôle auquel il souhaitait vraiment qu'elle renonce. S'il avait envie de sortir avec une femme, il le ferait en choisissant son heure…

Cette pensée mensongère le mit mal à l'aise.

« Quand tu seras prêt, tu le sauras, chéri… »

— Peut-être devrions-nous laisser un peu plus de tranquillité au Dr West pour réaliser son intervention ? dit-il. Je doute que les mérites comparés de la viande avec ou sans sauce l'intéressent en cet instant.

— Oh ! non ! Ne vous arrêtez pas. Cela m'aide à me détendre.

D'un coup d'œil, il vit qu'elle souriait. Ty connaissait pas mal de chirurgiens qui aimaient opérer en musique. Lui-même était un fan de musique country, mais c'était aussi la musique préférée de sa femme, alors il avait opéré en silence ces cinq dernières années.

Sa curiosité prit le dessus.

— Parler de viande de barbecue vous *détend* ?

— Pas nécessairement ce sujet, mais…

Elle leva les yeux vers les siens.

— Cela va vous paraître ridicule, mais j'aime le son de votre voix. Votre accent, peut-être. Je le trouve réconfortant.

Son regard s'attarda un instant puis retourna au champ chirurgical comme si elle lui avait parlé d'un instrument quelconque.

Le temps était-il venu ? Le moment de laisser tomber ce bouclier protecteur fait de deuil et de chagrin dans lequel il s'était enveloppé à la mort de Gemma ?

— Aimez-vous le barbecue ? demanda-t-il.

Beau travail, Roméo.

Stella lui décocha un coup d'œil d'encouragement signifiant : *Allez-y, continuez. Nous vous soutenons.*

— J'adore ça, mais la compétition sera rude, pour vous. Figurez-vous que les barbecues sont un passe-temps national, en Australie.

— Vous devriez l'emmener chez Chuck, docteur S., intervint Stella d'un ton détaché, les yeux fixés sur-le-champ chirurgical où Kirri enroulait délicatement le haut de l'estomac du bébé autour de la base de son œsophage.

Oh ! bon sang ! Il était là. Le moment embarrassant où il devait trancher : inviter Kirri ou ne pas l'inviter.

Il aurait un mauvais quart d'heure à passer en salle de débriefing s'il ne le faisait pas. Et il serait confronté à une étrange nouvelle gamme d'émotions s'il le faisait.

Il l'appréciait, et pas seulement professionnellement. Mais il avait une petite fille à qui penser. Une enfant qui l'interrogeait sur les mamans des autres petites filles et qui lui avait demandé ce que ce serait d'avoir une maman à elle. Il ne voulait pas donner de faux espoirs à Lulu.

Il regarda Kirri. Ses yeux bleus croisèrent les siens comme si elle sentait qu'il essayait de déterminer si elle était digne ou non d'un barbecue.

C'était un choix bien plus important qu'elle ne le saurait jamais. Affronter un barbecue avec elle ou rester enlisé dans une routine dont il devrait sortir un jour, il le savait.

Mais… Ce jour était-il venu ? Était-elle la femme pour qui il changerait ses habitudes ?

Kirri savait reconnaître un appel à l'aide quand elle en voyait un. Ty avait besoin d'être secouru. Elle le lisait dans ses beaux yeux couleur d'expresso qui la suppliaient de le sauver. Le pauvre était visiblement poussé dans un piège par ses redoutables infirmières, une situation qu'elle avait assez affrontée elle-même pour la reconnaître.

Elle le trouvait charmant, certes, mais il était avant tout sa planche de salut pour ses recherches. Et il fallait donc qu'elle le défende.

Elle s'éclaircit ostensiblement la gorge.

— Ne vous inquiétez pas pour moi. J'ai de quoi m'occuper.

Elle noua de façon experte le dernier point interne.

— Voilà qui est fait. Vous pouvez retirer la caméra, docteur.

Il haussa les sourcils.

— C'est terminé ?

— Terminé.

— Ça a été rapide.

Ty retira lentement la caméra pendant qu'un autre membre de l'équipe prenait la place de Kirri pour refermer les petites incisions externes.

— Mais fait dans les règles.

— Je n'ai pas dit le contraire. Je commentais simplement votre efficacité.

— Efficace, toujours, mais jamais aux dépens du patient.

Les yeux de Ty brillèrent en la regardant.

— Je n'attends rien de moins. Pas dans ma salle d'opération, en tout cas.

Kirri se mordit la lèvre. Elle aurait lancé une remarque sarcastique à son frère, s'il lui avait parlé sur ce ton.

Pourquoi montes-tu sur tes ergots ? Parce qu'il ne veut pas sortir avec toi ? Tu n'as pas envie de sortir avec lui. Ou si ? Si ? Oh ! mon Dieu, tu en as envie !

Bon, laisse cet homme gérer sa salle d'op comme il l'entend.

Quitte ta tenue, rends-toi au labo, fais une découverte, puis rentre chez toi et reprends les choses où elles en étaient.

— Aimeriez-vous vous joindre à moi pour un barbecue, ce soir ?

Cette question inattendue fit l'effet d'une bombe.

Les yeux de Kirri se fichèrent dans ceux de Ty.

Dis quelque chose, idiote !

— Hum… Pourquoi pas ?

Bravo…

— C'est très décontracté. Et nous ne serions pas que tous les deux…

Tout ce qui avait fait grésiller un instant son système nerveux se calma d'un coup.

Ah, bien sûr, il avait une petite amie… Peut-être une épouse ? Elle n'avait pas vu d'alliance à son doigt, mais beaucoup de chirurgiens n'aimaient pas s'encombrer de bagues.

— Ma fille et moi y allons tous les mardis, ajouta Ty dans le silence plein d'attente qui était tombé sur la salle.

— Oh ! Vous avez une fille ?

Elle frémit au ton suraigu de sa voix : le couteau avait plongé dans son cœur. Il avait une fille. Ty Sawyer connaissait le précieux amour entre parent et enfant dont elle serait toujours privée.

Elle savait que cela ne devait pas lui faire mal. Plus maintenant, car c'était comme si la douleur faisait partie d'elle, à présent. Une douleur assourdie, lui rappelant la relation qu'elle avait perdue à cause d'un accident génétique.

— Tallulah… La plus grande adepte de barbecues d'Atlanta.

Elle ne put ignorer l'adoration dans la voix de Ty, qui s'écarta de la table d'opération tandis que le reste de l'équipe s'approchait en silence. Leur attention était rivée sur la petite patiente, bien sûr, mais il était évident que les oreilles suivaient l'échange. Ils semblaient être les témoins d'un miracle, et ce n'était pas un miracle de la médecine moderne.

— Si cela vous convient, j'y vais directement en partant du travail, d'habitude. 18 heures, ça vous va ?

Elle regarda la pendule. Il était presque 15 heures. Assez de temps pour choper un petit rhume ?

— Parfait.

Non, ce n'était pas parfait. Elle n'avait pas envie de sortir avec Ty et sa fille. Elle était toujours super maladroite avec les enfants, elle en faisait trop. À la fin, elle se sentait aussi ridicule qu'une vieille tante célibataire.

Sans fournir la moindre indication sur ce que l'on portait pour un « barbecue décontracté », Ty quitta la salle.

Bien, se dit-elle tandis que le reste de l'équipe échangeait des clins d'œil et des regards écarquillés, *que cela me plaise ou non, il semble que j'aie un rendez-vous.*

Ty essayait en vain de se concentrer sur l'écran de son ordinateur. Après l'épisode extrêmement gênant qui avait clos l'opération – « Aimeriez-vous vous joindre à moi pour un barbecue ? » —, Kirri avait fui vers le laboratoire de recherche et lui s'était enfermé dans son bureau en prétextant des papiers à remplir.

À quoi diable avait-il pensé ? L'inviter à un barbecue avec Lulu ! Une petite fille qui pourrait facilement se dire qu'il amenait une candidate au rôle de belle-mère. Elle ne lui avait jamais demandé franchement si elle aurait un jour une nouvelle maman, mais il savait bien que les petites filles nourrissaient des rêves et des espoirs. Des rêves et des espoirs qu'il n'avait pas pris en compte jusqu'ici.

Il se frotta rudement le crâne comme pour y infuser un peu de bon sens. Peut-être pourrait-il parler boutique avec Kirri toute la soirée, ce qui détournerait Lulu d'une piste dangereuse, celle que lui indiquait tout son être : il était attiré par Kirri, et ce n'était pas seulement physique.

Deux heures plus tard, à presque 18 heures, comme par hasard, Stella frappa à la porte de son bureau.

— Bon sang, docteur Sawyer, je vous ai cherché partout !

Elle s'appuya au montant de la porte et sourit.

— Eh bien, est-ce que vous n'êtes pas plein de surprises ? Demander à notre chère Dr West de vous accompagner ce soir !

Ty eut un petit rire gêné, comme pour dire : *Je vous ai bien eue, hein ?* Stella était son employée la plus impertinente, mais aussi une très bonne infirmière pédiatrique. Chaque précieuse minute de soin dispensé à ses petits patients en danger valait bien qu'il accepte d'être taquiné de temps en temps.

De son point de vue, pour chaque vie sauvée, ils ramenaient un peu plus de lumière dans le monde. Une lumière dont il avait besoin car le jour où sa femme était morte, presque toute la lumière était partie avec elle. Et sans sa petite fille… Il préférait ne pas penser à ce que serait ce monde-là.

Stella lui sourit, tapota sa coiffure afro et arbora une mine triomphante. *Je savais bien que j'avais raison depuis le début,* disait son attitude.

Il frappa son bureau de son stylo.

— N'est-il pas bizarre que vous ayez parlé de barbecues et de mes sorties hebdomadaires ? Un mardi, qui plus est.

— Oh ! ce n'est pas moi qui en ai parlé la première ! C'est Kirri. Rappelez-vous : elle voulait savoir si le barbecue était aussi un symbole de la Géorgie.

— Peut-être… C'est curieux.

— Très, dit Stella avec un sourire satisfait, en lui tendant un document à signer. On pourrait dire que c'est un signe. Et moi, j'ai juste fait le rapprochement.

— On peut le voir comme ça…

Quand il lui rendit le papier, elle lui en donna un autre. Elle en avait une pile et prenait son temps.

— Au fait, qu'est-ce que vous allez porter ?

Il baissa les yeux sur sa chemise à carreaux et son pantalon kaki. « Des fringues de père de famille », se moquaient toujours ses sœurs. Il les achetait en ligne parce que c'était plus facile que d'aller dans des magasins.

— Ça fait un moment que vous n'avez pas rafraîchi votre garde-robe, non ?

— Pour un barbecue ? dit-il, se forçant à rire. J'irai comme je suis, Stella. Pas besoin de se mettre sur son trente et un pour ce genre de sortie.

— Comme vous voudrez.

Stella se mit à chantonner. Insister sur l'absence de vie sociale de son patron était l'un de ses passe-temps favoris. Mais ce qu'il préférait, c'était passer du temps avec sa fille. Lulu l'emportait sur tout. En particulier sur ses rendez-vous galants qui étaient inexistants.

L'infirmière le jaugea puis elle fit claquer sa langue.

— Quoi ? Je ne suis pas si mal que ça, si ?

Bon. Sa chemise aurait peut-être eu besoin d'un coup de fer. *Oh ! Seigneur !* Il se préoccupait de son apparence, maintenant !

— Ne faites pas cette tête, Ty. Vous êtes très bien. Je suis juste surprise qu'il vous ait fallu tout ce temps pour accueillir convenablement Kirri. Vous qui êtes un vrai gentleman du Sud…

Malgré son sourire candide, elle le houspillait : *Vous vous êtes montré grossier parce que vous la trouvez jolie, et que cela vous gêne.*

— Je comptais le faire. Simplement, je me disais que si je devais lui montrer Atlanta, elle préférerait peut-être quelque chose de plus…

Il chercha le mot qui convenait. Y en avait-il un ?

— Chic ? Classe ? suggéra Stella. Non, m'sieur. Kirri me paraît être une femme qui sera heureuse partout. Chargez Lulu de l'ambiance et le tour sera joué. Elle va adorer. Elle va *vous* adorer.

Juste ciel… Il espérait que non.

Il jeta un coup d'œil à la page d'accueil de son ordinateur. C'était une photo de lui poussant Lulu sur une petite balançoire de bébé. Âgée de six mois, elle souriait à sa mère. C'était la dernière fois où Gemma s'était sentie assez bien pour aller avec eux au jardin d'enfants.

Il ravala son chagrin. Le cancer était si cruel. Le veuvage aussi. Cinq ans avaient passé, mais il n'avait pas réussi à s'y adapter. La joie de vivre de sa fille exigeait qu'il vive dans le présent, mais une énorme partie de son cœur était encore bloquée sur ce jour épouvantable dans le cabinet de l'oncologue.

« Cancer cervical au stade 4. Très avancé. C'est à vous de voir, bien sûr, mais nous vous conseillons de repousser le traitement jusqu'à la naissance si vous voulez mener la grossesse à son terme. Toutefois, sachez que ce choix pourra affecter vos chances de survie. »

Ils venaient de découvrir que Gemma était enceinte. Elle n'avait jamais eu de chance de survie car elle avait fait passer la vie de leur fille avant la sienne.

Elle avait tenu bon durant sa grossesse, puis presque un an de plus par la force de sa volonté, et peut-être avec un peu de chance. Elle avait voulu voir son bébé et elle l'avait fait.

Lui dire adieu alors qu'elle s'était battue si durement pour donner la vie – une vie *qu'ils* avaient créée – avait été la chose la plus douloureuse que Ty avait jamais expérimentée. S'il voulait être honnête, il n'était même pas sûr d'avoir fini de faire ses adieux. Cela semblait trop définitif.

Certaines personnes placardaient les photos de leur conjoint décédé chez elles et sur leur lieu de travail. En parlaient tout le temps. Riaient en racontant des histoires du « bon vieux temps ». Ce n'était pas son truc. Il y avait des photos dans la chambre de sa fille, bien sûr, mais pas dans la sienne. Ni ailleurs. Il aurait eu l'impression de mettre Gemma dans une châsse.

Il savait qu'elle ne reviendrait pas, mais il n'avait toujours pas trouvé le moyen de préserver son profond amour pour elle tout en avançant dans la vie. Alors, tandis qu'il faisait progresser tout le reste, parce qu'il fallait bien aller de l'avant, sa vie personnelle tournait en rond dans le même cercle léthargique.

Stella lui tendit un autre papier à signer.

— Vous allez aussi l'emmener au bowling ?

— Si elle en a envie. Mais Lulu et moi, nous irons, de toute façon.

Ses soirées du mardi avec Lulu étaient sacrées. Même

s'il y avait souvent des gens qui les rejoignaient pour le trio barbecue, petits pains, bowling. La famille proche. Des oncles, des tantes et une flopée de cousins pour empêcher Lulu de se sentir enfant unique. Des collègues de la clinique venaient aussi, de temps en temps. Mais pas une fois il n'avait amené une femme.

Ce n'est pas quelqu'un avec qui je sors. C'est seulement une relation de travail.

Il songea à la façon dont son corps réagissait lorsqu'il était à proximité de Kirri. Comme un aimant attiré par un autre aimant.

Stella s'éventa avec le reste des papiers et fit un signe de tête approbateur.

— Quoi ? demanda-t-il. Pourquoi me regardez-vous ainsi ?

— Je suis juste fière de vous, c'est tout.

— Fière ? Et de quoi ?

— De vous voir sortir de vos retranchements.

Il soupira.

— Je ne fais qu'inviter une employée à un barbecue. Et c'est surtout parce que *vous* m'avez mis le dos au mur.

Stella secoua la tête et, se perchant sur l'angle du bureau, elle se pencha vers lui.

— Ah, ah… Je ne vous ai mis le dos nulle part. Vous en aviez *envie.*

« Quand le jour viendra, tu le sauras… »

L'infirmière n'en avait pas fini.

— Ty, je sais que vous avez eu le cœur brisé il y a cinq ans, mais je suis sûre d'une chose : votre Gemma aurait détesté vous voir seul le reste de votre vie. Je sais aussi que vous avez votre fille, et votre famille est formidable. Mais j'ai vu la façon dont vous regardez Kirri.

Elle se redressa et leva les deux mains pour signifier qu'elle n'avait pas terminé.

— Elle est ici pour six semaines. Faites un essai, c'est tout ce que je suggère. Personne ne vous demande de tomber amoureux ou de partir aux Caraïbes avec elle. Nous voulons simplement que vous vous amusiez un peu.

S'amuser ? Avec Kirri ?

— Nous ? répéta-t-il.

Stella hocha la tête.

— Nous tous. Nous vous aimons, que cela vous plaise ou non, et, comme votre famille, nous souhaitons vous voir heureux. Si une aventure avec une surdouée sexy de l'hémisphère sud peut ramener un peu de lumière dans vos yeux, je vous dis : allez-y.

Elle quitta le bureau avant qu'il ait pu répondre quelque chose.

De toute manière, il était interloqué. Avoir une aventure ? Juste comme ça ? Sur un claquement de doigts ? À la seule idée de tenir une autre femme dans ses bras, il avait l'impression de trahir la mémoire de Gemma.

Sa détermination familière s'installa. *Cela n'arriverait pas.* Ils savoureraient leur barbecue, renverseraient peut-être quelques quilles au bowling et les choses s'arrêteraient là. En fait, il ferait même mieux : il appellerait des renforts. Pas question que ceci soit un rendez-vous galant, et encore moins le début d'une liaison temporaire.

À compter du lendemain matin, ce serait le travail et uniquement le travail. Fin de l'histoire.

4.

Kirri avait l'impression d'être conduite de force à ce fameux barbecue. Ty avançait au pas de charge comme il l'avait fait le premier jour, après sa gaffe en salle d'op. Elle avait pensé qu'ils étaient en meilleurs termes maintenant, après les interventions réussies de la journée, mais apparemment pas. Visiblement, cette fameuse hospitalité du Sud n'allait même pas jusqu'au parking.

— On est là.

Il désigna un SUV à l'air confortable, d'une couleur orange plutôt audacieuse. Ce n'était certainement pas le coloris qu'elle aurait imaginé pour lui. Il surprit son regard étonné et expliqua :

— C'est ma fille qui a choisi la couleur. Elle lui rappelait les cheveux de Fifi Brindacier.

Il haussa les épaules d'un air de dire : *Qu'est-ce qu'on peut y faire ?*

C'était un micro-indice sur un homme qui, manifestement, aimait garder sa vie privée… privée.

Le regard de Ty s'attarda un instant sur la carrosserie comme s'il la voyait d'un œil neuf, et l'ombre d'un sourire apparut sur ses lèvres. Malgré elle, une petite partie de Kirri fondit. Mais elle avait une règle très stricte : ne pas trouver adorables les choses adorables que les pères disent de leurs filles.

L'idée de tomber amoureuse d'un père célibataire – s'il *était* célibataire – paraissait… *Oh ! là, là !* Cela lui rappellerait en permanence ce qui lui manquait pour être une femme *entière*. En y ajoutant le fait qu'elle n'arriverait jamais à la cheville de son ex, car, même si celle-ci avait été affreuse, elle lui avait donné un enfant. Et, comme le prouvait le mariage précipité de son ex à elle avec une femme qu'elle n'aurait jamais imaginé le voir épouser, suivi de l'arrivée rapide de trois enfants, l'amour *était* conditionnel.

Alors non, merci beaucoup, monsieur le papa sexy peut-être célibataire, peut-être divorcé. Continuez à vous montrer irascible et à cran, cela me va très bien.

Ils montèrent dans la voiture puis Ty la sortit du parking souterrain pour émerger dans le soleil doré du début de soirée.

Les yeux de Kirri se portèrent sur ses mains posées sur le volant. Toujours pas de bague. Pas même de trace de bague. Donc, à coup sûr, pas marié. Divorcé ou sortant avec une petite amie, alors ?

Ty s'infiltra sur la voie rapide en précisant que le Paradis du charbon de bois de Chuck était à une vingtaine de minutes, puis il mit la radio. Parfait. Pas de conversation signifiait moins de risques pour elle de gaffer.

C'était une station pour enfants qui diffusait une chanson parlant d'un pingouin qui allait nager avec un dauphin. Elle ne put se retenir : elle gloussa.

Ty lui lança un regard surpris. Soit il n'avait pas écouté, soit c'était sa liste de lecture habituelle.

— Désolée. Je ne voulais pas vous offenser. Est-ce une de vos chansons préférées ?

Il fronça les sourcils puis ce doux sourire se montra de nouveau.

— Une des chansons préférées de ma fille.

— Votre fille semble avoir pas mal de pouvoir, chez vous. Que décide-t-elle d'autre ?

Les mains de Ty se crispèrent, ainsi que sa mâchoire, et le regard qu'elle reçut cette fois fut coupant. Il transmettait un message qu'elle ne connaissait que trop bien : *mêlez-vous de vos affaires, vous n'êtes pas son parent*.

Elle avait visiblement franchi une ligne. Ce qui lui rappela pourquoi elle évitait de convoiter des hommes avec enfants.

De façon frustrante, elle sentit des larmes lui piquer la gorge. Rien de tel que d'être remise à sa place à cause d'une enfant qu'elle n'avait jamais rencontrée, et elle se mit à se flageller, comme d'habitude. *Pourquoi* avait-elle fait ce commentaire stupide ? Ce n'était pas la faute de Ty si elle ne pouvait pas avoir d'enfants. Elle n'avait aucun droit de juger de sa façon à lui de faire les choses. Aucun.

Elle se força à penser d'une manière plus constructive. Elle devait poser les questions habituelles : comment s'appelle-t-elle, déjà ? Quel âge a-t-elle ? Sa mère va-t-elle nous rejoindre, ou bien êtes-vous seul et libre pour un baiser ou deux, plus tard ?

Elle ajouta cette dernière phrase avec un petit sourire narquois rien que pour elle, mais elle sentit son cœur se serrer quand même. Non seulement elle bataillait pour parler aux parents de leurs rejetons, mais elle avait vraiment du mal à bavarder avec ces derniers.

Ty tendit une main vers la radio pour changer de canal, puis, finalement, il l'éteignit. Après un moment d'un silence terriblement embarrassant, il lui lança un bref coup d'œil.

— Excusez-moi. Je remarque à peine la musique que je mets. J'ai tendance à laisser Lulu choisir ce qu'elle aime et, de ce fait, ma vie ne ressemble pas souvent à ce qu'elle devrait être pour un homme de trente-neuf ans.

Kirri souffla.

— Il y a une façon d'être quand on a trente-neuf ans ? J'aurais aimé qu'on me le dise plus tôt. Je n'ai plus que deux ans pour m'y préparer !

Un sourire étira les lèvres de Ty.

— Peut-être pas, mais je suspecte qu'elle ne contiendrait pas « Maya l'abeille » en boucle, ni une voiture orange vif.

— Oh ! je ne sais pas... Pour ce qui est des voitures orange, il peut y en avoir autant que d'enfants qui adorent Fifi Brindacier. Comme je suis un peu rousse moi-même, je fais partie des convertis.

Elle était fan de Fifi et aurait pu en parler pendant des heures.

— Noté, dit Ty en hochant la tête et en gardant son sourire.

Miséricorde, il était sexy même quand il fronçait les sourcils, mais là…

— Vous devez me pardonner, Kirri. Je n'aurais pas dû me montrer brusque avec vous. Ce n'est pas ainsi que je traite normalement de nouveaux collègues quand je les invite à un barbecue.

Elle feignit d'être horrifiée.

— Vous les invitez *tous* à un barbecue ? Et moi qui pensais que j'étais spéciale !

Il la regarda, les paillettes dorées de ses yeux brillant un peu plus lorsqu'ils croisèrent les siens, puis il ramena son attention sur la route. Elle avait peut-être un peu dépassé les bornes en la jouant copain copain…

— Seulement ceux qui sont extraordinairement doués et se font surprendre par la pluie, dit-il enfin.

Une chaude volute de soulagement et de quelque chose d'autre, de beaucoup plus sensuel, se lova en elle. *Il la trouvait douée.* Elle savait qu'elle l'était, mais l'entendre dire par Ty était précieux car il ne semblait pas être du genre à distribuer les compliments à foison. Elle poussa un « hourra » silencieux tout en faisant de son mieux pour réprimer son sourire.

— Si vous choisissiez une station ? suggéra-t-il.

Il ralluma la radio.

— Non, allez-y. C'est votre voiture.

— J'insiste…

La voix de Ty se teinta de cet humour caustique auquel elle commençait à s'habituer.

— Si Stella ne vous l'a pas déjà dit, elle vous informera sans nul doute que j'ai tendance à rester encroûté dans mes habitudes.

Il se frotta la mâchoire comme s'il réfléchissait à l'idée de se montrer spontané ou non. Puis il hocha la tête.

— Pourquoi ne rendriez-vous pas le trajet un peu plus animé ? Choisissez quelque chose que *vous* écouteriez dans *votre* voiture.

Là, elle se sentit stupide. S'il avait une petite amie, elle ne choisirait sûrement pas une station enfantine… Non, pas si elle voulait avoir une bague au doigt. Mais si elle, Kirri, était certaine de quelque chose à propos de Ty, c'était que cet homme, si on le voulait, était à prendre avec sa fille. Un homme qui achetait une voiture orange et écoutait des chansons de pingouin était un papa dévoué.

Elle imagina la petite amie en train de coiffer Lulu. De l'aider à enfiler son pyjama, le soir. De lui lire un chapitre ou deux de Fifi avant d'éteindre la lampe avec un baiser et un murmure : « Fais de beaux rêves. » Puis elle s'obligea à s'arrêter.

Est-ce qu'aimer l'enfant de quelqu'un d'autre pouvait faire le même effet qu'aimer son propre enfant ?

Elle regarda le superbe profil de Ty. Nez droit, mâchoire et pommettes bien dessinées. Ses cheveux étaient trop courts pour lui fournir le prétexte complètement idiot d'écarter une mèche de ses yeux, mais c'était tentant.

De qui se moquait-elle ? Tout en Ty Sawyer était tentant. Elle s'interrogeait déjà sur le fait d'aimer une enfant qu'elle n'avait jamais rencontrée, pour l'amour du ciel !

Elle tourna la tête pour regarder par la fenêtre et pinça les lèvres. Tomber amoureuse de lui serait parfaitement ridicule. Une chimère… Jusqu'ici, sa vie amoureuse n'avait été faite que de chimères et d'illusions.

L'amour, dans sa famille, avait été conditionnel. Entièrement fondé sur le mérite. *Conduis-toi impeccablement. Sois le capitaine de ton équipe. Sois la meilleure de ta classe.* C'était tout ce qu'elle connaissait. Travailler, travailler, prouver sa valeur en sachant qu'il ne fallait pas attendre de câlins affectueux de sa mère. Ses câlins consistaient en de petites tapes qui donnaient l'impression qu'elle faisait cela parce qu'elle l'avait lu dans un manuel. Quant aux étreintes de son père ? Elles n'existaient pas.

— Allez, choisissez, Kirri.

Elle s'arracha à l'atmosphère pesante qu'elle évoquait

et passa les stations en revue jusqu'à tomber sur de la musique pop.

Ty haussa un sourcil, mais garda les yeux sur la route.

— C'est ce que vous écoutez chez vous ?

— C'est mon plaisir coupable.

Elle chanta quelques mesures, fit deux ou trois gestes de la main, puis se renfonça dans son siège et fredonna le reste de la chanson.

De nouveau, le silence tomba entre eux, mais cette fois, il parut plus… *vivant.* Électrique, même. Le genre d'électricité qui bourdonnait entre deux personnes vivement attirées l'une par l'autre. Accompagnée d'une immense frustration.

Une moitié d'elle avait envie de hurler *Arrêtez-vous tout de suite,* de lui sauter dessus et de lui faire l'amour follement, spontanément. L'autre moitié avait envie de s'en prendre à lui avec virulence, pour son mutisme.

Ne devrait-il pas lui donner des tuyaux utiles sur le travail à Piedmont ? Ou, et c'était plus urgent, sur sa fille ? Des petites indications sur son physique, son caractère. Les sujets dont elle aimait parler. Sa licorne ou son jouet en peluche préféré. Lui dire si oui ou non il était célibataire et pourquoi il n'expliquait pas quels arrangements il avait avec la mère de sa fille. Ce genre de chose…

Mais non. Il se taisait. Juste, de temps à autre, un coup d'œil de côté qui la laissait toute mollassonne.

Après quelques chansons de plus, il mit son clignotant et quitta la voie rapide.

— Nous ne sommes plus qu'à quelques minutes, maintenant.

— Comment votre fille vient-elle ?

— Mes sœurs l'amènent. Ou mes parents, je ne sais plus.

Kirri se demanda si elle avait bien entendu.

— Vous avez invité votre famille ?

Amusant. Quand on ne voulait pas rester seul avec quelqu'un, elle savait que l'on pouvait inviter des potes, s'arranger pour recevoir un coup de fil au bout de dix minutes ou, dans son cas, feindre d'être appelée d'urgence. Mais faire venir toute sa famille ? Après tout, c'était peut-être une idée de génie. Des adultes « tampons » à disposition si elle était incapable de soutenir une conversation.

— Mes parents seront là avec mes deux sœurs aînées. Les deux plus jeunes jouent un match de base-ball.

— Un garçon au milieu de quatre sœurs ? C'est un miracle que votre voiture ne soit pas rose !

Il lui jeta un coup d'œil d'avertissement.

— Ne vous avisez pas de dire une chose pareille devant eux.

Elle lui fit une grimace qui signifiait *chiche.*

— Vraiment... Lorsqu'on les lance sur un sujet, rien ne peut les arrêter. Vous verrez.

Quelques minutes plus tard, elle vit.

La famille de Ty était formidable. Ses parents et ses grandes sœurs étaient bien là, mais pas de petite amie, de fiancée, ni « d'amie de la famille ». Et puis il y avait Lulu. Six ans. Le portrait craché de son père et tout à fait charmante. Lulu Sawyer fut officiellement la première enfant entre deux et dix-huit ans à faire voler en éclats le record de Kirri dans la catégorie « je ne sais pas te parler ».

Elle avait mille questions sur l'Australie, entre autres.

— Et c'est comme l'été, à Noël ?

— Ce n'est pas seulement comme l'été, c'est l'été !

Elle plissa son petit nez d'une façon adorable.

— Alors... Qu'est-ce que vous mangez quand vous avez ouvert vos cadeaux ?

La famille West n'étant pas portée sur les célébrations, ils allaient au restaurant, en général. Mais Kirri déguisa un peu la réalité pour Lulu.

— Nous mangeons exactement comme vous et certains font un barbecue. Avec de la dinde, du poisson, des crustacés...

— Ça paraît super ! Papa, tu ne crois pas qu'on devrait y aller, un jour ?

Elle regarda Ty d'un air rayonnant, en battant des cils. Maintenant, Kirri savait pourquoi leur voiture était orange...

Il hocha vaguement la tête, puis se concentra soudain sur la distribution des serviettes.

Une demi-heure plus tard, Kirri découvrait des facettes de Ty qu'elle n'aurait pas soupçonnées. L'un des chirurgiens américains les plus innovants le jour, père en adoration devant sa fille et fils adulé le soir. Elle avait l'impression d'être dans une sitcom. Une sitcom vraiment bonne, qu'on ne voulait pas voir finir.

Les Sawyer étaient le genre de famille foldingue dont elle avait toujours rêvé de faire partie. Tout le monde parlait et riait en même temps, et adorait manifestement les autres, malgré des personnalités différentes. Ty tenait parfois son rôle d'homme fort et silencieux, mais il riait et plaisantait aussi avec les siens. Néanmoins, chaque fois que son regard se portait vers elle, c'était avec des expressions pénétrantes qu'elle trouvait de plus en plus difficiles à déchiffrer.

Elle aurait cru que la vive connexion qu'ils avaient partagée dans la voiture disparaîtrait une fois qu'ils seraient « absorbés » par la débordante famille de Ty, qui occupait plusieurs banquettes chez Chuck, mais non. Les étincelles fusaient encore plus.

Des feux d'artifice jaillissaient chaque fois que leurs yeux se rencontraient. C'était flippant, excitant et tout à fait captivant. Il n'avait même pas besoin de la regarder pour que son ventre soit tout ramolli par le plaisir.

Elle suivit un échange entre Lulu et son père. Des sourires et des gestes affectueux qui signifiaient *Je t'aime, papa. Je t'aime aussi, Lulu. De tout mon cœur.* C'était le genre de lien que rien ni personne ne pourrait jamais briser. Le type d'amour qu'elle souhaitait désespérément connaître.

Elle détourna les yeux pour regarder les parents de Ty, Marina et Henry. Ils avaient dans les soixante-dix ans et elle ne pouvait imaginer un couple plus charmant. Affables, aimant s'amuser et totalement détendus. En bref, le contraire de ses propres parents.

— Merci beaucoup de m'inclure dans votre soirée, dit-elle. C'est mon premier vrai repas du Sud depuis mon arrivée.

Marina porta les mains à sa poitrine.

— Tu entends ça, Henry ? N'est-ce pas terrible ? La pauvre petite n'a pas eu un vrai repas de tout le week-end !

Elle fit claquer sa langue et agita un doigt en direction de son fils.

— Ty, tu aurais dû nous dire que tu avais une invitée spéciale. Nous nous serions occupés d'elle.

— Elle n'est pas…

— Ty ! Tes manières !

Kirri réprima un sourire contrit. Les sœurs de Ty secouèrent la tête et son père lui lança un regard interrogateur. Tout le monde savait ce qu'il avait été sur le point de dire : *Elle n'est pas spéciale.*

Cette phrase lui rappela aussitôt ce qu'elle éprouvait quand son père poussait Lucius à réussir de plus en plus brillamment à l'université. Elle se sentait mise de côté. Sans valeur. Affamée d'une reconnaissance qu'elle n'aurait jamais.

— Et voilà le début, docteur Sawyer !

Un serveur apparut avec un grand sourire, portant deux plateaux chargés de côtes de bœuf à l'air succulent.

Sauvée par le barbecue !

La famille Sawyer applaudit, sauf Ty. Il se fustigeait de ce commentaire stupide. *Elle n'est pas spéciale.* Bien sûr que Kirri était spéciale ! Talentueuse, curieuse, aimant s'amuser et d'une grande beauté, pour ne mentionner que quelques-uns de ses atouts.

Assez spéciale pour risquer ton cœur ?

Il prit une bouchée et l'explosion de saveurs le détourna de cette question piège. Il était heureux ainsi. Un chirurgien d'avant-garde au travail, un papa solide le reste du temps. S'il s'était posé la question, c'était la faute de Stella qui avait planté cette graine ridicule, lui suggérant d'avoir une aventure. Non. Tout bien réfléchi, c'était sa faute à lui, pour avoir caressé cette idée.

Et ses sœurs qui ne cessaient de dire à Kirri à quel point

il était fabuleux quand il ne gaffait pas ! Comme si elles étaient de mèche avec son infirmière.

Est-ce que tout le monde voulait qu'il se mette à sortir avec quelqu'un ? Ou est-ce que tout le monde voulait qu'il sorte avec Kirri ?

— Ce barbecue est vraiment sensationnel, dit-elle, un peu de sauce coulant le long de son poignet. Je ne crois pas que je pourrai m'en lasser.

Tout en parlant, elle sortit sa langue pour lécher la sauce. Ses yeux croisèrent ceux de Ty et sa phrase prit une toute nouvelle signification. Il vit reflétés dans son regard bleu de l'espoir, de la crainte, de l'étonnement et mille autres émotions. Ce qui en ressortait le plus clairement, c'était que ni l'un ni l'autre n'étaient en territoire familier et que tous les deux ressentaient la même chose : de la curiosité…

Un frisson le parcourut tout entier. Stella avait raison. Ses sœurs avaient raison. Il était temps de prendre un risque parce que, pour la première fois depuis la mort de Gemma, il avait rencontré la personne adéquate.

Kirri était complètement différente de Gemma, mais justement : alors qu'il ne pourrait jamais remplacer son amour de jeunesse, peut-être pourrait-il s'éprendre de quelqu'un de totalement nouveau… Quelqu'un comme Kirri.

Pour les six prochaines semaines, en tout cas.

Elle battit des cils et toutes les questions que posaient ses yeux saphir furent remplacées par un sourire éclatant.

Peut-être qu'une amourette était exactement ce que son médecin lui prescrirait, se dit-il. Que pourrait-il arriver, au pire ? Qu'elle dise non ? Ils reprendraient leur travail côte à côte en simples collègues, puis elle rentrerait en Australie. Il pourrait en revenir à son statu quo de solitaire et repartir pour cinq ans sans que personne ne le pousse plus à quitter sa zone de confort.

Mais si ses sœurs n'arrêtaient pas de dire quel sauvage il était, il n'aurait peut-être même pas la possibilité de lui proposer de sortir avec lui.

— Kirri est un trésor. Ty a été carrément grossier de ne pas nous la présenter plus tôt.

— Je parie que ce n'était même pas son idée de l'amener. Est-ce que c'est Stella qui t'a donné un peu de bon sens ?

— Moi, je pense que ça vient de Winny et Reba.

Grandir avec quatre sœurs avait appris à Ty que protester ne ferait que jeter de l'huile sur le feu, aussi garda-t-il le silence.

Kirri riait ouvertement, maintenant.

— Qui sont Winny et Reba ?

Elle prit un autre épi de maïs sur la pile qui diminuait rapidement.

— Les jeunes sœurs de Ty, répondit Henry Sawyer. Mais parlez-moi de votre famille. Est-elle aussi grande et chahuteuse que la nôtre ?

Le regard de Kirri se durcit un instant.

— Loin de là ! Il n'y a que mon frère et moi, et nous sommes tellement pris par notre travail que nous ne sommes pas très doués pour tout ce qui concerne la famille.

— Oh ! j'en doute ! dit Henry. L'amour familial est profond.

— J'imagine.

Kirri eut l'un de ses brefs sourires qui n'atteignaient pas ses yeux et se concentra sur son assiette, hochant poliment la tête tandis que le père de Ty énumérait les oncles, tantes et cousins qui entouraient les enfants. Pour l'amour du ciel…, pensa Ty. Il était évident que Kirri n'avait pas le même genre de famille que la leur. Plus ses parents insistaient, plus il avait l'impression qu'ils versaient du sel sur une plaie à vif.

Avant qu'il ait le temps d'intervenir, elle se tourna vers Lulu.

— Tu n'es pas au base-ball avec tes cousins, toi ?

La petite fille secoua la tête et regarda son père, les yeux brillants.

— Non, madame. Je ne fais jamais rien passer avant la soirée barbecue et bowling.

Ty sourit et l'étreignit. Il redoutait le jour où cela changerait. Où elle aurait sa vie à elle. Là, il serait vraiment seul.

— Ça vaut vraiment la peine de venir au barbecue, dit Kirri, visiblement plus détendue maintenant qu'ils avaient laissé tomber le sujet des familles heureuses. Mais je n'ai jamais joué au bowling. Alors soyez indulgents avec moi.

La mère de Ty intervint :

— L'essentiel, c'est que mon garçon vous ait finalement fait sortir de votre appartement. Ce n'est pas trop tôt !

Il adressa une petite grimace d'excuse à Kirri qui lui répondit par un doux sourire signifiant : *Vous êtes pardonné.* Ce sourire était de la pure poussière d'or.

Mais Marina était lancée.

— Si nous avions su que vous étiez là ce week-end, nous vous aurions invitée à venir manger un poulet rôti ou une tourte. De quoi vous engraisser un peu… On ne vous nourrit pas correctement, en Australie ? Vous êtes si mince !

C'était dit avec un mélange d'envie et de bonne humeur qui fit rire Kirri.

— Si, mais ce repas est probablement le premier repas complet que je fais depuis des mois. Chez moi, je travaille tard le soir et je mange souvent sur le pouce. D'ailleurs, je ne sais pas cuisiner.

— Votre maman ne vous a pas appris ?

Le regard de Kirri alla rapidement à celui de Ty puis elle laissa échapper un rire un peu forcé.

— Non, mais je me débrouille avec un four à micro-ondes.

Il en était de plus en plus sûr : elle n'avait pas eu une enfance heureuse. Personne ne lui avait enseigné les rudiments de la vie.

— Oh ! mais ça ne va pas du tout ! s'exclama Marina, dardant ses yeux noirs sur son fils. Mon garçon, tu amèneras cette jeune femme à la maison une fois par week-end pour que je lui donne des leçons de cuisine !

Elle ne laissait pas le choix à Ty qui secoua la tête en souriant. Si Kirri n'y prenait pas garde, ses parents allaient l'adopter avant la fin de son séjour.

— Parfait, ajouta Marina. Ce samedi, nous commencerons par une tarte aux pêches. Comme ça, nous pourrons la manger dimanche après l'église, quand Kirri nous rejoindra pour un déjeuner en famille.

Ty ne prit pas la peine d'intervenir. Non seulement parce que cela n'aurait servi à rien, mais aussi parce qu'il adorait voir une lueur de joie briller dans les yeux de Kirri.

5.

Le premier réflexe de Kirri avait été de décliner cette invitation, mais il était clair que Marina n'accepterait jamais un refus.

— Inutile d'essayer de résister, murmura Ty d'un ton chaleureux. Je passerai vous prendre samedi matin.

Le regard qu'il lui adressa voulait dire une foule de choses : *Je vous soutiens. J'ai vu votre tristesse.* Cette perspicacité avait presque quelque chose d'intime. Comme s'il la connaissait mieux qu'elle ne se connaissait elle-même.

Cet homme était un vrai kaléidoscope. Merveilleux une minute, froid et réservé la suivante, puis, en un clin d'œil, plus gentil qu'elle n'aurait pu l'imaginer.

— Bien. C'est réglé, conclut Marina. Maintenant, attaquons-nous à cette excellente nourriture.

Son sourire éclatant était la plus belle des invitations et tout le monde en profita. Les petits pains étaient si délicieux que Kirri aurait pu en manger une douzaine, et les légumes, tout aussi bons, étaient abondants.

Il était clair, vu la familiarité des serveurs, que Ty était un habitué. Il y avait même au mur une photo de Lulu soufflant cinq bougies. Kirri se régalait, souriait et goûtait tout avec bonheur. Elle n'avait jamais participé à un repas de famille aussi convivial. La famille de Ty était exactement le genre de famille dans laquelle elle aurait aimé grandir. Vivante, indulgente, aimante.

Elle chassa cette pensée avec un sévère pragmatisme.

Tu n'as pas grandi dans une famille comme ça, point final. Fais avec.

Marina était d'origine latino-américaine, ce qui confirmait ce que Kirri avait pensé en voyant son fils car elle avait transmis ses cheveux d'un noir de jais à tous ses enfants. Mais, ayant été élevée en Géorgie, elle avait l'accent du Sud, comme Ty. Sauf que celui de ce dernier avait l'onctuosité du caramel chaud et produisait un drôle d'effet dans le ventre d'une certaine chercheuse australienne.

Les grands-parents costaricains de Marina étaient venus faire des études de littérature anglaise aux États-Unis et on leur avait demandé de rester comme professeurs. Un métier apprécié dans la famille. La mère de Ty avait enseigné la biologie, et une de ses sœurs, l'histoire.

— Et Gemma était professeur aussi, bien sûr, dit Marina.

— Gemma ? Une de vos parentes ?

La mère de Ty vérifia que son fils était occupé à discuter avec sa sœur Patsy et baissa la voix.

— Oh ! mon chou, je pensais que vous saviez… Gemma était la femme de Ty. Elle est morte il y a cinq ans.

Le souffle de Kirri se bloqua dans sa gorge. Ty était veuf. Cette idée ne l'avait pas effleurée. Et d'un seul coup, son cœur s'ouvrit tout grand pour lui.

— Un cancer…, chuchota Marina. Elle a retardé son traitement pour avoir Lulu, et un an après, la maladie l'a emportée.

Soudain, elle arbora un grand sourire et tendit une serviette à Kirri qui en conclut que Ty faisait de nouveau attention à elles. Elle se remit à manger pour s'empêcher d'aller vers Ty et dire : *Je comprends pourquoi nous sommes liés, maintenant. Nous avons tous les deux perdu quelque chose ou quelqu'un. Une perte qui vous brise le cœur et vous détruit l'âme.*

La douleur reconnaissait la douleur. Avancer et reculer, puis avancer de nouveau. C'était ainsi qu'ils survivaient. C'était ainsi qu'elle espérait avoir un jour le courage de cesser de reculer pour remplir le vide béant de son cœur, qu'elle essayait désespérément de combler par ses recherches de pointe.

Pourrait-elle jamais, dans sa vie, trouver de la place pour les deux, l'amour et le travail ?

Comme s'il lisait dans son esprit, Ty lui adressa un signe de tête silencieux. Il la *voyait* vraiment, avec ses manques et ses drames secrets. Il la voyait comme personne ne l'avait jamais fait, et au lieu de se sentir vulnérable, son cœur était empli de paix.

Un instant plus tard, Henry Sawyer frappa de la main la nappe à carreaux pour annoncer qu'ils iraient prendre leur dessert chez le glacier voisin.

Kirri lui sourit. C'était un homme aux cheveux argentés qui avait la même silhouette mince et athlétique que son fils. Kirri l'appréciait vraiment beaucoup. À vrai dire, elle les aimait tous beaucoup

Elle laissa son regard dériver de nouveau vers Ty qui souriait à sa fille. Il était veuf. Cette information l'avait ébranlée. Elle savait que les gens étaient constitués de leurs plus profonds traumatismes. Elle-même aurait aimé nier l'évidence qu'elle essayait de mettre au point un utérus biochimique parce qu'elle-même n'en avait pas, mais elle ne le pouvait pas. Ses recherches étaient une torture, parfois. Et en vérité, même si elle faisait cette découverte capitale, cela ne voudrait pas dire qu'elle aurait soudain un mari et 2,4 enfants.

La perte subie par Ty avait-elle affecté son rapport à la médecine ? Était-ce pour cela qu'il était tellement novateur en salle d'opération ? Par son travail, elle voulait aider des femmes à connaître la joie qu'elle ne pourrait jamais expérimenter. Tentait-il de faire la même chose ? D'épargner à d'autres le deuil qu'il avait vécu ?

Puisqu'il ne s'était pas remarié, il avait dû aimer profondément Gemma. Et, comme elle-même, il s'était claquemuré dans son travail pour oublier son chagrin. Sans doute opérait-il régulièrement des futures mères qui avaient appris enceintes qu'elles souffraient d'un cancer. Retirait-il de la joie du fait de sauver des vies, ou cela lui rappelait-il sans cesse la femme qu'il ne tiendrait plus jamais dans ses bras ?

Pour penser à autre chose, elle se concentra sur la famille de Ty, qui échangeait des plaisanteries sur les appétits d'ogre et leurs conséquences sur la ligne. Elle n'y relevait aucune note acide, pas comme au cours des repas avec ses parents.

Son père était un neurochirurgien très prisé qui s'était toujours montré extrêmement exigeant avec ses enfants durant les rares heures qu'il passait à la maison. Avec Lucius, surtout. Pour lui, les hommes avaient un métier et les femmes, des enfants. Sa mère, infirmière, avait renoncé à sa carrière pour s'occuper de sa famille. N'en retirant pas la joie escomptée, elle se plongeait dans des livres pendant des journées entières pour échapper à son existence.

Lorsqu'il avait découvert que Kirri ne pourrait pas avoir d'enfants, son père l'avait quasiment abandonnée à son sort. Ce que Lucius aurait adoré, elle en était sûre, lui qui avait été surveillé sans répit depuis son enfance, et qui se donnait encore du mal aujourd'hui pour tenter de satisfaire leur père. Elle se demanda ce qu'il serait devenu s'il avait grandi avec des parents faciles, comme ceux de Ty. Un homme heureux ? Hum… Elle n'était pas certaine qu'il pourrait l'être un jour. Pas avec son perfectionnisme maladif.

Alors qu'ils se préparaient à quitter la table, Marina s'éclaircit la gorge et donna un coup de coude à son fils.

— Tu n'as rien à dire à notre invitée spéciale, trésor ? Que tu aurais pu l'inviter plus tôt, par exemple…

Ty décocha un sourire exaspéré – et comique – à sa mère. Celui qu'il adressa à Kirri provoqua dans son ventre un envol de papillons.

— Excusez-moi de ne pas vous avoir invitée plus tôt. Je vous en demande humblement pardon.

— Ce n'est pas grave, dit-elle en balayant ses excuses d'un geste de la main. Je souffrais du décalage horaire et j'avais beaucoup de choses à étudier. Le nombre de projets qui sont menés à Piedmont est incroyable. En outre… vous avez été très aimable avec moi. Vous m'avez donné votre parapluie.

Des regards perplexes se tournèrent vers elle.

— Il pleuvait quand nous nous sommes rencontrés, ajouta-t-elle. Il m'a cognée et…

— Il vous a *cognée* ?

— Je veux dire que nous nous sommes heurtés, sous la pluie, et il m'a offert son parapluie.

Les sœurs de Ty firent un signe de tête appréciateur avant d'aller aux toilettes avec Lulu pour se laver les mains. Ses parents le regardèrent et son père sourit.

— C'est un bon garçon, notre fils, et le cerveau de la famille. Mais vous devez être une tête aussi, s'ils vous ont fait venir d'Australie. Vous devez être très spéciale, vraiment.

Kirri vit Ty feindre de s'intéresser à une tache invisible sur sa chemise pour cacher son embarras, ce qu'elle trouva adorable. En famille, elle avait découvert un être humain très différent du chirurgien. C'était peut-être pour cette raison que Stella avait insisté pour qu'il l'emmène à ce barbecue.

— Il faudra que vous nous parliez de vos recherches quand nous irons au bowling, ajouta Henry.

Elle sourit en hochant la tête. Elle adorait l'exercice et y excellait. Sans dire qu'elle espérait remplir le vide émotionnel de son âme, elle avait mis au point un petit laïus où elle assurait aux gens qu'elle ne se prenait pas pour Dieu, qu'elle cherchait seulement à augmenter les chances de survie des grands prématurés. Souvent, elle s'interrompait pour courir aux toilettes, pleurer un peu, s'essuyer le visage et revenir sourire aux lèvres – ne laissant personne deviner que son cœur venait de nouveau de se briser.

Lulu revint avec ses tantes et agita la main lorsqu'elle vit Kirri. Pauvre petite fille qui avait perdu sa mère avant d'avoir eu le temps de la connaître.

La gorge de Kirri se serra d'émotion. Puis elle s'aperçut que les parents de Ty attendaient toujours sa réponse.

— Je suis enchantée d'avoir cette chance de poursuivre mes recherches ici. Et je serai plus qu'heureuse de vous en parler.

Malgré elle, elle regarda Ty et, de nouveau, elle ressentit

cette onde chaude et pétillante qui avait couru dans ses veines toute la soirée.

Il tendit la main et, du pouce, lui essuya le coin de la bouche.

— Un peu de sauce, dit-il.

Oh ! miséricorde ! La soirée allait être longue.

Ty fit semblant d'ignorer Stella qui arrivait dans la cuisine du personnel. Il prit son temps pour se servir son café, le remuer, essuyer le comptoir. Il savait ce qui l'attendait : un interrogatoire.

— Alors, comment ça s'est passé ? lança-t-elle dès qu'il se retourna.

— Les barbecues se passent toujours bien, chez Chuck.

Il but une gorgée de café, feignant l'innocence.

— Docteur Sawyer, vous savez très bien que je ne parle pas de Chuck.

Il éclata de rire. Elle n'était pas aussi directe, d'habitude.

— La soirée a été très agréable.

— Bon. Très agréable, c'est bien. Et votre invitée a aimé ?

Stella bloquait la porte pour l'empêcher de sortir.

— Beaucoup.

— Vous avez bien profité de votre temps ensemble, tous les deux ?

— Lulu et moi avons passé un moment formidable.

En fait, Lulu avait été vraiment conquise par Kirri. Non seulement elle lui avait posé plein de questions, mais au moment de lui dire au revoir, après le bowling, elle avait jeté les bras autour de sa taille. Peut-être se trompait-il, mais lorsque Kirri avait écarté les cheveux de Lulu de ses yeux et lui avait souhaité une bonne nuit, il lui avait bien semblé que ses yeux étaient humides.

Il ne l'admettrait jamais, mais les siens s'étaient mouillés, aussi. Jusqu'à cet instant-là, il n'avait jamais imaginé sa fille aimant une autre femme comme une figure maternelle. Mais la façon dont elles s'étaient regardées… Là, il s'était senti en proie à un conflit d'un nouvel ordre.

Il était adulte, capable de gérer ses propres sentiments. Seulement, tout le monde n'était pas prêt à aimer un homme dont la priorité était sa petite fille, et jamais il ne laisserait quelqu'un lui briser le cœur. Surtout pas une femme qui vivait à l'autre bout du monde.

— Docteur Tyson Sawyer, vous savez parfaitement que je ne parlais pas de Lulu et vous, marmonna Stella. Toutefois, faites un bisou pour moi à votre précieuse petite.

Elle darda sur lui un regard sévère avant d'ajouter :

— Je parlais de Kirri.

Ty essaya de se faufiler entre elle et la porte. En vain.

— Non, non, non. Pas tant que je ne saurai pas si vous avez offert ou non à cette pauvre fille une hospitalité correcte. Et vous savez ce que j'entends par se montrer *hospitalier.*

Elle lui décocha un clin d'œil qui n'avait rien de subtil.

Il fronça les sourcils. Parler de sa vie sexuelle avec Stella était à peu près aussi bizarre que d'en parler avec sa mère. Ce qu'il ne ferait jamais.

— Nous avons passé un bon moment, dit-il d'un ton sec. Du moins, c'est ce qu'elle a dit en montant dans son taxi après le bowling.

Stella parut atterrée.

— Vous ne l'avez pas raccompagnée ?

— Eh bien, non. Lulu avait besoin d'aller se coucher, Patsy et Tammy allaient dans l'autre direction…

— Attendez une minute, l'interrompit Stella. Vous me dites que vous avez invité vos *sœurs,* aussi ? Oh ! Ty…

Avant qu'il ait pu protester qu'il n'avait pas vraiment décidé de courtiser Kirri, elle continua :

— Ne me dites pas que vous avez amené vos parents, par-dessus le marché ?

Quand il répondit « si », elle croisa les bras et secoua la tête, abasourdie.

— Résumons-nous. Vous invitez une des plus belles femmes à avoir franchi votre seuil à un barbecue avec votre famille au complet, ou presque, et ensuite, vous la jetez dans un taxi sans un baiser pour lui souhaiter la bienvenue en Géorgie ? Mon garçon, vos techniques de séduction sont *rouillées*.

Elle fit claquer sa langue pour montrer sa déception.

La dernière fois qu'il avait invité quelqu'un à sortir dans les formes, c'était pour le bal de promotion de Gemma, alors…

— Je pense que vous pouvez dire que j'ai perdu la main.

Une certaine douceur s'inscrivit sur les traits de Stella.

— Je sais, Ty. Mais cette fille vous plaît. En toute sincérité, je suis fier de vous. Je ne pensais pas que vous l'inviteriez.

— Pourquoi ?

Elle haussa les épaules et vérifia que personne n'arrivait.

— Je pensais que vous étiez trop englué dans votre routine depuis que vous avez perdu Gemma.

— Je ne crois pas que ces choses-là aient une date de péremption.

— Non, bien sûr.

Stella se rangea sur le côté pour le laisser passer.

— Mais écoutez-moi bien, lança-t-elle encore. Quand on vous donne une seconde chance en vous offrant quelque chose de merveilleux, vous avez intérêt à la saisir.

Après avoir vérifié qu'aucun hélicoptère ne devait arriver, Kirri poussa la porte du toit en terrasse et offrit son visage au soleil.

Elle était tombée sur un os dans ses recherches et avait besoin de s'éclaircir l'esprit. C'était le genre d'incident propre à lui rappeler que le temps passait. Quand elle avait sauté dans l'avion, six semaines lui avaient semblé un siècle. Six longues semaines pour s'immerger dans le monde de son « sac à faire pousser les bébés » sans grand frère pour la surveiller, sans patients pour jouer sur ses cordes sensibles. Le bonheur… Mais aujourd'hui, le délai lui paraissait terriblement court.

Quand son portable bourdonna dans sa poche, elle répondit machinalement, et tiqua en entendant la voix sèche de Lucius.

— Quand reviens-tu ?

— Heureuse de t'entendre, mon cher frère, rétorqua-t-elle d'un ton bref.

Pourquoi ne pouvait-il pas être comme Ty avec ses sœurs ? Encourageant, aimant…

— Quand reviens-tu ? répéta-t-il.

— Je te l'ai dit. Fin juin.

— Tu arriveras trop tard.

Son cœur manqua un battement.

— Pourquoi ?

— Nous installons l'appareil à ultrasons 3D en salle d'op.

Les épaules de Kirri s'affaissèrent. Il l'avait acheté, finalement… C'était presque comme s'il lui disait : *Reviens, s'il te plaît. Tu me manques.*

Il ne s'était pas montré enthousiaste quand elle lui en avait vanté les mérites, ce qui l'avait rendue furieuse. Un appareil à ultrasons 3D leur permettrait d'évaluer de façon simple, rapide et magistrale l'utérus d'une patiente. Y avait-il à réfléchir ? Surtout que la clinique ne manquait pas d'argent !

Il avait terminé leur entretien en lui demandant de débarrasser son laboratoire dans la semaine et de se remettre au travail. Ce même après-midi, elle avait reçu le mail de Ty pour l'échange de chercheurs.

Elle se le remémora avant de saisir la carotte que Lucius balançait sous son nez.

— J'ai encore cinq semaines et demie à passer ici.

Il explosa.

— Qu'est-ce que tu cherches à prouver, Kirri ? Que parce qu'une clinique du bout du monde sème l'argent comme des confettis, tu vas avoir le Nobel ? Non. Ce que tu fais te dépasse. Il te faudrait d'autres moyens, crois-moi, et plusieurs décennies. À quoi bon perdre tout ce temps quand tu pourrais aider des femmes maintenant ? À *Sydney.*

Des lames tranchantes comme des rasoirs piquèrent la gorge de Kirri. Il savait comment manier le couteau. Il était loin, le *Je t'en prie, reviens. Je t'ai acheté un nouveau jouet, très cher, pour que tu t'amuses avec.*

Elle avait envie de hurler, de lui dire qu'il se trompait, de lui demander de lui offrir le genre de soutien inconditionnel qu'ils avaient toujours attendu en vain de leur père. Mais aucun mot ne sortit.

— Bon, voilà comment les choses vont se passer, reprit Lucius. Tu te ressaisis, tu prends un avion et tu rentres à la maison.

— Et si je ne le fais pas ? Je me suis engagée envers ces gens !

— Tu avais un engagement envers *moi* ! Et tu l'as rompu.

Il poussa un soupir et s'efforça de prendre un ton plus conciliant.

— Écoute, Kirri : ton travail ici est d'être chirurgienne. Et comme je ne veux pas créer d'embarras à Harborside, je vais te laisser mettre fin de toi-même à ce ridicule exercice.

— Sinon quoi ? lança-t-elle, coupante.

— Sinon, je te vire pour insubordination.

Le cœur de Kirri se serra. Lucius avait raison. Elle avait tiré avantage du fait qu'il était son frère. Si un autre membre du personnel avait fait comme elle, il aurait été licencié sur-le-champ.

— Un conseil ? continua Lucius. Occupe ton temps là-bas à bon escient.

— C'est ce que je fais.

— Je ne parle pas de tes recherches, je parle de la salle d'op. Ils sont un cran au-dessus du reste, dans ce centre. Tu pourrais sans doute apprendre quelques trucs si tu levais la tête de ton microscope.

Ouf, il ne l'avait pas virée.

Elle l'entendit marmonner quelque chose à quelqu'un.

— Il faut que j'y aille, dit-il d'un ton bref.

Puis la ligne fut coupée.

Les larmes brûlantes et furieuses qu'elle avait refusé de laisser couler pendant la conversation ruisselèrent sur ses joues. Être ici était censé être libérateur. Or elle se retrouvait coincée dans la même situation inconfortable qu'à Sydney, entre la chirurgie et ce qui la passionnait.

Elle n'était pas stupide. Elle savait qu'elle s'attaquait à

une des recherches les plus difficiles qui soient. Mais ce travail emplissait les heures vides entre la fin d'une longue journée d'opérations et l'aube. Elle ne voulait pas s'adonner à la boisson, ni collectionner les aventures sans lendemain. Elle voulait que sa vie ait du sens, et c'était la recherche qui lui en donnait.

Si elle avait cru en sa faculté d'être mère, elle aurait adopté un enfant, et même plusieurs. Mais, en vérité, à cause d'un certain ex-petit ami, elle doutait de pouvoir offrir l'amour pur et total que tout parent devait à un enfant.

Elle essuya ses larmes, aussitôt remplacées par d'autres. Andrew avait eu raison. Ses parents lui avaient fourni un exemple horrible et, en dehors de la chirurgie néonatale, elle n'avait qu'un seul intérêt dans la vie : rendre les prématurés plus viables.

Bon… Puisque c'était ce qu'elle voulait accomplir, elle ferait mieux d'aller se remettre au travail.

Elle sortit un mouchoir en papier, arrangea son maquillage du mieux qu'elle put sans miroir, puis se dirigea vers l'escalier.

Comme elle allait ouvrir la porte, celle-ci fut poussée de l'autre côté et Ty s'encadra sur le seuil. Elle vacilla sur ses talons et, comme la première fois, il tendit la main pour la stabiliser. Seulement, cette fois-ci, leurs regards se soudèrent.

Elle sut en un instant qu'il voyait en elle à travers son sourire tremblant. Qu'il allait droit à la douleur et à l'angoisse qui la faisaient avancer.

— Désolée, murmura-t-elle en se dégageant. J'étais venue prendre l'air pour voir si je pouvais dénouer un problème.

Ty se tapota le front en souriant.

— Les grands esprits se rencontrent. Je monte souvent ici quand j'ai besoin d'y voir plus clair.

Il referma la porte derrière lui.

— Pardon, dit-elle. Je… J'allais retourner au labo.

Il sortit un mouchoir propre de sa poche et le lui tendit.

— Vous voudrez peut-être essuyer un peu votre mascara avant d'y aller.

Que c'était embarrassant !

— Je ne suis pas très doué pour jouer les miroirs, mais je sais écouter, ajouta-t-il.

Elle fronça les sourcils. Elle n'était pas sûre qu'il était la meilleure personne à qui ouvrir son cœur. D'un autre côté, c'était lui qui l'avait invitée pour faire ses recherches d'avant-garde et, si elle ne parvenait pas à faire de découverte fondamentale, elle pouvait aussi bien lui dire de garder son argent pour quelqu'un d'autre.

L'idée de renoncer lui donna de nouveau envie de pleurer. Elle renifla et lui adressa un faible sourire, soudain très soulagée d'avoir quelqu'un à qui se confier.

— Vous avez le temps ?

— Oui. J'ai dû annuler une opération car nous avons perdu le bébé.

Le regard sombre, il se passa une main dans les cheveux.

Consternée, Kirri indiqua d'un signe de tête un banc installé à l'autre bout du toit.

— Vous voulez en parler ?

Il sourit.

— N'essayez pas de renverser les rôles. C'est moi qui suis censé vous écouter, et les hommes n'aiment pas se livrer, vous le savez bien. Néanmoins, il est presque cruel de sortir après ça et de voir que le soleil brille toujours. Enfin… La mère est sauvée et se trouve en soins intensifs.

Elle entendit dans ses paroles ce qu'il ne disait pas : *J'ai l'impression de l'avoir trahie.*

Pleine d'empathie pour lui, elle voulut lui rendre son mouchoir, même s'il ne pleurait pas. Il considéra le carré de coton taché de mascara.

— Non merci, c'est pour vous. J'en ai d'autres.

Puis il secoua la tête et se laissa tomber lourdement sur le banc.

— Il est si dur de convaincre une femme qu'elle a de la chance quand elle vient de perdre un bébé qu'elle portait depuis vingt-quatre semaines.

— Je suppose qu'il ne servirait à rien que je vous dise que vous avez sûrement fait de votre mieux.

Il eut un sourire à la fois doux et triste.

— Je pense que vous connaissez la réponse.

Visiblement, il avait subi un rude coup. Ils restèrent assis en silence pendant quelques instants, écoutant le bruit de la circulation qui montait des rues en contrebas. Puis il posa une cheville sur son genou et se tourna vers elle.

— À vous, maintenant. Nous sommes ici pour régler votre problème.

— Vous n'étiez pas censé me trouver ! Je me cachais.

— De moi ?

Il prit un air préoccupé.

— Nous formons une équipe, ici, à Piedmont. Je sais que je n'ai pas fait la meilleure impression lorsque nous nous sommes rencontrés, et nous n'avons pas encore discuté de votre travail ici, mais…

Elle l'interrompit.

— Nous avons été pris au dépourvu, c'est tout.

Leurs regards se mêlèrent et une onde de chaleur envahit le ventre de Kirri. Oui, il l'avait bel et bien prise au dépourvu. De plus d'une façon. Et elle n'était pas là pour boire son patron des yeux.

Elle se passa une main dans les cheveux, comme pour contenir ses émotions.

— Je me sens embarrassée d'être ici. Ma situation n'a rien de comparable à la vôtre.

Il fronça les sourcils.

— Qu'est-ce qui vous arrive ?

— Je suis tombée sur un os, aujourd'hui.

Se mettant face à Ty, elle posa un pied sur le banc et appuya le menton sur son genou.

— Je bataille avec l'hydrogel.

— Le fluide qui est censé agir comme un placenta artificiel ?

— Exactement.

Ils parlèrent de détails pendant un moment. Ty connaissait étonnamment bien le sujet et les difficultés qu'elle rencontrait ne l'inquiétaient pas du tout.

Il lui pressa l'épaule.

— Écoutez… Ceci prend du temps. J'espère que vous ne vous mettez pas la pression pour faire une découverte capitale durant ces six semaines ?

Elle déglutit d'une façon qui signifiait : *C'est exactement ce que je fais.*

— Vous êtes ici pour échanger des informations avec nous, pas pour vous tuer à coups d'inquiétudes. Nous savons que la recherche demande des années. Des décennies, même…

Leurs regards se soudèrent de nouveau. Un feu flamba en elle tandis que les paillettes dorées de ses yeux sombres étincelaient. Le reste du monde sembla s'évanouir quand Ty lui effleura la joue d'un doigt.

— Nous sommes là pour vous soutenir, reprit-il. Si vous faites une petite avancée, nous en serons ravis. Sinon… Ces choses-là arrivent.

Elle ne put se retenir. Elle se pencha en avant et l'embrassa.

Seulement un bref baiser, pour le remercier d'être aussi formidable. Mais à la seconde où leurs lèvres se touchèrent, tout changea pour une connexion magique, pleine de douceur.

Tous deux s'écartèrent avant que ce baiser puisse aller plus loin, mais Kirri savait déjà qu'ils avaient la réponse à une question tacite. Ils étaient attirés l'un par l'autre. Fortement.

Elle se leva en hâte, s'essuya rapidement le visage avec le mouchoir et claqua dans ses mains.

— Eh bien, je pense que je ferais mieux de retourner travailler !

Ty hocha la tête. Il ne bougea pas du banc, gardant les yeux rivés sur l'endroit où elle s'était tenue.

Sans attendre qu'il dise quelque chose, elle s'enfuit vers le laboratoire, se jurant de faire à tout prix une avancée au cours des cinq semaines à venir.

Elle n'avait pas le choix. Rien d'autre, elle le savait, ne l'empêcherait de penser sans cesse à ce baiser.

6.

— Waouh, le programme paraît chargé, aujourd'hui…

La voix de Kirri s'insinua en Ty comme du miel chaud. Ce baiser sur le toit remontait à vingt-quatre heures et, depuis, il avait bataillé pour penser à elle de façon purement professionnelle.

La toucher, la goûter… La sensation de déboucher une bouteille de champagne. Aucune chance de la refermer.

Comme en cet instant, par exemple. Son regard était rivé à ses prunelles bleues, comme si sa vie en dépendait. Il était obnubilé par ses yeux ou ses jambes, les uns et les autres provoquant en lui des flambées de tentation chaque fois que leurs chemins se croisaient. Mais bonté divine ! Aucune de ses employées n'avait jamais porté une jupe qui faisait autant d'effet en montrant si peu de peau.

Ou peut-être ne l'avait-il pas remarqué. Pas de la façon dont il remarquait Kirri. Ses lèvres, ses cheveux, ses jambes, sa taille… En les contemplant, le désir lui chauffait le bas-ventre.

Tout simplement, elle le troublait comme personne ne l'avait fait depuis Gemma et il devait prendre une décision à ce sujet. Ignorer cette réalité ? Ce n'était pas son style. Ou bien, plus courageusement, admettre que Stella avait raison ? Sa famille aussi, qui lui conseillait sans cesse d'amener Kirri pour sa leçon de cuisine le samedi suivant…

— Docteur Sawyer ? Tout va bien ?

— Oui, parfaitement. Je suis juste…

Juste perdu de nouveau dans vos yeux bleu saphir.

Quelque chose de bien trop intime à avouer alors qu'elle se tenait en blouse blanche devant lui, quasiment au garde-à-vous.

Elle l'appelait Dr Sawyer depuis qu'elle l'avait embrassé, comme si cela allait changer le fait qu'il savait maintenant qu'elle avait un goût aussi suave que le léger parfum floral qu'elle portait. Elle avait déployé des efforts, depuis, mais ils ne pouvaient rien y faire : ils avaient bel et bien partagé quelque chose de spécial.

Lorsqu'elle l'avait embrassé, il ne s'était pas agi d'un petit bisou sans conséquences. Il y avait eu de l'intensité, dans ce baiser, et maintenant, il ne rêvait que de l'attirer à lui. De l'explorer, de la toucher. Mais la part de lui qui n'avait jamais dit adieu à sa femme le retenait et il ne savait pas comment s'en délivrer.

Kirri lui lança un regard intrigué puis se tourna pour partir.

— Bon, eh bien… À plus tard.

Il ne voulait pas qu'elle s'en aille. Elle apportait à l'unité chirurgicale et au reste de l'équipe une énergie indispensable.

« Quand la foudre frappera, fais quelque chose. »

Il entreprit de lui décrire l'opération qu'il allait réaliser, pour arranger un syndrome de transfusion entre des triplés.

Elle se retourna, les sourcils haussés.

— Oh…

Elle savait qu'une poignée de chirurgiens seulement avaient le privilège d'opérer des triplés au laser. Quand il tapota sur sa tablette pour lui montrer le dernier scan, elle s'approcha assez pour qu'il puisse de nouveau sentir son parfum. Doux et frais. Jasmin et fleur d'oranger ? Pamplemousse ? Il dut résister à l'envie de se pencher pour humer la base de son cou.

— Je vois…

Elle garda les yeux rivés aux siens.

— Un risque de perdre un des bébés ?

— Pas sous ma responsabilité.

Elle passa la langue sur sa lèvre inférieure, ce qui provoqua un afflux de sang dans une partie de lui qui n'en avait pas besoin en cet instant précis.

Parler d'une intervention avec un autre chirurgien ne

lui avait jamais paru érotique, auparavant, mais là… Il lui expliquait les détails de l'opération, et c'était comme s'il décrivait la façon dont il allait lui faire l'amour.

Il continuait à la regarder dans les yeux, souhaitant pouvoir lui lancer une sorte d'invitation aussi naturellement que lorsqu'elle s'était penchée vers lui pour l'embrasser.

C'était ce qu'il y avait eu de fou, dans ce baiser. Il avait été à la fois une surprise et quelque chose d'attendu. Comme si c'était la seule chose qu'ils auraient pu faire après avoir partagé des émotions aussi personnelles. Comme s'ils se connaissaient depuis des années.

« Cette sorte de magie arrive rarement deux fois. »

— Aimeriez-vous assister à l'opération ?

Elle pencha la tête sur le côté en se mordillant la lèvre inférieure.

— J'allais m'acheter à déjeuner à la camionnette, dehors, et retourner au labo… D'après Stella, les tacos sont incontournables le vendredi.

Les légères ombres sous ses yeux lui indiquaient qu'elle devait dormir aussi peu que lui et il eut soudain envie de la protéger. Elle était à l'autre bout du monde, où elle ne connaissait personne, et se jetait à corps perdu dans ses recherches.

Si la vie lui avait appris quelque chose, c'était que chaque seconde de chaque jour était précieuse, et qu'il fallait consacrer certaines de ces secondes à autre chose qu'au travail. Sa famille le lui avait montré après la mort de Gemma. Au début, il ne voulait que travailler. Lentement mais sûrement, les siens avaient rétabli un équilibre dans sa vie, à commencer par le barbecue et le bowling. Peut-être était-ce ce qu'il fallait à Kirri. Quelqu'un pour s'occuper d'elle. Lui rappeler que travailler sans arrêt ne donnait pas le recul nécessaire pour avoir une vue d'ensemble.

Il consulta sa montre.

— Je vous emmènerai manger après, dans le parc. Grandma Poppy fait un poulet d'enfer avec des gaufres.

Elle lui lança un drôle de regard.

— Ça semble être un mélange bizarre.

— Il faut absolument l'essayer. Allez, venez assister à l'opération qui se fera sous anesthésie locale. Ça prendra une demi-heure tout au plus.

Il lui agitait une carotte sous le nez et elle le savait.

Enfin, la lueur d'excitation qu'il avait espérée s'alluma dans ses yeux.

— Bon, allons-y. Qui a besoin de déjeuner quand il y a des vies à sauver ?

Conformément à ce que Ty avait dit, moins d'une heure plus tard Kirri et lui étaient hors du Pavillon Piedmont, devant une camionnette colorée, et attendaient leur déjeuner.

Kirri était encore habitée par le flux d'adrénaline qui suivait une intervention réussie, même si elle n'avait fait qu'observer. Les mains de Ty étaient celles d'un chirurgien doué. Des mains *capables.*

Capables de faire beaucoup plus que de la chirurgie, si elle en jugeait par le contact de ses doigts sur sa joue, sur le toit.

— Faites-vous ce genre de chirurgie, à Harborside ? demanda Ty avant de boire une gorgée de sa limonade.

Elle but un peu de son jus de pastèque glacé.

— C'est délicieux.

Elle retardait sa réponse et le savait. Ils auraient pu en réaliser si elle avait suivi les consignes de son frère : la chirurgie seulement. On lui avait offert la chance de se former avec un spécialiste dans un hôpital renommé de Melbourne, mais elle avait été si épuisée par ses longues nuits au labo qu'elle avait laissé passer l'occasion. Elle haussa une épaule d'un air faussement nonchalant.

— Deux ou trois hôpitaux de Sydney la pratiquent, alors nous leur adressons nos patients. Parfois, leurs chirurgiens viennent opérer chez nous, mais, idéalement, nous aimerions que ces procédures de pointe se déroulent entièrement à la clinique.

— C'est exactement notre philosophie ici, à Piedmont.

Il y avait de la passion dans la voix de Ty. Ce pavillon était l'œuvre de sa vie : avoir des chirurgiens de tout premier plan pour offrir à ses patients, mères et enfants, les meilleures chances de survie. Quant à elle, elle en revenait toujours à la même question. *Qui veux-tu aider ? Les patientes qui ont besoin de toi maintenant, ou celles que tu pourras aider dans cinquante ans ?* Ce dilemme la déchirait.

— Docteur Sawyer !

Grandma Poppy les appelait depuis l'endroit ombragé où elle avait garé sa camionnette.

— Venez par ici, mon chou. Votre déjeuner est prêt.

Kirri fut soulagée de pouvoir changer de sujet de conversation.

— Il y a des tables de pique-nique avec des nappes, là-bas, dit Ty en désignant quelques tables installées au bord d'un joli petit étang. On y va ?

Quand Kirri prit la boîte que lui tendait la vieille femme, et une bonne odeur de tomates et d'épices lui monta aux narines.

— N'oubliez pas les serviettes, mon grand.

Grandma Poppy se pencha vers Kirri qui choisissait des sachets de ketchup et lui chuchota d'un air de conspiratrice :

— À moins que vous ayez un autre moyen d'essuyer cette sauce sur vos lèvres ?

Voyant que Kirri devenait écarlate, la vieille dame lui adressa un clin d'œil coquin.

— Oh ! chérie… J'ai vu comment il vous regarde. Faites en sorte de vous en mettre partout.

Kirri ne put que hocher la tête et rejoindre Ty qui par bonheur n'avait pas entendu la fin de l'échange.

Bien sûr, qu'elle avait songé à l'embrasser de nouveau. C'était l'une des raisons pour lesquelles elle avait travaillé au labo jusqu'à plus de minuit, la veille. Si elle s'était couchée sans être épuisée, des fantasmes dangereux n'auraient pas tardé à la rattraper.

Elle lança à Ty un coup d'œil de côté. Elle se demanda s'il avait « l'incident du toit » à l'esprit, lui aussi. L'embrasser ainsi, spontanément ! À quoi avait-elle pensé ?

À ses lèvres, de toute évidence. Ou, si elle était plus indulgente avec elle-même, à le réconforter après avoir vu à quel point il était affecté par la perte de son petit patient. Elle avait également été touchée par son attitude généreuse envers ses recherches. D'ailleurs, le fait qu'il l'ait invitée à son opération puis emmenée déjeuner dehors était également le fait d'un homme attentionné et indiquait que, contrairement aux apparences, il aimait profiter de la vie.

Kirri dégusta de délicieuses ailes de poulet aux épices, accompagnées de mini-gaufres et de salade de chou cru, et Ty, un énorme sandwich au poulet rôti.

— Je voulais vous demander comment vous parvenez à conjuguer votre activité de chirurgienne à plein temps et vos recherches, à Sydney, demanda-t-il, pensif.

Ce rappel de l'éternel débat avec son frère la fit tiquer.

— En vérité, je n'y arrive pas.

Il fronça les sourcils.

— Comment ça ?

— Je fais de la chirurgie le jour et mes recherches, la nuit et les week-ends. Si vous saviez à quoi ressemble mon « labo », vous hurleriez de rire.

— Dites-moi.

— C'est un vieux placard.

Ty battit des cils, surpris, mais ne dit rien. Elle continua :

— Mon frère est si occupé par la clinique que mes recherches ne sont pas vraiment son affaire. Comme vous le savez, il est le roi de la fertilité, le « Magicien des bébés ».

— Oui. Amanda, notre meilleure infirmière obstétricienne, est impatiente de travailler avec lui.

— Elle a raison. Savez-vous qu'on a trouvé un moyen de sélectionner les embryons par l'intelligence artificielle ? C'est stupéfiant.

Ty hocha la tête et mordit dans son sandwich.

— Ce qui me frappe, c'est que vos recherches ne semblent pas importantes pour Harborside.

Le cœur de Kirri se serra.

— Eh bien, elles ne sont pas la priorité. Mon frère me voit surtout comme un parasite.

Il secoua la tête.

— Je n'arrive pas à le croire. Pas avec votre talent.

— Oh ! il soutient à fond mes activités chirurgicales, mais pour ce qui est de mes recherches, tout ce qu'il voit, c'est sa petite sœur qui s'amuse à poursuivre des chimères. Il dit que mes objectifs ne sont pas réalistes.

— Quels sont vos objectifs ?

Réaliser l'impossible. Pour remplir le vide qui vient du fait de ne pas pouvoir avoir d'enfants.

— Je voudrais faire de la chirurgie et de la recherche à mi-temps. Mais la clinique ne peut pas se le permettre, alors je prends sur mon temps personnel pour mes recherches.

— Sans faire de pauses ?

— Je n'ai pas de vie en dehors de ça.

Ty acquiesça.

— Vous savez, si je vais au barbecue et au bowling chaque mardi, c'est parce que mes sœurs m'y ont obligé.

— Ah bon !

— Je vous l'assure. Mes sœurs, qui me dépassent en nombre, peuvent être aussi autoritaires que votre frère. Elles ont vu ce que j'étais incapable de voir : que j'avais perdu cet équilibre primordial entre le travail et la vie.

Il s'éclaircit la gorge, puis lui sourit.

— C'est pourquoi vous et moi sommes assis dans le parc en plein milieu d'une journée de travail, à déguster du poulet et des gaufres.

Il mordit de nouveau dans son gros sandwich et un peu de mayonnaise se déposa sur le bout du nez. Kirri pouffa en lui tendant des serviettes.

— Il va falloir que nous allions voir un cardiologue, après ce repas, dit-il.

— Ou que nous fassions une sieste.

Elle désigna d'un mouvement de tête l'autre bout du parc, où se trouvait son appartement.

— À dix minutes d'ici, il y a un grand lit disponible.

Leurs regards se joignirent tandis que la bouche de Kirri s'asséchait. Que venait-elle de faire ? L'inviter dans son lit ? Il devait penser qu'elle désirait désespérément coucher avec lui. Certes, son corps en brûlait d'envie, mais ce n'était pas la question.

Elle laissa échapper un petit rire hystérique.

— Je plaisante, bien sûr !

Elle déglutit quand ses yeux bruns restèrent rivés aux siens.

— En vérité, vous paraissez un peu fatiguée, dit-il.

Elle cacha la déception qu'elle ne s'était pas attendue à éprouver.

— C'est votre faute si j'ai envie de travailler tout le temps. Il y a beaucoup trop de tentations, là-dedans, ajouta-t-elle en désignant le building où ils avaient leurs bureaux.

Ty haussa un sourcil.

Arrête d'employer ce vocabulaire sexy pour parler de travail, espèce d'idiote !

— N'en faites pas trop, dit-il d'un ton sérieux. Je sais que l'échange est limité dans le temps, mais rappelez-vous que maintenant que vous connaissez l'équipe, partager des informations sera plus facile.

— Mais pas partager l'imprimante 3D ! répliqua-t-elle avec un rire qui sonna un peu faux. Mais, sincèrement, vous n'avez pas à vous inquiéter. Je prends plaisir à jouer avec vos équipements de pointe, c'est tout.

— Kirri… Je ne vous ai pas invitée ici pour que vous vous tuiez à la tâche. Oui, la recherche est importante, comme tout ce que nous faisons à la clinique. Mais il y a un équilibre à respecter. Votre bien-être personnel compte autant que les choses sur lesquelles vous travaillez.

— Bien sûr.

Elle mordit dans une gaufre pour s'empêcher de dire ce qu'elle pensait : qu'il ne pourrait pas y avoir d'équilibre dans sa vie. *Jamais.*

Elle était programmée pour brûler la chandelle par les deux bouts, pour aller de l'avant, toujours. Quelle importance si elle était épuisée à la fin de la journée ? Elle n'avait pas d'enfant à rejoindre le soir, comme Ty. Son travail était d'assurer que d'autres parents aient un bébé qui les attende à la maison. Si elle pouvait y arriver, elle trouverait un certain équilibre.

Ty la regardait intensément, ses yeux sombres impossibles à déchiffrer. Essayait-il de déterminer si elle était une droguée du travail ? Ou juste une illuminée ?

— En fait, si c'est possible, j'adorerais travailler le week-end. Le labo est-il ouvert, ou me faudra-t-il des clés ?

— Je crains que vous ne soyez pas libre ce week-end.

— Ah non ?

— Non, madame. Ma mère ne me laisserait pas en paix si je ne vous amenais pas à la maison pour votre leçon de cuisine. Elle a déjà acheté une tonne de pêches.

Kirri afficha un sourire crispé. Son plan pour mettre de la distance entre elle et Ty tombait à l'eau. Mais si c'était vraiment ce qu'elle avait voulu, elle n'aurait pas assisté à son opération ce matin ou ne serait pas assise avec lui en ce moment.

— Votre mère a du pain sur la planche.

— Vous ne savez pas faire cuire un œuf ?

— Je ne sais pas faire bouillir de l'eau pour le cuire.

Elle trempa une frite dans du ketchup et se rendit compte que Ty avait l'air très content de lui pour quelqu'un qui allait être pris une partie du samedi par son incapacité à cuisiner.

— Vous allez rester pour la leçon ? demanda-t-elle, un peu inquiète.

Il eut un grand sourire.

— Rien ni personne ne pourrait m'en empêcher.

7.

Dans le rétroviseur, Ty regarda Lulu qui chantait gaiement et essayait non sans mal d'apprendre sa chanson à Kirri. Elle s'était tournée dans son siège pour pouvoir être face à la jeune femme qui avait insisté pour monter à l'arrière quand ils étaient passés la prendre ce matin.

Kirri paraissait un peu tendue et fatiguée. Elle était sans doute encore restée tard au laboratoire, la veille au soir. Même si, vers 18 heures, il était passé lui faire promettre de s'en aller bientôt.

De nouveau, il éprouva le besoin de la protéger. Il était convaincu que quelque chose d'obscur la poussait à travailler comme elle le faisait et cette idée le peinait. Il aurait bien aimé savoir ce que c'était, mais elle n'était pas très loquace sur sa vie personnelle. Aujourd'hui, cependant, il avait ses armes secrètes : sa mère et ses sœurs. Elles étaient capables de faire parler une pierre.

— Nous sommes arrivés.

Il arrêta la voiture dans l'allée de la maison de ses parents, et sourit quand les yeux de Kirri s'écarquillèrent.

— C'est magnifique ! dit-elle dans un souffle, les yeux rivés sur la grande maison de style colonial entourée d'un large porche couvert.

Lulu, comme toujours, courait déjà vers la porte d'entrée.

— Maintenant, oui, mais elle était quasiment en ruines quand ils l'ont achetée. Et nous y avons habité tout de suite, tant nous étions impatients d'avoir plus de place. Jusque-là, nous vivions entassés dans un petit trois-pièces au-dessus de la boutique de mon père. Mes parents n'ont jamais reculé devant un défi, conclut Ty en souriant.

— J'oserais dire que vous tenez d'eux.

— Qu'est-ce qui vous fait dire ça ? demanda-t-il, gardant son sourire en place.

Le compliment, apanage de ses sœurs, d'habitude, lui faisait plaisir.

— Euh... Une chirurgie d'élite, pratiquée dans un établissement de première classe ? Des interventions de pointe que peu de chirurgiens se risqueraient à essayer ? N'importe qui n'aurait pas réussi ça, et c'est aussi impressionnant que cette maison.

Il allait répondre quand sa mère apparut sous le porche avec ses deux limiers d'un certain âge, Pootle et Piggy.

— Entrez, vous deux, dit-elle en leur faisant signe de la rejoindre. Il y a des douzaines de pêches à peler et à couper en morceaux parce que j'ai promis à l'église d'apporter six tartes pour le groupe de jeunes...

Kirri décocha un sourire triomphant à Ty.

— Comme je le disais, les chiens ne font pas des chats !

Une sensation de chaleur envahit Ty tandis qu'il la regardait grimper les marches, se laisser étreindre par sa mère et être poussée dans la maison avec les chiens.

Ses parents incarnaient tout ce qu'il espérait pouvoir offrir à sa fille. Constance, loyauté, amour inébranlable. Jusqu'à présent, il n'avait jamais pensé que ses objectifs pourraient aussi inclure de rencontrer et peut-être d'aimer quelqu'un de nouveau. La mort de Gemma avait creusé dans son cœur un énorme trou noir. Il n'imaginait pas que la lumière puisse y revenir un jour. Mais peut-être n'était-elle jamais partie complètement ? Peut-être était-elle simplement cachée à son regard ?

Il alla dans la cuisine où sa mère mettait un tablier à fleurs à Kirri et l'installait à la table. Marina Sawyer était ainsi : elle avait de l'amour à revendre. Il s'était souvent demandé comment elle pouvait avoir assez de place pour eux tous dans son cœur, mais maintenant, en regardant

Kirri et en sentant la chaleur qui habitait son propre cœur, il commençait à comprendre quelque chose : les cœurs n'avaient pas à chasser un amour pour faire de la place à un autre. Ils s'élargissaient, c'est tout.

— Qu'est-ce que tu fais là, mon fils ? lui demanda sa mère. Viens nous aider !

Il lui obéit en souriant.

Jamais Kirri ne s'était sentie plus détendue et plus à l'aise que dans la cuisine de Marina. Agréable, aimable, patiente, celle-ci s'occupait de tout le monde à la fois : chiens, chats, petits-enfants, mari, fils et filles qui appelaient au téléphone ou entraient et sortaient.

Ty avait demandé la permission d'aller dans le cabanon du jardin, mais sa mère lui avait fait promettre de revenir une fois que toutes les pêches auraient été coupées.

À cet instant, Marina regarda par la fenêtre et fit claquer sa langue avec affection.

— Ah, mon garçon… Il vivrait dans ce cabanon s'il n'avait pas dans sa vie des femmes pour l'en faire sortir. Son père est pareil.

Kirri hocha la tête sans rien dire. C'était si différent dans sa propre famille…

— Et les vôtres ? reprit Marina. Vous devez leur manquer, en étant si loin ! Moi, je ne supporterais pas que mes enfants quittent Atlanta, et encore moins le pays.

Kirri eut un petit rire plus triste qu'elle l'aurait voulu.

— Ça va, mon chou ? Je ne vous ai pas donné le cafard, au moins ?

— Non. Être ici, avec vous, me fait plutôt envie.

— Envie ? Mais c'est une maison de fous !

— C'est bien mieux que le silence.

Marina s'arrêta de couper sa pêche pour la regarder.

— Je ne peux pas vous imaginer grandissant dans une maison silencieuse. Vous êtes si pleine de vie !

— Oh ! croyez-moi, c'était silencieux.

Intimidant, même. Les repas de famille, mortels, se terminaient par un interrogatoire en règle pour Lucius qui ne réussissait jamais à satisfaire leur père. Elle non plus, d'ailleurs. Ils avaient appris qu'il était plus facile d'étudier encore plus ou de se cacher dans leur chambre avec un livre. Pour s'échapper dans la vie de quelqu'un d'autre, comme leur mère.

C'était ce qu'elle désirait faire maintenant : s'échapper pour de bon dans cette vie de famille intense et chaleureuse. Savoir qu'elle ne le pouvait pas lui fit si mal qu'elle ferma les yeux.

— Mon chou ? Vous vous sentez bien ?

Kirri rouvrit les paupières et sourit.

— Oui.

— Je suis désolée si je vous ai rappelé de mauvais souvenirs. Mais il doit bien y avoir quelqu'un, chez vous, à qui manque votre joli visage ?

De nouveau, la douleur étreignit le cœur de Kirri. Pas une fois, sa mère ne lui avait dit qu'elle était belle.

— Ma famille ne fonctionne pas vraiment comme ça. J'ai toujours espéré avoir un jour…

Elle s'arrêta. Rêver à l'impossible était de la folie, comme vouloir inventer l'impossible.

— Continuez, mon chou. Tout le monde a droit à ses rêves.

— J'ai toujours voulu avoir une famille à moi. Une grande famille bruyante et tapageuse, comme la vôtre.

Marina se leva pour venir l'enlacer.

— Vous êtes la bienvenue dans notre famille, mon cœur. Il y a toujours de la place à table pour un de plus. Et quand vous partirez, ne vous avisez pas de nous oublier !

— Aucun risque, répondit Kirri, revigorée, en saisissant une pêche.

La porte s'ouvrit et Ty entra avec, dans sa main, une petite cabane à oiseaux ravissante, peinte en bleu clair.

— Oh ! C'est ce que vous faites pendant votre temps libre ? demanda Kirri.

— Lulu a dit qu'elle en voulait une. C'est un peu tard pour

la saison des amours, je sais, mais ça ne coûte rien d'essayer, n'est-ce pas ? Mieux vaut tard que jamais.

Quand ses yeux bruns croisèrent ceux de Kirri, elle se sentit frappée en pleine poitrine par une connexion foudroyante. Même s'il parlait d'oiseaux… Elle détourna son regard quand elle vit que Marina les observait.

— Ty, pourquoi tiens-tu cette cabane comme si elle était empoisonnée ?

— Peinture fraîche.

— Ah… Kirri, courez chercher des journaux sous le porche de derrière, voulez-vous ?

Elle obéit. En quittant la pièce, elle entendit Marina baisser la voix pour parler d'elle, elle en était sûre. Lorsqu'elle revint, la mère de Ty lui sourit.

— C'est décidé. Ty et vous irez au bowling ce soir, après dîner.

— Ah ?

— Oui. Nous avons tous quelque chose à faire, sauf vous deux. Ty et moi avons pensé que ce serait une bonne idée s'il vous entraînait un peu avant mardi prochain.

Kirri lança un regard interrogateur à Ty. S'il montrait le moindre signe d'ennui, elle refuserait tout net. Mais ses yeux bruns pétillaient et son visage heureux disait : *Inutile de résister.*

— Je pense que ma mère tente de s'assurer que je vous propose une sortie en tête à tête, comme j'ai dit que je le ferais.

Quoi ? Une sortie en tête à tête ? C'était ce qu'il avait prévu ?

Marina se tourna vers Kirri avec un air d'excuse.

— Vous paraissiez si triste, tout à l'heure… Et vous travaillez si dur, tous les deux. Il est temps que vous ayez un peu de temps de loisir entre adultes, non ? Maintenant, si vous ne voulez pas sortir, vous pouvez toujours regarder un film. Un documentaire sur l'Australie, pourquoi pas ?

— Maman ! s'exclama Ty en riant. J'ai dit que je l'invitais !

Kirri eut l'impression de retrouver ses seize ans. Elle était un peu intimidée, pleine d'espoir et ridiculement heureuse.

Ty se tourna vers elle, les yeux pétillants.

— Enfin, si ça vous dit de sortir avec moi.

Bien sûr que cela lui disait ! Mais pendant une seconde, elle fut incapable de proférer une parole. Puis leurs regards se joignirent et Ty eut son « oui ».

La soirée se passa à merveille même si, à plusieurs reprises, Ty nota la tristesse et la peine de Kirri lorsqu'elle évoquait ses parents ou son frère. Dans ces moments-là, il avait envie de la prendre dans ses bras et de lui dire que tout irait bien.

C'était ce que sa famille n'avait cessé de lui répéter après la mort de Gemma. Au début, cela n'avait pas été le cas, mais, peu à peu, c'était devenu vrai. Lulu, épanouie, était un doux rappel de sa mère, les siens ne cessaient de chercher le bonheur et, bien sûr, il avait son travail. Un travail qui l'avait de façon inattendue conduit à Kirri.

Il avait renoncé à essayer de sortir avec quelqu'un, de peur d'être rejeté, de subir des échecs qui feraient souffrir sa fille.

Jusqu'à présent.

Peut-être était-ce encore un peu lâche de choisir une femme qui devait s'en aller. Mais comment avait dit Stella, déjà ? Ce pourrait être un galop d'essai ? Et qui savait si Kirri ne recherchait pas une relation à court terme, elle aussi ? Une liaison intense, fiévreuse, dont ils pourraient tous deux garder un bon souvenir quand leur vie reviendrait à la normale.

Qui voulait d'une vie normale quand une vie sublime était possible ?

S'il voulait être honnête, Kirri éveillait en lui toutes sortes de sentiments dont il ne savait que faire. Avoir une aventure et se considérer comme officiellement guéri de son chagrin ? Ou perdre le contrôle et tomber amoureux pour être obligé, ensuite, de dire adieu ?

Il y avait toujours l'autre option : ne rien faire et rester coincé dans la même routine que ces cinq dernières années, mais il écarta cette pensée. Tout le monde le poussait à changer. Ses parents, ses sœurs, Stella… Et il se sentait plus *vivant* lorsqu'il était avec Kirri. Elle était à coup sûr la femme avec qui il devrait prendre le risque de tenter quelque chose. Quoi qu'il advînt, cela en vaudrait la peine.

Il la regarda en train d'observer la piste du bowling, une boule à la main. C'était une très belle femme. Même dans cette horrible lumière fluo, il lui était impossible d'ignorer l'effet qu'elle produisait sur lui.

Il éprouva une sensation oubliée depuis longtemps qui lui réchauffa la poitrine : du *plaisir*. Le plaisir de donner de la joie à quelqu'un. Et pas n'importe qui. Une femme vulnérable et forte. Drôle et intense. Quelles autres facettes avait-elle encore ? Les découvrir une par une pourrait être l'une des choses les plus agréables qu'il avait jamais faites.

Tandis qu'elle lui souriait d'un air taquin, il continua de fixer ses lèvres qui appelaient un baiser.

Elle jouait mal, aussi essaya-t-il de lui donner des conseils, mais chaque fois qu'elle se penchait pour lancer sa boule, il louchait – un œil sur sa technique et l'autre sur la manière dont ses vêtements moulaient ses courbes.

Elle avait posé son léger blouson de cuir sur une chaise en plastique. Un jean serré gainait ses longues jambes. Ses cheveux auburn, libres, tombaient jusqu'à sa taille fine ceinte par un T-shirt qui s'évasait sur ses hanches. Sa tenue n'avait rien d'extraordinaire, mais sur elle, elle avait de l'allure et du panache. Même les chaussures de bowling lui allaient bien.

Personne ne te demande de tomber amoureux ou de t'enfuir avec elle… Il s'agit juste de prendre du bon temps.

En était-il encore capable, après toutes ces années ?

Il avait épousé son amour de lycée, qu'il avait aimé jusqu'à sa mort, et même plus. Jusqu'à ce jour, il n'avait jamais connu d'autre femme.

Mais il se sentait vivant comme jamais auparavant et plein de vitalité. C'était comme si une partie de lui était morte avec sa femme et qu'une autre, toute neuve, avait pris vie avec l'arrivée de Kirri.

C'était une sensation complètement différente de ce qu'il avait éprouvé avec Gemma. L'aimer avait été aussi naturel que de respirer. Ils avaient connu ensemble toutes les « premières fois » importantes et savaient tout l'un de l'autre. Ce qu'il ressentait actuellement était moins clair. Une attirance brute impossible à contrôler qui paraissait à la fois trop dangereuse à libérer et trop inespérée pour laisser passer cette chance de bonheur.

Tout à coup, un besoin intense de passer les mains sur la taille de Kirri, sur ses hanches, sur la rondeur de ses fesses et partout où elle le laisserait la toucher s'empara de lui. *Il la voulait.*

Il la rejoignit à grandes enjambées, la fit pivoter et prit son visage entre ses mains. Un regard lui indiqua qu'elle éprouvait la même chose que lui. Un besoin soudain de ne plus être au bowling.

Et quand leurs lèvres se touchèrent…

Ce fut un incendie.

8.

Kirri était une vraie boule de tension. Au bout d'un moment, n'y tenant plus, elle essaya d'engager la conversation, ce qui n'était pas son fort.

— C'est un quartier agréable.

Ty lui jeta un coup d'œil puis hocha la tête. Il n'avait pas dit un mot depuis qu'ils avaient quitté le bowling en voiture, vingt minutes plus tôt. Normalement, ce genre d'attitude l'aurait perturbée : un baiser complètement dingue au beau milieu du bowling, puis… le silence. Mais s'agissant de Ty, c'était plutôt sexy. Comme être assise près d'un lion avant qu'il se décide à bondir sur sa proie. Ou une panthère. N'importe quel fauve sensuel, en fait. Et elle se sentait plus dangereusement désirable que jamais auparavant.

Elle pressa son front contre la vitre, en savourant la fraîcheur. C'était un quartier agréable, verdoyant, assez semblable à celui de ses parents, avec de belles maisons aux porches fleuris et entourées de jardins soignés. Un quartier fait pour des *familles*.

Elle entreprit de comparer les quartiers résidentiels d'Oz et d'Atlanta, parlant à tort et à travers, et se sentit complètement idiote.

— En tout cas, votre quartier me plaît, conclut-elle sottement.

Ce qu'elle vivait là était différent des quelques liaisons passagères, purement sexuelles, qu'elle avait eues au fil des années. Après avoir été lâchée par le Briseur de Rêves, elle s'était assurée de contrôler ses émotions. Or ce qu'elle avait ressenti quand Ty l'avait embrassée n'avait pas été le bref éclat d'une flamme de briquet. Non, cette vive chaleur brûlait plus haut, plus fort. Au point de lui faire dire n'importe quoi, alors que tout ce qu'elle désirait était relever cet agaçant accoudoir et se mettre à arracher les vêtements de Ty.

Ce baiser ! Elle n'aurait pas pensé qu'il était capable de montrer cette fougue, cet emportement. Enfin, si, elle l'en avait cru capable, mais pas avec elle !

Il l'avait embrassée comme si le reste du monde s'était évanoui et comme s'ils étaient seuls sur la Terre.

Son ventre se crispa à ce souvenir.

Oui, elle avait envie de l'embrasser. De l'embrasser et de lui ôter cette chemise à carreaux et ce pantalon marron.

Ou alors… Elle fit glisser ses mains sur ses cuisses, tentée par une idée. Peut-être prendrait-il l'initiative. Très lentement. Aussi lentement qu'il avait abaissé la bouche vers la sienne pour lui donner le baiser le plus sensuel qu'elle ait jamais connu. Une combinaison extraordinaire de tendresse et de passion. Bien meilleur que le baiser du toit.

Un picotement chaud se fraya un chemin depuis ses pieds et remonta pour aller se loger entre ses cuisses.

Avant qu'elle pût aller plus loin dans ses évocations, Ty arrêta sa voiture dans une allée face à une superbe maison victorienne nichée dans un bosquet de vieux chênes, en retrait de la rue.

— Oh ! Ty, elle est splendide.

Il pinça les lèvres une fraction de seconde. Bien sûr, c'était là qu'il avait vécu avec sa femme. C'était la parfaite maison de famille.

— Elle a été construite en 1891 pour un médecin, dit-il.

— Et… depuis quand y habitez-vous ?

Se penchant en avant, il posa un bras sur le volant et fixa la maison, le regard dur.

— Depuis cinq ans, maintenant.

La façon dont il le dit déchira le cœur de Kirri. C'était donc juste après le décès de sa femme.

Elle sut tout de suite qu'elle ne franchirait pas cette belle porte d'entrée ornée d'un vitrail fleuri. Pas ce soir. Peut-être jamais.

L'expression de Ty était si confuse qu'elle chassait l'atmosphère sensuelle qui avait régné entre eux jusque-là. Ce qui était probablement aussi bien. Elle était ici pour se concentrer sur ses recherches. Pas pour… avoir une aventure.

Elle remonta la fermeture de son blouson et passa la bandoulière de son sac à main sur son épaule.

— Si ça ne vous ennuie pas, je pense que je vais prendre un taxi pour rentrer, dit-elle au moment où Ty commençait lui aussi à parler.

Ils s'interrompirent et reprirent la parole ensemble, pour s'arrêter de nouveau, jusqu'à ce qu'il lève les mains.

— Je crois que je vous dois des excuses.

— Pourquoi ?

— Pour vous avoir embrassée de cette manière et plus ou moins poussée dans la voiture.

Elle se mit à rire.

— Vous ne m'avez pas poussée ! J'étais partante !

Il haussa un sourcil, l'air incrédule.

— Parfaitement, ajouta-t-elle. Un : si j'avais été effrayée ou mécontente, j'aurais pu crier. Deux : vous êtes un homme d'honneur, n'importe qui peut le voir. Et trois : si vous aviez arrêté la voiture sur un parking désert, j'aurais volontiers embué les vitres avec vous.

Les coins de ses lèvres frémirent. Était-il amusé ou irrité ? Difficile à savoir. Kirri décida de faire ce qu'elle faisait toujours : mettre les faits sur la table et voir ce qui arrivait.

— Écoutez, vous m'avez plu dès que je vous ai vu et il me semble que vous m'avez vous aussi trouvée à votre goût. Mais je ne suis pas une fille à aventures et je doute que vous soyez un homme à passades, alors il vaut probablement mieux que nous étouffions ceci dans l'œuf.

Les coins de la bouche de Ty s'abaissèrent.

— Ce n'est pas vous qui êtes en cause…

— Je sais.

Elle connaissait ce discours, elle l'avait suffisamment tenu elle-même.

Mon travail est ma vie. Ce n'est pas le bon moment pour moi. Il faut que vous rencontriez quelqu'un qui puisse vous donner le bonheur que vous méritez.

— Si nous allions sous ce porche pour attendre le taxi que vous allez m'appeler ? proposa-t-elle.

Enfin, il eut un grand sourire détendu.

— C'est un compromis ?

— Ça dépend. Quel genre de compromis ?

— Nous prenons un verre ensemble pour parler de tout ça.

— Je pensais que les hommes rudes comme vous n'aimaient pas éclaircir les choses ?

— Vous me trouvez rude ?

— Vous avez construit une cabane à oiseaux, non ?

Il regarda la maison devant eux.

— J'ai rebâti cette maison…

— Eh bien, on dirait que nous avons un bon point de départ.

— Voilà… Du thé brûlant, comme vous l'avez demandé.

Ty tendit à Kirri le mug fumant puis s'assit à côté d'elle sur la balancelle couverte de coussins colorés.

— Et le taxi ?

— Je vous raccompagnerai volontiers chez vous. Lulu est chez sa tante, alors je serai heureux de rendre service.

Passer plus de temps avec elle dans un espace fermé alors qu'il brûlait encore de désir ? À quoi pensait-il ?

Kirri secoua la tête.

— Je pense qu'il serait sage que je rentre chez moi de mon côté.

Il acquiesça et sortit son portable pour taper sur quelques touches.

— Il devrait être ici dans trois quarts d'heure environ.

Elle haussa les sourcils.

— Il y avait un match de base-ball ce soir et la circulation est assez dense.

— Ah…

Elle fixa son thé comme si c'était une boule de cristal capable de faire apparaître un taxi tout de suite, par magie.

Ils burent quelques gorgées dans une ambiance un peu tendue. Mais elle s'était montrée directe avec lui, se dit-il, alors il pouvait peut-être en faire autant.

— Vous savez, cette attirance dont vous parliez ?

Elle hocha la tête en portant le mug à ses lèvres, dissimulant son expression.

— Vous aviez raison. Elle a été réciproque.

Elle se redressa un peu.

— Continuez, dit-elle, une note enjouée dans la voix.

Mais il savait que l'heure n'était pas à un léger badinage.

— Dès le jour où je vous ai rencontrée, je me suis demandé ce que ce serait de vous embrasser.

— Vous l'avez su l'autre jour sur le toit.

— Oui. Et cela m'a fait souhaiter davantage.

— J'ai pu m'en rendre compte tout à l'heure.

Avec un petit rire, il passa son pouce sur le dos de la main de Kirri.

— Le problème, je suppose, c'est que ça ne m'est pas arrivé depuis très, très longtemps.

Elle hocha la tête et lui sourit nerveusement.

— Vous êtes très doué, soyez sans crainte de ce côté-là.

— Me permettez-vous d'être franc ?

— Je vous en prie.

— En vérité, avec vous, j'ai envie de beaucoup plus que vous embrasser. Et c'est quelque chose que je n'ai pas ressenti depuis la mort de Gemma.

Elle haussa les sourcils sans rien dire.

— Jusqu'au moment où je me suis arrêté dans l'allée, mon plan était de vous porter dans la maison, de vous dévêtir complètement et de faire de mon mieux pour vous troubler autant que vous me troublez.

C'était un énorme aveu et il sentit un poids s'ôter de sa poitrine lorsqu'elle arbora un de ses beaux sourires.

— Qu'est-ce qui vous a retenu ?

— Le fait de voir la maison.

Elle lui pressa doucement la main, mais le laissa continuer, sachant que ce qu'il avait à dire était important.

— Nous passions tout le temps devant, Gemma et moi. Elle était vieille et délabrée et nous ne pouvions supporter de la voir tomber en ruines, alors nous avons décidé de l'acheter un jour, quand ce serait possible. Mais le cancer est arrivé d'abord et a englouti nos vies. La sienne, en tout cas. J'étais tellement en colère quand la maladie l'a emportée… Elle avait eu moins d'un an avec Lulu, pas assez pour que notre fille se souvienne d'elle. Elle s'est sacrifiée pour que Lulu puisse avoir une belle vie. Je me suis juré, alors, de changer ma pratique en néonatalogie.

— Ah. Je me demandais ce qui vous donnait le cran de réaliser des interventions que personne d'autre ne fait.

Il se sentit empli de gratitude, heureux qu'elle le voie ainsi.

— Pour beaucoup, c'est de la folie.

— Il faut bien qu'il y ait un pionnier.

Elle cala ses pieds sous elle sur la balancelle.

— Et si ce courage est motivé par des raisons émotionnelles, cela devient une mission.

— Une mission ?

— Oui, vous prenez des risques calculés parce que vous ne voulez pas que quelqu'un d'autre subisse la même perte que vous. À mon avis, si un chirurgien peut régler un problème, il doit le faire. C'est ce que vous faites, et c'est bien. Ceux qui disent le contraire se servent de la raison pour cacher leur frilosité.

Quelque chose lui dit qu'elle parlait aussi de ses recherches. De son cas personnel.

— Vous voulez m'en dire plus ? demanda-t-il.

— Finissez d'abord votre histoire, dit-elle en souriant.

Il but une gorgée de thé puis hocha la tête.

— La vérité, c'est que j'ai l'impression que ma vie a basculé en l'espace de quelques jours.

— De quelle manière ?

Il passa un doigt le long de son bras.

— Vous êtes arrivée.

Elle eut un petit rire modeste.

— En général, cela fait fuir les hommes.

Il la regarda d'un air sérieux.

— J'en doute.

Elle feignit l'indifférence.

— Je suis difficile. Peut-être trop.

Il fit un geste de dénégation.

— Vous méritez quelqu'un de spécial, Kirri. Quelqu'un qui puisse se consacrer à votre bonheur.

À l'idée qu'il puisse s'agir de quelqu'un d'autre que lui, il éprouva un coup plus rude qu'il ne s'y attendait. Était-il capable de prendre ce risque ? D'essayer, au moins ?

Les joues de Kirri avaient rosi, néanmoins elle secoua la tête.

— Tout le monde mérite un grand amour, mais certains d'entre nous ont besoin de plus de temps pour lui faire de la place dans leur vie. Et bien sûr… quelques-uns savent à quel point la barre est haute et refusent les compromis, ajouta-t-elle en le désignant du menton.

Être avec Kirri ne lui semblait pas être un compromis. C'était plutôt comme une récompense après une longue course d'endurance. Une récompense qui méritait d'être chérie.

Il leva son mug vers elle.

— Vous êtes très sage pour votre âge, jeune femme.

— Pas si jeune, mais j'accepte le compliment.

Elle eut un petit rire, toutefois il lui trouva une expression curieuse lorsqu'elle détourna les yeux pour poser son mug.

— Je ne peux pas avoir d'enfants. C'est mon problème…

La douleur qui perçait dans sa voix déchira le cœur de Ty.

— Je suis terriblement désolé.

Il voulut lui prendre la main, mais elle l'esquiva. Elle ne voulait pas de réconfort. Pas pour cette raison.

Rapidement, elle lui décrivit son cas. Elle avait découvert à quinze ans qu'elle n'avait pas d'utérus, et cette anomalie physique avait changé le regard de son père sur elle, mis encore plus de distance entre elle et sa mère, et décuplé son envie d'être reconnue pour ses réussites médicales, comme son frère pour les siennes.

Ses recherches étaient la seule chose qui la gardait émotionnellement à flot, en remplissant ces heures vides qu'elle aurait adoré consacrer à une famille bien à elle.

Le fait qu'elle ne puisse pas avoir d'enfants et ait voué sa vie à aider des femmes qui le pouvaient était quasiment miraculeux, pensa-t-il avec admiration.

— J'imagine qu'on a dû vous poser la question mille fois, mais avez-vous jamais songé à…

— Adopter ? Non, dit-elle en soupirant. J'ai eu un petit ami, Andrew. Il m'a laissée tomber quand il a su que je ne pouvais pas avoir d'enfants et m'a dit que, de toute façon, je ne serais jamais une bonne mère. Je l'ai cru.

La mâchoire de Ty se contracta.

— Quel goujat !

Elle haussa les épaules.

— Je suis devenue la personne qu'il m'a accusée d'être, obsédée par mon travail, pas disponible émotionnellement, terrifiée par les enfants.

— Quoi ? Vous avez été formidable avec Lulu et mes neveux.

Elle haussa de nouveau les épaules. Visiblement, c'était un sujet douloureux. Puis elle but une gorgée de thé et le regarda.

— La vérité toute simple, c'est que je veux ce que je ne peux pas avoir. La vie fonctionne parfois comme ça, non ? Vouloir l'unique chose que l'on ne pourra jamais avoir et gâcher le reste de sa vie dans une quête de l'impossible.

Ty était bien placé pour le savoir. Il ne pouvait pas aimer

sa fille comme une mère l'aimerait, ce qu'il souhaitait désespérément – parce qu'il était son père, tout simplement.

Il fronça les sourcils en buvant une longue gorgée de thé. Souhaitait-il avoir une épouse ? Quelqu'un pour l'épauler et l'aider à élever sa fille ?

Il n'était pas capable de répondre à cette question en cet instant précis, mais il se sentait proche de Kirri comme il ne l'avait été de personne pendant des années. Et son honnêteté le poussait à être tout à fait franc avec elle.

— Je voulais vraiment vous soulever dans mes bras et vous porter dans la maison, tout à l'heure.

Elle battit des cils, surprise.

— Vous n'êtes pas obligé de dire ça.

Il prit sa main dans la sienne et la regarda dans les yeux.

— J'en avais envie. Réellement… Vous êtes une femme belle, intelligente, sensible, incroyable. Je vous désire. Mais quand nous sommes arrivés ici et que j'ai vu la maison…

Il n'était pas sûr de devoir continuer. Cependant, si Kirri méritait quelque chose, c'était la vérité.

— En bref, la seule femme que j'aie jamais imaginé porter pour franchir ce seuil était Gemma.

— Et je ne suis pas Gemma.

Prononcer ces mots fit à Kirri l'effet d'un coup de couteau dans le cœur.

Elle aurait dû être plus intelligente. Reculer plus tôt. Ne jamais avoir quitté le labo. Ou l'Australie.

Elle retira sa main à Ty, remonta les genoux sous son menton et les entoura de ses bras, pour se faire aussi petite qu'elle se sentait.

C'était bien ce qu'elle avait pensé. Elle n'était pas assez bien pour Ty.

Comme elle ne l'était pas pour son frère, ou pour son père. Ou ne l'avait pas été pour Andrew qui voulait une famille.

— On ferait bien de vérifier où en est ce taxi, dit-elle.

— Non, Kirri.

Ty lui reprit la main.

— Vous avez mal compris. J'ai bien pensé ça, et ça m'a secoué. Mais je n'ai pas reculé pour la raison que vous croyez.

Elle se libéra de nouveau.

— Pour laquelle, alors ?

Il se passa une main dans les cheveux puis parut prendre une décision. Il l'attira dans ses bras et lui releva le menton afin qu'elle le regarde dans les yeux.

— J'ai paniqué à cause de ce que vous me faites éprouver.

Il baissa la tête vers la sienne, ses lèvres frôlant sa bouche, et murmura :

— J'étais terrifié parce que je me voyais parfaitement vous porter dans cette maison, vous arracher vos vêtements et vous faire l'amour.

Elle secoua la tête, perplexe.

— C'est plutôt une bonne chose, non ? Nous étions bien venus ici pour ça ?

— Ce qui m'effraie, c'est que vous faites de moi un homme neuf, et que c'est un sacré changement pour un type dans mon genre.

Alors Kirri l'embrassa comme si sa vie en dépendait. Il l'embrassa avec la même intensité. Avant qu'elle puisse bien saisir ce qui arrivait, elle sentit un de ses bras lui enlacer la taille et l'autre passer sous ses fesses pour la soulever d'un mouvement fluide. Elle noua les jambes autour de ses hanches tandis qu'il leur faisait franchir la porte d'entrée.

C'était une décision audacieuse, et elle savait qu'il ne la prenait pas à la légère.

Leurs cœurs tambourinèrent au même rythme alors que la porte se refermait en claquant derrière eux. Ils n'allèrent que jusqu'à l'escalier. À partir de là, toute la tension sexuelle contenue en eux depuis leur rencontre se libéra en un torrent de baisers fiévreux, de caresses érotiques et de frôlements sensuels.

En un clin d'œil, ils furent dévêtus et il n'y eut plus entre eux que chaleur intense et désir.

Ty était tout ce qu'elle avait espéré trouver chez un

homme et même plus. Il était doux, passionné, complètement immergé dans ce qu'il faisait pour partager avec elle les moments les plus beaux et les plus vulnérables qu'un homme et une femme pouvaient vivre ensemble.

— Je ne peux pas me rassasier de toi…, gémit-il en semant des baisers le long de sa gorge.

Elle sentait la force de son désir contre ses cuisses en se pressant contre lui et souhaitait plus que tout partager avec lui la plus complète des intimités, avec la passion charnelle qui ne demandait qu'à s'assouvir.

Elle le repoussa pour pouvoir le regarder en face.

— Tu es sûr de le vouloir ?

Elle lut dans ses yeux la certitude qu'elle éprouvait dans son cœur.

— Plus que tout.

Elle écarta les jambes et gémit de plaisir lorsque son sexe humide commença à s'insinuer au cœur de son intimité. Puis, d'un mouvement rapide et puissant, il fut entièrement en elle. Jamais, de sa vie, elle ne s'était sentie aussi complète. C'était comme s'ils étaient faits l'un pour l'autre.

Leurs rythmes, bercés par leurs gémissements de volupté, s'accordaient parfaitement. Elle haussait ses hanches vers lui et, d'un fluide assaut à l'autre, ils atteignirent ensemble l'assouvissement total.

Il la déplaça de façon à ce qu'ils soient sur le côté, bras et jambes enlacés, tandis que Kirri savourait les sensations inouïes qui traversaient encore son corps.

Ils restèrent ainsi un moment, leur souffle devenant plus régulier, la chaleur de leurs corps les liant ensemble aussi étroitement que la connexion émotionnelle qu'elle ressentait.

Il connaissait son secret le plus sombre et, cependant, il lui avait fait l'amour. Pour elle, il avait risqué un pas dans l'inconnu. Elle ne s'était jamais sentie aussi chérie qu'en cet instant.

— Si nous montions à l'étage ?

Ce qu'il avait à l'esprit était clair.

— Tu crois ? Je devrais peut-être rentrer chez moi pour ne pas être ici quand Lulu reviendra.

Il lui décocha un doux sourire et fit passer une mèche de ses cheveux derrière son oreille.

— Je pense que ma mère et mes sœurs ont tout prévu.

— Que veux-tu dire ?

— Ma sœur a envoyé un texto. Elle accompagnera Lulu à l'école du dimanche, demain matin, et nous les retrouverons à la maison pour le déjeuner. À moins que tu aies d'autres plans ?

Elle lui donna une tape malicieuse sur la poitrine.

— Tu sais très bien que mes seuls plans étaient de me terrer au labo tout le week-end. Mais toi et tes tartes aux pêches m'en avez empêchée.

Il se pencha pour lui donner un long baiser.

— Dis-moi que tu n'as pas aimé.

Elle l'enlaça et se blottit contre lui. Elle avait déjà partagé tant de choses avec lui. Comment lui dire que passer la journée avec sa famille avait été un rêve devenu réalité ? Que cette soirée avait été la meilleure des cerises sur le meilleur des gâteaux ? Un assortiment de pâtisseries qui lui avait procuré un plaisir inimaginable.

Y avait-il des complications à prévoir ?

Une montagne.

L'inconnu à affronter. Fallait-il le dire ou non à sa fille ? Et ils avaient chacun leur vie dans des pays différents. Sans oublier qu'elle ne pourrait jamais lui donner une grande famille.

Des difficultés par milliers.

Valait-il la peine de les ignorer afin de profiter de cette bulle incroyablement parfaite de… Était-ce de l'amour ?

Elle le regarda dans les yeux et, n'y voyant que tendresse et empathie, elle espéra qu'il décelait la même chose en elle. Ce n'était peut-être pas encore de l'amour, mais elle savait déjà dans son cœur qu'elle chérirait éternellement la connexion qu'ils partageaient.

— Allez, viens.

Il entremêla leurs doigts et la fit se lever.

— Si nous annulions ton taxi et montions nous reposer un peu ?

Il lui fit un clin d'œil qui signifiait qu'ils n'allaient sûrement pas dormir tout de suite. Mais lorsqu'ils dormiraient enfin, elle savait qu'elle serait serrée dans ses bras, et pour cela, elle était prête à laisser au lendemain le monde et ses milliers de questions.

9.

Ty pénétra dans le bureau d'un pas plus léger qu'il ne l'avait fait depuis des années.

Cela faisait trois semaines que Kirri et lui étaient ensemble et il venait à peine de la laisser.

Sa famille l'avait accueillie comme si elle était des leurs depuis longtemps. Les choses se passaient à merveille avec Lulu. Elles avaient fait de la pâtisserie ensemble le samedi précédent et avaient terminé couvertes de farine, mais avec un sourire éclatant. Le genre de sourire qui le poussait à remiser dans un coin ses soucis concernant ce qu'il allait faire dans quelques semaines.

Ils étaient d'accord sur le fait que, étant donné les circonstances, ce qu'ils partageaient ne serait qu'une aventure. Mais bon sang, il avait bien l'impression de tomber amoureux ! C'était tellement *naturel.* Différent de ce qu'il avait connu avec Gemma, mais tout aussi facile. Et personne, parmi les siens, n'avait essayé de lui parler pour le ramener à la raison.

La veille, Lulu avait dormi chez ses cousins et il avait passé la nuit chez Kirri, admirant la vue entre deux étreintes fougueuses et un pique-nique de chez Grandma Poppy qu'ils avaient dégusté par terre, dans le salon.

Ils n'avaient pas parlé à Lulu des moments « spéciaux » qu'ils passaient ensemble puisque Kirri allait bientôt rentrer chez elle, mais il voyait la façon dont sa petite rayonnait en présence de la jeune femme. Au lieu de s'opposer à l'arrivée d'une « intruse » qui partageait leurs activités, la fillette accueillait Kirri à bras ouverts. Comme si elle avait attendu patiemment, toutes ces années, que cette tornade aux cheveux de feu fasse irruption dans leur vie.

Bien sûr, cela l'inquiétait : il ne serait pas le seul à avoir du mal à dire adieu dans un proche avenir.

Bien qu'ils aient décidé de garder leur romance séparée de leur vie professionnelle, il était clair aux sourires malicieux et aux gloussements étouffés des membres de l'équipe, lorsqu'il leur disait bonjour le matin, que l'on jasait sur la démarche enjouée du Dr Sawyer.

— Bonjour, Stella.

Comme toujours, l'infirmière l'attendait dans la cuisine avec son café tout prêt et la liste des opérations de la journée. Elle avait l'air d'un chat devant un bol de crème.

— Bonjour à vous, docteur Sawyer. Je présume que vous avez passé un agréable week-end ?

— Très. Et ce café est délicieux.

— C'est le même que d'habitude.

Il fronça les sourcils puis but une autre gorgée. C'était idiot, il le savait, mais il avait l'impression de savourer un bon café pour la première fois depuis des années. La nourriture lui paraissait meilleure aussi. Les couleurs lui semblaient plus vives. Il humait avec plaisir les odeurs printanières.

C'était comme si un filtre gris et sans saveur avait été ôté de sa vie. Un filtre qui s'était mis en place quand Gemma était tombée malade, privant le monde de sa beauté. Les paroles de sa femme lui déchirèrent le cœur comme jamais auparavant.

« Tu le sauras, mon cœur. Cela prendra peut-être un moment, mais tu le sauras. Et pour l'amour du ciel, fais quelque chose. »

— Vous paraissez différent, dit Stella en le scrutant par-dessus ses lunettes.

Il ne lui demanda pas de préciser : différent de quoi. Il le savait. Il avait rejoint le monde des vivants.

— Vous allez faire quelque chose à ce sujet ? ajouta l'infirmière.

Il lui sourit sans répondre.

Son ventre se crispait à l'idée de conduire Kirri à l'aéroport. Lui, entre tous, savait combien le temps était précieux et combien il était important d'en profiter au maximum. Par ailleurs, il connaissait mieux que personne la douleur de dire adieu.

Cette fois-ci, cependant, il n'y était pas obligé. S'il ne disait rien, s'il ne faisait rien, il savait qu'il passerait le reste de sa vie à se demander s'il avait laissé sortir de son existence la meilleure chose qui lui était arrivée depuis cinq ans.

Il voulait que Kirri reste autant qu'il souhaitait continuer à respirer. Mais le lui demander serait égoïste car ce serait un énorme sacrifice pour elle. Ils avaient déjà alloué les fonds de recherche à la clinique et la fameuse imprimante 3D pour les trois ans à venir. Durant cette période au moins, Kirri ne pourrait pas se servir de leur laboratoire. Est-ce que travailler en chirurgie et les aimer, Lulu et lui, lui suffirait ?

Sincèrement, il l'ignorait. Mais il ne le saurait jamais s'il ne le demandait pas, et il était bien décidé à essayer.

Comme si elle avait suivi le cheminement de ses pensées, Stella lui décocha un de ses sourires pleins de sagesse.

— Si j'étais à votre place, je sais ce que je ferais.

Puis elle se tourna vers la porte.

— Bon ! Et maintenant, si vous alliez sauver quelques vies au lieu de rester là à déguster ce café comme si c'était du nectar ?

Souriant, il passa un bras autour de ses épaules pour se diriger avec elle vers l'unité chirurgicale.

— Allons sauver quelques vies.

Kirri s'écarta de son microscope et soupira. Elle bataillait dans ses recherches. Elle était encore loin d'obtenir le modèle de culture qui imiterait les propriétés cellulaires de l'utérus.

Mais une sensation de chaleur l'envahit au souvenir de ce que Ty lui avait dit : elle n'était pas là pour faire des avancées spectaculaires. Elle était là pour participer.

Seulement elle voulait toujours être *la meilleure.* Vouloir gagner à tout prix était dans ses gènes.

Se prenant la tête dans les mains, elle essaya d'y voir clair. Il y avait tant de facteurs microscopiques en jeu que son cerveau ne cessait de se perdre dans les détails.

— Je peux t'aider ? demanda Gloria, la chercheuse assise à côté d'elle.

— Oui, si tu sais comment créer une membrane en hydrogel qui imite parfaitement le placenta.

Gloria siffla en secouant la tête.

— Ça dépasse de loin mes compétences, ma fille. Il faudrait être à Vienne, pour ça.

— À Vienne ?

Gloria prit son sac à dos rangé sous son bureau et en sortit une revue consacrée aux innovations médicales. Elle la tendit à Kirri et tapota la couverture.

— Je pensais que tu avais vu ça et que tu faisais déjà tes bagages.

Kirri regarda le gros titre, les sourcils froncés.

Des scientifiques font une avancée importante dans le domaine du placenta artificiel.

— Si j'étais toi, je les appellerais aujourd'hui, ajouta Gloria. Comment est ton allemand ?

Mauvais, pensa Kirri. Et voir cet article lui donnait l'impression d'avoir été déchirée en deux.

Elle avait songé à demander à Ty de prolonger son séjour à Atlanta, mais ce qu'ils faisaient à Vienne… C'était ce qu'elle cherchait depuis toujours, ou presque.

Pendant que Gloria retournait à ses boîtes de Pétri, elle parcourut rapidement l'article, les mots se brouillant sous ses yeux. C'était une équipe de médecins et de biochimistes hautement spécialisés qui avait fait cette avancée, et ce qu'ils avaient obtenu n'était pas loin d'un miracle.

Les mots ne cessaient de lui sauter au visage. *Rayons laser. Hydrogel. Biocompatibilité.*

Une chose était claire : si elle voulait aller plus loin dans ses propres recherches, il fallait qu'elle se rende à Vienne.

La fureur de son frère, elle pourrait s'en accommoder.

Mais le regard de Ty quand elle lui dirait qu'elle tirait un trait sur la relation fragile qu'ils construisaient… Cette pensée lui mit un goût de bile dans la bouche.

Elle reposa la revue, les doigts tremblants, et s'obligea à considérer son travail sous un angle différent. Elle devrait être fière d'être allée aussi loin toute seule, sans les moyens qu'avaient ses collègues autrichiens. Mais ses efforts ne serviraient à rien, ce qui la blessait dans son ego. Si elle avait eu leurs ressources, et une équipe travaillant à son projet, ce serait elle qui serait en couverture de cette revue.

Elle pourrait l'être si elle allait à Vienne.

Le cœur serré, elle quitta son bureau et le laboratoire. Elle avait besoin de réfléchir.

Elle se retrouva sans savoir comment à l'étage chirurgical, cherchant le grand chirurgien surdoué aux cheveux noirs qui, contrairement à ses recherches, illuminait son monde en lui apportant équilibre, bonheur, détente…

Il avait un enfant, certes, mais, à vrai dire, elle se sentait séduite par Lulu autant qu'elle tombait amoureuse de Ty.

Elle commençait à se rendre compte qu'aimer un enfant n'était pas si difficile, finalement. Un déclic s'était produit entre Lulu et elle, comme elle avait eu un déclic pour Ty par ce matin mouillé de pluie.

De la terre la plus stérile jaillissent des brins d'herbe…

Elle sentit des picotements de plaisir anticipé la parcourir lorsqu'elle entendit sa voix chaude dans la salle voisine. Elle ne s'était pas sentie aussi excitée d'aller en salle d'op depuis… depuis qu'elle avait entamé ses recherches.

Elle tenta de se raisonner. La chirurgie l'amusait maintenant que ses pensées étaient occupées par Ty. Ce sentiment de joie ne durerait pas sauf si l'amour entrait en jeu, mais de toute façon, les choses changeraient au plan professionnel.

Le laboratoire de recherche étant comble pour les années, elle pourrait faire de la chirurgie à plein temps, mais est-ce que cela lui suffirait ? Aurait-elle la force et le courage de s'éloigner du travail par lequel elle se définissait pour vivre avec Ty et Lulu ? Avait-elle assez d'espoir en elle pour se dire que ce qu'elle y gagnerait vaudrait plus que de figurer en couverture d'une revue ? Qu'il valait mieux l'ignorer même si elle ne rendait jamais son père fier d'elle ?

Elle passa la tête dans la salle de préparation et, comme elle l'espérait, trouva Ty en train de se frictionner méticuleusement les mains. Il se préparait à changer la vie d'une minuscule personne.

Elle frappa pour attirer son attention et lorsqu'il la vit, son magnifique sourire la réchauffa tout entière. Dire adieu à cet homme allait être comme s'arracher un organe. S'amputer d'une force vitale.

— Besoin d'une paire de mains supplémentaire ?

Il hocha la tête, les yeux pétillants.

— Absolument. Il s'agit d'opérer un bébé avec une spina-bifida.

Elle sentit une décharge d'adrénaline la parcourir.

— Formidable ! J'adorerais participer. Pourquoi ne m'as-tu pas prévenue ?

Il eut un sourire plein de malice.

— Je suis allé au labo il y a une heure environ, mais tu semblais si sérieuse que je n'ai pas voulu te déranger.

Il l'avait vue froncer les sourcils après avoir lu cet article sur Vienne. Dieu merci, il ne pouvait pas lire dans les esprits.

Il la regarda dans les yeux, les sourcils froncés.

— Est-ce que tout va bien ? Tu parais distraite.

J'essaie juste de décider si je dois suivre ma tête à Vienne ou mon cœur à Atlanta.

— Kirri ?

Zut… Il savait qu'il se passait quelque chose. Il devenait trop bon pour la déchiffrer.

Serait—ce si mal d'avoir quelqu'un qui te connaisse aussi bien ? Quelqu'un pour t'aider à traverser les tempêtes ?

Elle haussa les épaules.

— Je le suis.

Il jeta un coup d'œil vers la salle d'op où son équipe commençait à entrer.

— Il faut que j'y aille, chérie. Tu es la bienvenue. Pour le reste… je ne doute pas que tout tournera bien.

Elle voulait le croire de toutes les fibres de son être. Mais elle avait cru au Père Noël, autrefois.

Est-ce que ce qu'il y avait entre eux était une fiction temporaire, ou serait-ce comme l'esprit de Noël qui permettait aux enfants de se remettre de leur découverte que le Père Noël n'existait pas ? Quelque chose de fort, de durable, de magique…

— Pouvez-vous prendre cette pile de couvertures, Kirri ?

Henry Sawyer désigna le coffre du SUV familial tandis qu'il prenait une glacière avec Ty pour la porter à l'endroit où la famille s'installait pour un pique-nique et un film en plein air.

— Bien sûr.

Le regard de Kirri s'attarda sur Ty. Son homme. Son homme d'un moment, en tout cas. Il était superbe, bronzé et complètement détendu. Bien différent de l'homme pressé et glacial qu'elle avait rencontré le premier jour. Mais qui avait montré une faille dans son armure sous la forme d'un parapluie et de paillettes dorées dans les yeux.

Elle évoqua ce souvenir avec délice, ainsi que le doux baiser qu'ils avaient échangé un instant plus tôt, avant que les enfants sortent de la maison.

Il lui semblait tout naturel de faire partie de la vie de Ty et de Lulu, même si les nombreuses activités de Lulu prenaient souvent sur leur temps, mais quand ils étaient ensemble, c'était de la vraie poussière d'or. Le reste aussi, d'ailleurs. Une énorme pépite brillante.

— Laissez-moi vous aider, mon chou.

Tammy lui prit quelques couvertures.

— Maintenant que vous faites partie de la tribu, cette pile a encore grandi.

Au lieu de prendre cette remarque comme une pique ainsi qu'elle l'aurait fait quelques semaines plus tôt parce qu'elle était hypersensible, Kirri se sentit fière d'être admise dans une « tribu ». Il était incroyablement enrichissant d'être incluse dans une famille aussi heureuse.

Elle soupira en se rappelant que son séjour ici prendrait bientôt fin.

— Ça va, chérie ? demanda Tammy.

— Oui, ça va. J'aimerais juste que mon frère puisse me voir ici, avec vous.

Lucius penserait qu'elle était devenue folle.

— Pourquoi ne l'appelez-vous pas en vidéo ? Nous pousserions tous des cris en agitant les bras, et il verrait quel bon moment vous passez !

— Comme il est 5 heures du matin, chez moi, il ne vaut mieux pas.

Pourtant, Lucius serait déjà levé, prenant sa première tasse de café avant une autre longue journée à Harborside. Elle n'était pas la seule travailleuse acharnée de la famille.

Mais l'appeler alors qu'elle se distrayait hors du centre serait comme jeter du sel sur une plaie. Ou donner la preuve qu'elle ne faisait pas passer son travail avant tout. En outre, les démonstrations débordantes des Sawyer le mettraient mal à l'aise. Pas étonnant, quand ils avaient été élevés tous les deux comme des loups solitaires…

Elle, en revanche, se trouvait très bien avec eux. Elle avait l'impression que son cœur guérissait de blessures qu'elle ignorait avoir subies. Cela lui rappelait qu'il y avait peut-être autre chose dans la vie que les boîtes de Pétri et – elle n'en revenait pas de le penser – les imprimantes 3D.

Ce qui n'adoucissait pas le fait de se dire que le laboratoire de ses rêves se trouvait à Vienne et brillait au loin comme une sorte de royaume magique. Mais les rêves devenaient-ils vraiment réalité ?

Alors que le dessin animé précédant le film commençait, son téléphone sonna.

Lucius.

Elle fit signe à Tammy qu'elle en avait pour un instant et décrocha.

— Salut, Luce. Que se passe-t-il ?

— On dirait que quelqu'un n'est pas dans son labo, à essayer de changer le monde.

Une boule de frustration se forma dans le ventre de Kirri. Oui, elle avait ralenti son rythme, si suivre des horaires de travail normaux était ralentir. Bon sang, pourquoi ne parvenait-elle pas à trouver un équilibre ?

La culpabilité l'envahit tandis qu'elle jetait un coup d'œil vers le centre-ville où ses recherches l'attendaient dans un laboratoire obscur. Elle n'était pas venue pour s'amuser dans un parc avec une famille à qui elle allait devoir dire adieu. Ni avec un homme qui lui avait fait voir la vie sous un autre angle. Elle était venue pour travailler. Mais les Sawyer étaient si persuasifs ! Ty, en particulier, lui avait dit qu'il lui avait acheté un billet en passant sensuellement les doigts sur son bras, sachant qu'il finirait ainsi de la convaincre de les accompagner.

— Tu as réservé ton vol ? reprit Lucius.

Elle croisa le regard de Ty à travers l'aire de pique-nique et il lui fit signe de venir le rejoindre. Quand elle lui fit comprendre qu'elle en avait pour une minute, il sourit, lui décochant un clin d'œil.

Serait-ce la même chose si elle se trouvait sur un autre continent ?

— Kirri ?

— Il y a des places sur un vol dans quinze jours.

C'était un mensonge car elle n'avait pas vérifié. Et il y avait aussi Vienne à considérer.

— Bon, eh bien, fais ta réservation.

Elle la ferait, mais… *Oh ! Dieu.* Soudain, l'idée de retourner à son ancienne vie lui donna l'impression de priver d'oxygène le nouveau moi qu'elle était en train de découvrir. L'envie de rester n'était pas liée au sexe, même si cela comptait, bien sûr. La vérité, c'était qu'elle était en train de tomber éperdument amoureuse de cet homme incroyable. Sans oublier sa fille.

Le véritable amour pouvait-il arriver si vite ? Il semblait bien.

Mais était-ce un amour qui pouvait supporter la distance ? De longues heures au labo ? Le fait de se consacrer à autre chose que la famille ?

Mener sa vie sans la pression d'avoir à obtenir des résultats pour être appréciée avait été une révélation pour elle, et c'était Ty qui l'en avait convaincue. Il lui avait répété cent fois que ses recherches consistaient avant tout à se donner une nouvelle perspective. Il l'avait même taquinée l'autre nuit, en posant des baisers coquins sur son ventre : si elle faisait une découverte capitale, il devrait la renvoyer.

Il plaisantait, bien sûr, mais elle devait sa liberté de penser, d'explorer, de laisser courir son imagination autour de son projet, à l'homme formidable qu'elle était en train d'observer.

Il faisait grimper Lulu sur son dos pour aller chercher du pop-corn, et elle brûlait d'envie d'être avec eux. Elle voulait tout : l'amour, le travail, la satisfaction émotionnelle de mener une vie riche et joyeuse.

— Kirri ? Il y a un décalage sur la ligne, ou quoi ? demanda Lucius d'un ton impatient.

— Non, désolée. Je suis là.

À Atlanta. Où se trouve mon cœur.

— Bon, réserve ton vol, et le plus tôt sera le mieux. Les intérimaires que tu as embauchés rongent leur frein, se demandant s'ils doivent rester ou partir.

— Oh ! eh bien…

Elle avait envie de lui dire de les embaucher définitivement. De lui lancer : *Tu n'as pas besoin de moi là-bas. Tu n'en as jamais eu besoin. Tu jouais seulement au grand frère protecteur, mais il n'est plus nécessaire que tu veilles sur moi. J'ai besoin de déployer mes ailes. De voir ce que je peux donner par moi-même.*

— Il me faut une réponse avant la fin de la semaine, Kirri. Trois jours.

Alors qu'elle s'imaginait de retour dans la clinique de pointe de son frère, l'oxygène commença à lui manquer.

Elle fit la même chose avec le laboratoire de Vienne et put à peine respirer.

— Tu auras ta réponse, répondit-elle, même si elle savait déjà dans son cœur ce qu'elle voulait.

Serait-elle assez courageuse pour le demander ?

— Très bien, dit Lucius en raccrochant comme d'habitude avant qu'elle puisse lui dire ce qu'elle ressentait.

Je t'aime. Tu me manques. J'aimerais que nous soyons plus proches. Mais la seule idée de dire à Lucius qu'elle l'aimait lui paraissait terrifiante. Le rejet faisait tellement partie de leur famille que cette perspective lui retournait l'estomac.

Ty et Lulu apparurent à côté d'elle comme elle remettait son téléphone dans sa poche. Ty l'étreignit rapidement, puis lui prit une main tandis que Lulu, chargée d'une grosse boîte de pop-corn, s'emparait de l'autre.

— Tout va bien, Kirri ? Le film va commencer.

Ty, le front plissé, essayait de jauger son humeur.

— Oui, ça va. C'était juste un appel pour le travail.

Il lui jeta un coup d'œil acéré. À cette heure tardive, il ne pouvait s'agir que d'un appel d'Australie.

— Urgent ?

— Non. Une histoire de planning.

Le regard de Ty s'assombrit. Il n'était pas bête : il savait que c'était un appel de Lucius et qu'ils avaient parlé de son retour à Sydney.

— Viens, Kirri ! dit Lulu en tirant sur sa main. Je veux m'asseoir sur tes genoux pour regarder le film.

Elle plongea les yeux dans ceux de la petite fille et y lut une attente qui la bouleversa.

Quitter Ty serait une chose, et elle ignorait si elle pourrait en supporter la douleur. Quitter Lulu serait une autre forme de chagrin et elle ne savait pas non plus si elle en aurait la force. En l'espace de quelques semaines, cette espiègle petite fille s'était frayé un chemin jusqu'à son cœur comme aucun enfant ne l'avait jamais fait. La seule idée de faire monter des larmes aux yeux de Lulu l'épouvantait. Et elle savait que ce n'était qu'un aperçu de la responsabilité que l'on prenait en aimant un enfant.

Possédait-elle ce qu'il fallait pour offrir à Ty et à Lulu le genre d'engagement qu'ils méritaient ? Elle porta de nouveau les yeux vers le building du centre d'innovations médicales. Elle avait consacré des années de sa vie à ses recherches. Pouvait-elle y renoncer pour quelque chose qui n'offrait pas de garanties ?

Rien n'est jamais garanti, espèce d'idiote... Ni la science, ni la médecine, ni l'amour.

Elle sentit les doigts de Lulu dans sa main droite et cette forte et aimante main d'homme dans sa main gauche.

Le temps était venu de prendre une décision.

10.

Ty attira Kirri à lui et chuchota :

— Nous en avons encore pour dix étages, si tu es partante…

Elle se blottit contre lui.

— Partante pour quoi, exactement ? demanda-t-elle d'une voix rauque qu'elle n'avait jamais entendue sortir de sa gorge.

Pour toute réponse, Ty abaissa la bouche vers la sienne.

Quand les portes de l'ascenseur s'ouvrirent au niveau du Pavillon Piedmont, Kirri savait qu'elle avait les lèvres aussi écarlates que si elle s'était mis une couche de rouge. Voilà ce que donnait le fait d'embrasser l'homme de ses rêves !

— Je te vois tout à l'heure pour ce laparoschisis ?

Elle hocha la tête.

— Absolument.

Ils s'adressèrent un signe de main et Kirri s'élança dans l'escalier qui menait au laboratoire de recherches. En toute honnêteté, elle était impatiente de participer à toutes les opérations auxquelles Ty l'invitait. Pour la première fois depuis longtemps, elle ne voyait pas la chirurgie comme un *devoir* à remplir avant d'avoir le droit de faire ce qu'elle *voulait.*

Quelques heures plus tard, le téléphone du labo sonna. C'était pour elle. Lorsqu'elle raccrocha, elle était en proie à des émotions contradictoires.

— Ça va, chérie ? demanda Gloria juste comme Ty arrivait.

Les yeux de Kirri se fixèrent dans les siens.

— Tout va bien ? demanda-t-il.

Comme elle hochait la tête, muette, il s'approcha d'elle.

— Qu'y a-t-il, Kirri ? Parle-moi.

— C'était… euh… l'équipe de chercheurs de Vienne.

— Celle dont tu m'as parlé ?

Elle acquiesça. Elle lui avait montré l'article la veille au soir, et il l'avait trouvé intéressant, sans plus.

— Ils veulent que j'aille travailler avec eux.

Gloria joignit les mains.

— Je *savais* que ça valait le coup !

Kirri la regarda.

— Que veux-tu dire ?

— Eh bien, il se pourrait que je leur aie envoyé ton CV. Tu pourras me remercier plus tard avec un grand daïquiri à la fraise.

Gloria se retourna vers son microscope en fredonnant.

— Tu vas accepter leur offre ?

Le ton de Ty était neutre, mais ses yeux étaient devenus plus noirs qu'elle les avait jamais vus.

— Je leur ai dit que j'avais besoin de réfléchir.

Elle vit aussitôt l'impact de ses paroles. Visiblement, la dernière chose à laquelle Ty avait pensé était qu'elle sauterait dans un avion pour Vienne. Elle ne l'aurait pas cru non plus, mais… c'était la chance d'une vie.

Elle songea à tout ce que les Autrichiens avaient à lui offrir. Et si elle joignait ses recherches aux leurs, qui sait ce qui pourrait arriver ?

— Nous pourrions peut-être en parler ce soir ? dit-elle.

Ty fit un bref signe de tête.

— J'ai promis à Lulu une pizza maison et un film. Ça te va ?

Elle hocha la tête, incapable de dire ce qu'elle voulait réellement. Rester avec lui pour toujours…

Vienne était la chance d'une vie, mais ce qu'elle avait avec Ty l'était aussi. Elle n'avait pas envie de choisir, pourtant elle y était obligée. Elle avait toujours rêvé d'être reconnue comme une chercheuse de pointe, mais elle avait aussi rêvé d'être aimée.

Il s'en alla avant qu'elle puisse lui expliquer combien sa position était difficile, et qu'elle serait déjà en route pour l'aéroport si elle ne l'avait pas rencontré. Mais elle l'avait rencontré et, à présent, plus rien n'était simple.

La soirée avait été chargée de non-dits et Ty se sentait de plus en plus nerveux. Il ne voulait pas empêcher Kirri de suivre son cœur. Son éthique, à la clinique, était d'encourager son personnel à aller de l'avant, quitte à partir éventuellement. Mais, avant, il n'était jamais tombé amoureux de quelqu'un qu'il devait libérer.

Devoir la laisser partir lui déchirerait le cœur, cependant il n'entraverait pas sa passion pour la recherche. Aucune relation n'y résisterait.

— Viens, Kirri ! cria Lulu en montant l'escalier. Je veux que tu me lises une histoire !

Ty vit l'hésitation dans les beaux yeux bleu foncé.

— Vas-y, dit-il.

— Je ne veux pas interférer dans un de vos rituels.

Il faillit rire. Elle avait déjà participé à tous leurs rituels : le barbecue chez Chuck, le bowling, les matchs de base-ball… Et ce soir, malgré la tension liée à la décision qu'elle devait prendre, la maison avait ressemblé à un vrai foyer. Il ne voulait pas que cette sensation disparaisse. Il ne voulait pas que Kirri disparaisse. Mais jamais il ne serait responsable de ses rêves brisés.

Lulu apparut en haut de l'escalier, brandissant un livre.

— Kirri ! Tu viens ?

Kirri le regarda comme si elle lui demandait sa permission.

— Kirri est peut-être un peu fatiguée, chérie, répondit-il.

Il espérait que non. Il fallait qu'il lui parle. Lorsqu'ils avaient quitté le centre en voiture, elle lui avait dit que Vienne attendait une réponse le lendemain, ainsi que Lucius. Puis elle avait mis la radio.

— Je veux qu'elle me lise mon histoire ! insista Lulu. Elle fait le kangourou mieux que toi.

Un sourire éclaira le visage de Kirri et elle s'élança dans l'escalier en disant d'une grosse voix :

— C'est parce que les kangourous sont australiens, comme moi !

Arrivée sur le palier, elle regarda Ty et il comprit qu'elle était dans le même bateau que lui : essayant désespérément de prendre les meilleures décisions possibles pour son avenir. Il vit dans ses yeux de l'affection, de la chaleur, peut-être même de l'amour, mais aussi cette réserve contre laquelle il ne pouvait rien.

Son cœur tambourina contre ses côtes. Il ne voulait pas la laisser partir. Il était un homme meilleur, quand il était avec elle. Un meilleur médecin. Un meilleur père. Il avait dû s'habituer au fait qu'elle était formidable avec Lulu. Surtout en sachant combien il était difficile pour elle de fréquenter des enfants.

Il alla à la porte de la chambre et regarda sa fille se pelotonner contre Kirri, allongée près d'elle sur le patchwork fabriqué par sa mère. Lulu était visiblement comblée.

C'était un moment qui lui réchauffait le cœur. Le genre de moment qu'il aurait pensé partager avec Gemma, autrefois. Et qu'il ne partagerait plus avec Kirri.

Aussi difficile que ce fût pour lui, il savait qu'il avait pris la bonne décision : il l'encouragerait à partir.

Kirri leva les yeux et vit Ty sur le seuil de la chambre. Lulu était en train de s'endormir, appuyée contre elle comme sur un oreiller.

— Tout va bien ? demanda Ty.

« Parfait », articula-t-elle en silence, avant de chuchoter :

— Je te rejoins en bas dans une minute ?

Il hocha la tête en souriant. Il avait eu six ans de moments comme celui-ci. C'était le premier pour elle, et il savait ce qu'elle ressentait.

Quand il fut parti, Kirri jeta un coup d'œil à la table de chevet et vit un petit cadre montrant une jeune femme qui tenait un bébé dans ses bras. Gemma et Lulu. Des larmes lui montèrent aux yeux. Il avait dû être si douloureux pour

Gemma de savoir qu'elle ne pourrait jamais lire une histoire à sa fille, ni la sentir s'endormir contre elle !

Derrière le cadre, elle aperçut une autre photo collée au mur. C'était eux trois, Ty, Lulu et elle, brandissant chacun une boule de bowling. Ils étaient rayonnants et Lulu ne regardait pas l'appareil : elle la regardait, elle.

Kirri huma encore un peu la douce odeur de ses cheveux puis elle s'attarda un instant près du lit et caressa la petite tête brune, gravant dans sa mémoire ses taches de rousseur, son sourire angélique et la fossette qui creusait sa joue gauche.

Il était quasiment impossible de renoncer à des moments tels que celui-ci. Pas étonnant que les pères célibataires se montrent si protecteurs avec leurs enfants. Pourtant, Ty avait pris un risque en l'introduisant dans leur vie alors qu'elle allait partir.

Elle effleura les cheveux de Lulu et sut, à cet instant, qu'elle pouvait aimer une enfant qui n'était pas la sienne. Elle aimait cette petite. L'amour pouvait se présenter sous différentes formes.

Elle pensa au poste à Vienne. Était-ce le dernier obstacle qu'elle devait sauter pour obtenir l'attention de son propre père ? Ou bien y en aurait-il encore et encore, jusqu'à ce qu'elle se rende compte que, finalement, cela n'avait servi à rien ?

Lulu blottit le visage dans sa main en faisant des petits bruits dans son sommeil. Kirri sentit son cœur se déchirer en deux.

Peut-être était-il temps de renoncer à son rêve d'enfant d'obtenir l'approbation de son père. La famille de Ty l'avait acceptée telle qu'elle était, comme si elle était l'une des leurs. Cela ne pouvait-il pas suffire ?

— Hé, chérie…

Ty reparut sur le seuil de la chambre, plus sérieux que jamais.

— Ça t'ennuierait que nous discutions un peu avant que tu partes ?

Oh oh… Avait-elle franchi les bornes ?

Mais elle savait à présent qu'elle avait goûté à sa vie

de rêve, et que la perdre la dévasterait. Aucune recherche n'égalerait jamais l'existence qu'elle souhaitait désespérément mener avec Ty et Lulu.

Elle suivit Ty en bas, s'attendant à entendre les paroles qu'elle redoutait depuis le début : *Je crains que ceci ne puisse pas marcher.*

Le cœur de Ty tambourinait comme un fou. Il n'avait jamais éprouvé une chose pareille.

— Tout va bien ? demanda Kirri en s'installant sur la balancelle du porche.

Elle paraissait aussi nerveuse que lui.

Il s'assit à côté d'elle.

— Oui. Enfin, non, ce n'est pas tout à fait vrai.

Il passa les doigts sur sa joue.

— Je ne m'étais jamais senti mieux, ces derniers temps, et jusqu'à cet après-midi. Tu sais certainement pourquoi.

Les traits de Kirri s'adoucirent, rendant ce qu'il avait à dire mille fois plus difficile encore.

— Je pense que tu devrais aller à Vienne.

Lorsqu'elle ouvrit la bouche, il leva une main pour l'arrêter.

— Comme tu le sais, nous ne pouvons pas t'offrir de recherches à long terme, ici. Tout ce que je peux te proposer est un poste en chirurgie, ce qui, je le sais, ne répond pas à tes désirs, alors…

Bon sang, que c'était dur.

— Si tu souhaites vraiment faire ces avancées scientifiques, Vienne me semble être le meilleur endroit pour toi.

Sa voix était celle d'un étranger. Quelqu'un qu'il n'aurait pas envie de rencontrer.

— En effet.

La voix de Kirri était à peine audible, et elle contenait une trace d'amertume qui le surprenait.

— C'est ce que tu veux, n'est-ce pas ?

— Bien sûr.

Elle eut un petit rire étranglé.

— J'ai du mal à croire que je ne sois pas déjà dans l'avion. Je voulais juste… Tu sais… remplir les termes de notre contrat jusqu'au bout.

Avait-il mal compris ? Elle avait semblé jubiler quand elle avait reçu cette offre.

— Écoute…

Il prit ses deux mains dans les siennes.

— Nous te fournirons les plus hautes recommandations, évidemment, même si tu n'en as pas besoin. Et je veux que tu saches que ce que nous avons partagé en dehors du travail, ces dernières semaines…

Quelque chose qu'il ne put définir passa dans les yeux bleus. Puis elle battit des cils et afficha un grand sourire, comme si elle avait décidé d'ignorer ce qu'il avait tenté de dire.

— Bien !

Elle lui retira ses mains puis les claqua l'une contre l'autre.

— Heureuse de savoir que j'ai ton soutien professionnel.

Ty commença à se sentir vraiment mal. S'était-il trompé ?

— Si tu voulais un poste en chirurgie, je t'offrirais un contrat sur-le-champ, mais…

Elle leva les mains pour l'arrêter.

— S'il te plaît… Je comprends, et tu es très généreux. Mais j'adore les *Schnitzel* et les *Kuchen,* dit-elle avec un mauvais accent allemand. Vienne va être *for-mi-table !*

Elle paraissait tout sauf heureuse.

— Kirri, tu sais que je crois en toi. Mais Piedmont n'est pas l'endroit qu'il te fait. Tu seras mieux à Vienne ou au Japon.

Elle se leva brusquement.

— Une chance que j'aime les sushis, aussi.

Elle sortit son téléphone et appela un taxi.

Quelques minutes très embarrassantes plus tard, celui-ci arriva et, sans un regard en arrière, elle disparut dans la nuit.

Alors qu'il montait dans sa chambre, Ty eut l'impression que des blocs de chagrin pesaient sur ses épaules. Il venait de dire adieu à la femme qu'il aimait. Pourquoi faire ce qu'il fallait coûtait-il aussi cher ?

— Tu avais raison, j'avais tort ! cria Kirri dans son téléphone, tout en jetant n'importe comment un chemisier dans sa valise.

Pourquoi faire attention à ses affaires ? Elle ne voulait plus jamais être belle pour quelqu'un. Pas après ce fiasco.

Comment avait-elle pu croire que Ty l'aimait ?

Je pense que tu devrais aller à Vienne. Les mots tournaient en boucle dans sa tête sans qu'elle puisse les arrêter. Il voulait qu'elle s'en aille.

C'était un million de fois pire que lorsque son ex l'avait laissée tomber. Parce que, maintenant, elle savait exactement ce qu'elle perdait, et elle avait le cœur en miettes.

— Bonjour, Kirri, répondit son frère de son ton sec. Je vois que tu t'es levée du bon pied, ce matin.

— Oh ! arrête, avec tes piques idiotes !

Elle n'était pas d'humeur à plaisanter. Elle était d'humeur à pleurer ou à se mettre en rage. Elle avait choisi la dernière option pour son frère. Il était solide, il pouvait encaisser.

— J'ai raison à quel sujet ?

— Venir faire de la recherche à Piedmont.

— Pourquoi ? Je pensais que je devrais t'y arracher de force.

Il aurait dû le faire, en effet, si elle ne s'était pas rendu compte que Ty l'aimait moins qu'elle l'aimait.

— C'était un piège, marmonna-t-elle d'un ton coupant.

— Ah bon ? Je pensais que tu m'appelais pour cette demande de références que je viens de recevoir d'une certaine clinique de biochimie de Vienne.

Elle se laissa choir sur le bord du lit.

— Oh ! ça…

— Ça semble être la chance d'une vie.

— Oui.

Un sanglot se coinça dans sa gorge. C'était l'offre parfaite pour une femme médecin australienne au cœur brisé qui voulait combler l'absence d'enfant et maintenant l'absence d'amour par des recherches qui l'accapareraient tout entière.

— Kirri, vas-tu m'expliquer ce qui se passe ? Je te croyais sur un petit nuage, là-bas.

— Je le suis sur le plan de la chirurgie. Moins sur le plan de la recherche, et c'est pourquoi Ty pense que je devrais partir.

D'autres larmes ruisselèrent sur ses joues. Elle ne savait même pas pourquoi elle avait appelé Lucius. Son avenir était tout tracé : elle allait devenir une chercheuse en culotte de cuir, qui mangeait des saucisses au petit déjeuner.

— A-t-il dit qu'il trouvait tes recherches inutiles ? demanda Lucius.

— Non. Mais il a dit que je devrais les poursuivre ailleurs, pour les mener à bien.

— Il t'a dit, en d'autres termes, que tu devais poursuivre tes rêves. Il t'a donné son soutien.

— Au nom du ciel, comment sait-il ce que sont mes rêves ? s'écria-t-elle.

Lucius se mit à rire, ce qui l'exaspéra de plus belle.

— Ce n'est pas drôle !

— Tu es amoureuse de lui, non ? demanda son frère, riant toujours.

Le cœur de Kirri bondit dans sa poitrine.

— Comment diable as-tu…

— Oh ! allons, Kirri… Personne ne se met dans cet état quand l'un des plus prestigieux chirurgiens pédiatriques du monde l'encourage dans la voie qui est la sienne. Est-ce qu'il t'aime ?

— Non, répondit-elle d'une voix étranglée.

Lucius resta silencieux une minute.

— Est-ce qu'il te l'a dit ?

— Non.

— Écoute, Kirri, à mon avis, il essaye de te pousser à faire ce qu'il y a de mieux pour toi. Alors que je me comporte en rouleau compresseur et t'ordonne d'arrêter tes recherches, lui te dit : « Si c'est ce qui vous rend heureuse, allez-y. Je ne veux pas vous retenir. » Il se sacrifie pour toi. Si ce n'est pas de l'amour…

Kirri réfléchit à cette déclaration.

Ty savait mieux que quiconque qu'il fallait vivre sa vie pleinement. Il ne chercherait jamais à empêcher quelqu'un de poursuivre ses rêves parce qu'il était très conscient que chacun n'avait qu'une vie et qu'elle était précieuse.

Son estomac se contracta. Avait-il pu lui dire de faire ses bagages *parce qu'il l'aimait ?*

— Kirri, tu es toujours là ? Qu'est-ce que tu veux réellement ? Faire de la recherche ?

Non. Non, ce n'était pas ce qu'elle voulait. Elle voulait aimer Ty. Ty et Lulu. Et leur grande, merveilleuse famille un peu déjantée. N'était-il pas temps pour elle de se dévoiler ? D'oser lui dire ce qu'elle éprouvait vraiment pour lui ?

— Je veux être avec Ty, répondit-elle.

— Je sais, dit gentiment Lucius.

Elle renifla.

— Mais que dois-je faire ? Il veut que j'aille à Vienne.

— En ma qualité de grand frère, c'est ma responsabilité de t'aider à voir ce que tu ne peux pas voir.

— Et c'est… ?

— Il est temps que tu croies en toi-même. Tu es suffisamment bien telle que tu es. Je sais que cette histoire de bébé te ravage, mais ne la laisse pas te définir. Tu mérites d'être aimée, et tu n'as pas besoin d'une découverte spectaculaire pour prouver que tu es quelqu'un de formidable. Tu *es* quelqu'un de formidable. Une des meilleures personnes qui soient.

Kirri eut l'impression que son cœur allait éclater. Son frère pensait tout cela d'elle ?

— Mais… Mais tu m'as dit que tu n'allais pas me laisser continuer mes recherches.

— Je sais. Je peux être idiot, parfois, et je ne sais pas toujours communiquer ce que je veux vraiment dire. Encore une fois, peu m'importe que tu sois née comme tu es née. Tu es parfaite ainsi. Mais, à mes yeux, tes recherches étaient un pansement pour une blessure que tu dois laisser guérir toute seule. C'était ce côté-là, ce côté obsessionnel, qui ne me plaisait pas. Je suis convaincu que tu dois trouver un autre moyen plus sain pour te sentir entière. Un moyen qui ne t'empêche pas de vivre.

Entière. Ce qu'elle se sentait quand elle était avec Ty.

Se sentirait-elle toujours entière si elle abandonnait ses recherches ?

Un feu brûlant s'alluma dans son ventre, lui donnant la réponse. L'amour lui suffirait, elle en était sûre. Il fallait qu'elle voie Ty, pour savoir si elle était la seule à mesurer sa valeur à ses réussites en matière d'innovation médicale.

Elle essuya quelques dernières larmes.

— Alors… Ceci veut-il dire que tu as toujours voulu mon bien, au fond ?

— Bien sûr. Tu es ma petite sœur.

Son cœur se serra. L'entendre dire ça était merveilleux.

— Lucius ? Crois-tu que je serais idiote de partir ?

— Complètement.

Elle sourit.

— Je peux toujours compter sur ta franchise, hein ?

— Toujours, répondit-il avec une telle affection qu'elle eut le sentiment qu'il la serrait dans ses bras pour la première fois de sa vie.

— Lucius ?

— Oui ?

— Je t'aime.

— Je t'aime aussi, gamine. Maintenant, va dire à ton petit ami que tu l'aimes, et tu verras ce qu'il te répond.

Elle n'avait pas besoin qu'il le lui dise deux fois.

11.

Ty se tenait devant la porte de Kirri et contemplait l'énorme bouquet qu'il avait dans les bras. Un bouquet de fleurs australiennes que Lulu l'avait aidé à choisir. Faisait-il ce qu'il fallait ? Pour Kirri, pour Lulu, pour lui ?

Bien sûr que oui.

Il tendit la main vers la porte qui s'ouvrit avant qu'il la touche et Kirri poussa un hurlement.

Il se crispa.

— Ce n'est pas tout à fait la réaction que j'attendais.

Elle pressa ses mains sur sa poitrine et se ressaisit.

— Pardon. Je ne m'attendais pas à te voir ici.

— J'ai besoin de te parler.

Elle le regarda dans les yeux.

— Parfait. Il faut que je te parle, moi aussi.

Par-dessus son épaule, Ty regarda dans la chambre et lorsqu'il vit la valise à moitié remplie, son cœur sombra. Convaincre une femme entêtée de vous aimer pour le reste de sa vie n'était pas vraiment dans ses cordes.

— Les bagages avancent, je vois…

Les cils sombres de Kirri clignèrent puis ses joues rosirent. Elle avait pleuré. Beaucoup, apparemment. Et elle paraissait un peu penaude.

— Hum, à ce propos…

Et là, d'un seul coup, un rayon d'espoir illumina la vie de Ty.

Les fleurs tombèrent par terre. Le cœur tambourinant dans sa poitrine, il la rejoignit d'une enjambée pour prendre son visage entre ses mains et goûter les douces lèvres roses. Jamais encore un baiser ne l'avait autant fortifié.

Le langage du corps de Kirri était éloquent. Le bras autour de sa taille disait *Je t'aime*. La main posée sur son cœur disait *Nous sommes liés*. Les lèvres qui exploraient les siennes comme si c'était leur premier baiser disaient *Ne me laisse jamais partir*. Il ne la laisserait pas partir. Jamais.

Ils se tinrent enlacés un moment puis elle l'embrassa doucement.

— Tu as compris, je suppose, que j'ai bataillé pour prendre la bonne décision.

— C'est une décision de taille.

— Oui, mais elle est évidente quand on sait qu'on est amoureuse d'un homme à Atlanta.

Ty l'attira à lui.

— Je t'aime aussi. Je veux seulement faire au mieux pour toi, et pas t'étouffer dans une vie que tu n'as pas envie de mener.

Kirri le regarda comme s'il était fou.

— Je crois que nous sommes aussi doués l'un que l'autre pour prendre les choses par le mauvais bout.

— Tu étais tellement excitée par ce qui se passe à Vienne… Les avancées que tu pourrais faire là-bas seraient énormes, Kirri.

Elle hocha la tête et détourna les yeux, comme si elle imaginait le laboratoire high-tech auquel elle renonçait.

— Et cette décision inclut aussi une enfant, poursuivit Ty. Une enfant qui a choisi ces fleurs pour toi.

Il ramassa le bouquet qu'il lui tendit. Les yeux de Kirri se mouillèrent et elle pressa ses doigts sur sa bouche. La gorge de Ty se serra d'anxiété.

— Est-ce que… Est-ce que Lulu pose un problème ?

— Non ! Je l'adore. Elle est formidable. Mais…

— Mais ?

— Tu sais que je ne pourrai jamais lui donner un frère ou une sœur si nous suivons ce chemin-là.

— Mon amour, je me lance dans cette aventure les yeux

grands ouverts. Et je sais que les changements auxquels tu es confrontée sont immenses. Quitter ton pays. M'aimer. Aimer mon enfant.

— Sincèrement, t'aimer et aimer Lulu est la partie la plus facile, dit-elle en souriant. Ce sont les changements de mode de vie que j'appréhende.

Elle passa un doigt le long du bras de Ty puis sur sa joue.

— Surtout, tu as ta fille à considérer. Si tu veux qu'elle ait une grande famille, ce ne sera pas possible avec moi.

— Rien n'est impossible, dit-il.

C'était une affirmation de poids, ils le savaient tous les deux. Ty laissait entendre qu'il était disposé à envisager l'adoption. Ou le fait que Lulu reste enfant unique si cela leur convenait à tous les trois.

— Toutefois, si tu as envie d'aller à Vienne, tu dois y aller.

Sa lèvre inférieure trembla.

— J'ai très peur que si je laisse tomber mes recherches, tu aies une moins bonne opinion de moi. C'est ainsi que les choses marchent, dans ma famille. Comme je ne pouvais pas donner des petits-enfants à mes parents, je me disais que je pourrais peut-être leur offrir la satisfaction d'avoir une fille qui aurait réussi quelque chose d'unique au monde.

Le cœur de Ty se serra. Il était terrible d'imaginer que l'amour devait se mériter.

— Kirri, j'admire ton travail incroyable. Mais je t'aime pour *toi*. J'adorerais te voir rejoindre mon service de chirurgie, et je pense que tu serais un élément brillant de l'équipe. Néanmoins – et je regretterai peut-être de t'avoir dit ça —, je t'aimerai toujours même si tu choisissais de me renvoyer mon offre à la figure pour aller à Vienne. Les relations à distance peuvent marcher. Lulu et moi ne sommes jamais allés en Autriche.

Kirri le regarda, stupéfaite.

— Tu envisagerais une relation à distance ?

— J'envisagerais n'importe quoi pour te garder, répondit Ty du fond du cœur. Et ton incapacité à avoir des enfants ne m'a pas empêché de tomber amoureux de toi. Si cela peut te faire te sentir mieux, je n'étais pas sûr moi-même qu'une femme accepterait de tomber amoureuse d'un chirurgien veuf, nanti d'une fille, et dont la vie tourne autour de sa famille de doux dingues.

Kirri se mit à rire.

— Tu plaisantes ? C'est une combinaison que j'adore !

Ty lui prit une main pour poser un baiser dans sa paume.

— Écoute : quelle que soit ta décision finale, je ne veux pas que tu croies que ton travail te définit.

Elle lui lança un regard suspicieux.

— Tu as eu mon frère au téléphone ?

— Non, mais vu ta réaction, nous semblons être du même avis.

Les doigts glissés dans ses cheveux auburn, il appuya son front contre le sien.

— Tu es extraordinaire, avec ou sans les choses mirifiques que tu peux accomplir dans ton métier. Ton cœur, ton âme, ta générosité… Tu es la personne que j'adorerais avoir dans notre vie et ce ne sont pas tes certificats qui comptent.

— Et moi, je sais que le bonheur de Lulu est primordial pour toi. Je ne te demanderais jamais de vivre à ma façon si cela risquait de la rendre malheureuse. Je sais qu'elle est la femme numéro 1, dans ta vie. Elle est ton monde.

— Il y a de la place pour toi dans mon monde, Kirri. Et dans le monde de ma famille aussi. Nous t'aimons tous.

Il eut un petit rire gêné.

— Mais je me battrai probablement pour être celui qui t'aime le plus parce que mon cœur est à toi.

Kirri se mordilla la lèvre inférieure, les yeux brillants de larmes.

— C'est juste si différent de la façon dont je pensais trouver le bonheur…

— Tout n'arrive pas comme on l'attend.

— Tu peux le dire !

Kirri sourit en chassant quelques larmes puis elle passa les doigts sur la barbe naissante de Ty, puis sur sa bouche. Il les baisa.

Tu serais folle de renoncer à ceci par orgueil.

À la place de Ty, beaucoup d'hommes ayant une fille à protéger lui auraient montré la porte, tant elle était compliquée. Mais il était taillé dans une étoffe à part, et il était disposé à chercher avec elle un moyen pour eux de vivre heureux ensemble.

— Tout ceci me fait réaliser, finalement, que les choses que nous *pensons* vouloir ne sont pas nécessairement les meilleures choses pour nous, conclut-elle.

Elle alla s'asseoir sur le canapé où Ty la rejoignit, l'air pensif. Lorsqu'il se décida enfin à parler, sa voix vibrait d'intensité.

— Moi aussi, j'ai découvert certaines vérités, récemment. Je ne dirai pas que cela ne me fait pas mal que Gemma soit morte. C'est douloureux et le restera probablement toujours, mais ce que je ne m'attendais pas du tout à éprouver, c'est de la gratitude pour la période sombre que j'ai traversée parce que la lumière qu'elle m'a donnée en retour est quelque chose que je ne changerais pour rien au monde.

— Je ne comprends pas…

Il passa le revers de sa main sur sa joue. Elle avait tellement envie de s'appuyer contre lui pour qu'il la serre fort. Mais il fallait le laisser aller jusqu'au bout.

— Chérie, tu ne vois pas ? Si Gemma n'était pas morte, ma vie serait probablement restée telle qu'elle était. J'étais heureux. Nous étions heureux tous les deux. Nous pensions que notre vie était parfaite. Quand elle est morte, j'ai été forcé de considérer la vie sous une autre perspective. Pas seulement sur le plan personnel, mais aussi sur le plan professionnel.

La lumière commença à se faire dans l'esprit de Kirri.

— En gros, chacun de nous a vécu sa vie à l'inverse de l'autre.

Sa vie personnelle étant un échec, elle s'était jetée à corps perdu dans sa vie professionnelle. Au contraire de Ty dont la vie personnelle était si réussie qu'il n'avait pas vu la nécessité de changer sa vie professionnelle, même si au fond elle n'était pas satisfaisante.

La vie les avait rapprochés alors qu'ils venaient des extrémités opposées de la balance. Le temps était-il venu pour eux de prouver qu'ils pouvaient trouver l'équilibre parfait ?

Comme pour confirmer son point de vue, Ty ajouta :

— Parfois, il suffit de sortir de sa routine pour mesurer si elle vous convient ou pas. Même si je ne souhaite à personne de passer par où je suis passé.

La poitrine de Kirri s'emplit d'émotions mêlées. Elle comprenait ce qu'il disait. Travailler constamment, sans se distraire, faisait qu'elle n'était pas épanouie. Mais était-elle vraiment prête à laisser tomber des années de labeur intensif – à l'abri derrière le bouclier de ses recherches – pour essayer quelque chose de neuf ?

— Alors… Tu penses que je ne devrais pas à aller à Vienne ?

— J'essaie de dire que le scénario n'a pas besoin d'être tout noir ou tout blanc. Nous avons des options. La question est de savoir si nous les explorons ou si nous nous en tenons à ce que nous connaissons.

Kirri commença à faire le lien entre ce que son frère lui avait dit et ce que Ty voulait lui faire comprendre.

Donne une chance à cette nouvelle vie.

Elle savait que Ty, pour avancer après la mort de Gemma, avait cessé de souhaiter ce qu'il ne pouvait plus avoir et s'était préparé à vivre pleinement la vie qui lui restait. Serait-elle capable d'en faire autant ?

Quand ses larmes se mirent à couler, Ty la prit dans ses bras.

— Tout ira bien, chérie. Je te le promets.

— Je sais ! dit-elle en sanglotant. C'est seulement que c'est si dur !

— Quoi ?

— De lâcher la béquille sur laquelle je me suis appuyée si longtemps.

— Tes recherches ?

— Oui. Je suis passée à côté de ma propre vie en essayant de vivre celle que je n'aurai jamais.

Elle regarda Ty dans les yeux et vit dans son regard de

l'encouragement et de l'amour. Il était la preuve que la joie pouvait naître du chagrin. Qu'il y avait une vie après un choc dévastateur. Des chances à foison s'offraient à elle, elle n'avait qu'à ouvrir les bras pour les saisir.

Sa respiration redevint plus régulière.

— Je ne peux pas croire que j'aie été aussi aveugle…

Ty lui caressa la joue de son pouce.

— Je ne dirais pas aveugle. Simplement concentrée sur le mauvais objectif.

Elle sourit en essuyant d'autres larmes. Des larmes qui lui faisaient du bien, qui la guérissaient.

— Donc, ce que j'ai à faire, c'est vivre la vie que j'ai, en sachant que je n'aurai jamais d'enfant à moi.

Quand il hocha la tête, elle reprit :

— Je me rends compte à présent qu'aucune réussite spectaculaire n'aurait pu combler ce vide.

— C'est vrai. Mais ce qui compte, ce n'est pas ce qui nous manque, c'est ce que nous avons.

Elle acquiesça.

— Tu étais sérieux, en me proposant un poste comme chirurgienne dans ton service ?

— Oui, mais… Et tes recherches ?

— Je pense qu'il faut que j'y renonce.

— Je ne te demanderais jamais une chose pareille…

— Je sais. Mais le temps est venu de le faire.

Elle éprouva dans sa poitrine une sensation de légèreté à laquelle elle ne s'était pas attendue.

— Ce que j'aimerais faire, c'est aller à Vienne pour partager mes découvertes avec l'équipe de chercheurs, puis les leur léguer.

Ty paraissait stupéfait. Comblé, mais abasourdi.

— Si c'est ce qui peut te rendre heureuse…, dit-il, une nuance de doute dans la voix.

— Lulu et toi suffisez à mon bonheur.

Sa réponse lui valut un sourire magnifique. Il lui fallut cependant poser la question qui la préoccupait le plus.

— Es-tu absolument sûr que tu ne m'en voudras jamais de ne pas pouvoir te donner un enfant ?

Il secoua la tête.

— Chérie, je n'aurais jamais cru retomber amoureux. T'avoir dans notre vie est un miracle suffisant. Je t'aime comme tu es, nous avons Lulu, et nous formons une famille parfaite tels que nous sommes.

Nous. Une famille.

Le cœur de Kirri manqua un battement.

— Est-ce que tu pourrais envisager l'adoption, un jour ?

Il lui posa un baiser sur le front.

— Écoute : plein de possibilités peuvent s'offrir à nous. Mais pour l'instant, il faut que tu ailles à Vienne, et ensuite, nous vivrons notre vie du mieux que nous pourrons.

Il avait raison. Il était temps de faire confiance. Temps d'aimer.

12.

— Très bien.

Ty raccrocha son téléphone et décocha à Lulu son sourire le plus rassurant.

— Lucius n'a pas eu de ses nouvelles depuis qu'elle est partie pour l'aéroport.

Lulu fronça les sourcils.

— Mais elle revient, hein ?

Elle revenait. Elle lui avait envoyé son itinéraire. Mais il se sentait un peu comme sa fille, en cet instant : il croyait ce qu'il voyait.

— Lucius a dit que oui.

Il ébouriffa les cheveux de la petite fille qui s'en agaça. Ils étaient tous les deux nerveux.

— Elle a été très claire sur le fait que son frère devait la remplacer définitivement, alors…

— Alors ça veut dire qu'elle revient à Atlanta pour rester ! s'exclama Lulu, rayonnante. Et tu as posé la question ?

— Oui.

— Il a dit oui ?

— Il a dit que ce n'était pas à lui de répondre, que sa sœur ferait ce qui lui plairait.

Lulu tapa dans ses mains.

— Je vais avoir un oncle qui vit de l'autre côté de la Terre !

Ty l'attira dans ses bras pour l'étreindre brièvement afin qu'elle ne voie pas la nervosité qui lui crispait le front.

Kirri et lui avaient décidé de ne pas se parler pendant qu'elle était à Vienne pour éviter qu'il ne l'influence. Cela semblait de la folie, maintenant, mais lui montrer qu'il la soutiendrait même si elle choisissait soudain de travailler en Autriche lui avait semblé capital.

Il avait été choqué lorsqu'elle l'avait appelé au bout d'une semaine pour lui dire qu'elle avait besoin d'aller à Sydney. Ils avaient essayé de se parler, mais avec le décalage horaire, leurs conversations s'étaient résumées à des *Je vais bien… Je t'aime.*

— Pas encore, ma grande, répondit-il à sa fille. Si nous allions manger un barbecue ?

Lulu poussa un gros soupir.

— C'est plus drôle quand Kirri est là.

— Un dodo et elle sera de retour, mon cœur.

Et il espéra ardemment qu'ensuite, ils seraient ensemble pour toujours.

— D'accord, papa. Allons-y ! dit sa fille en sortant de la maison pour rejoindre la voiture.

Il sourit en fermant la porte à clé. La dernière fois qu'il avait porté Kirri pour franchir ce seuil, il ignorait si leurs deux avenirs se mêleraient. Mais la prochaine fois qu'il le ferait, il comptait bien la voir habillée d'une robe blanche.

Kirri consulta son portable. Elle avait un quart d'heure d'avance, mais cela ne voulait pas dire que Ty n'arriverait pas d'une minute à l'autre. On était mardi soir, ce qui signifiait barbecue, petits pains et bowling.

— Regarder l'heure toutes les cinq secondes ne le fera pas arriver plus vite, mon chou.

Elle sourit d'un air penaud à Chuck qui rit et lui pressa l'épaule.

— Ça fait plaisir de vous voir de retour.

— C'est bon d'être ici.

Elle le pensait. Sa semaine à Vienne avait été stupéfiante. L'équipe de chercheurs avait été ébahie par les avancées qu'elle avait faites seule, avec des ressources limitées, et ils lui avaient proposé de rester, mais elle avait répondu, à son propre étonnement :

« Non, merci. Je suis occupée par un nouveau projet, maintenant. »

Un projet qui impliquait de s'installer à Atlanta pour voir si elle pouvait construire une nouvelle vie avec un homme qui l'avait convaincue qu'elle était digne d'être aimée telle qu'elle était.

Elle regarda vers la porte, souhaitant le voir apparaître.

— Vous étiez en Australie ? demanda Chuck.

— Oui. Et à Vienne.

— Vienne ? Pour quoi faire ?

— Pour y découvrir que je voulais vivre ici.

Chuck éclata de rire.

— Mon chou, j'aurais pu vous le dire le premier jour où vous êtes venue chez moi.

Elle ouvrit de grands yeux.

— Oh ! ne faites pas l'étonnée ! Il vous regardait comme vous le regardiez. Et je sais reconnaître des regards de tourtereaux quand j'en vois.

Kirri leva les mains avec un grand sourire.

— Piégée !

Une fois qu'elle eut remis ses résultats aux chercheurs d'élite de Vienne, son cœur lui avait dit exactement ce qu'elle voulait faire : prendre un avion et rentrer « à la maison ». Elle était passée par Sydney pour tout régler avant son départ : vendre son appartement, aider Lucius à la remplacer. Le serrer dans ses bras comme elle avait rêvé de le faire depuis qu'ils s'étaient parlé à cœur ouvert…

Puis elle avait bouclé quelques sacs et s'était envolée.

Elle croisa les doigts en fixant la porte. Encore quelques minutes, et elle saurait si elle avait fait le bon choix.

Lulu se précipita dans le restaurant dès que Ty arrêta la voiture devant chez Chuck. Avant qu'il ait pu fermer sa portière, il entendit sa petite voix s'exclamer joyeusement :

— Elle est là, elle est là, *elle est là !*

Son cœur cognait très fort dans sa poitrine tandis que ses clés de voiture tintaient contre la petite boîte noire qu'il avait dans sa poche. Il l'avait prise après avoir vérifié pour la énième fois que sa fille était heureuse de voir Kirri entrer dans leur vie. Puis il changea ses clés de poche, ne voulant pas que quoi que ce fût se mette en travers au dernier moment. Il avait eu assez d'obstacles à franchir. Assez d'interrogations. Assez de vide dans sa vie pour savoir qu'il avait enfin trouvé une femme qui valait la peine de prendre un risque.

Lulu et Kirri apparurent sur le seuil.

Les yeux de cette dernière étincelaient comme la première fois où ils s'étaient rencontrés. Comme si elle reconnaissait en lui son âme sœur.

— Comment s'est passé ton voyage ? demanda-t-il, en proie à une vive émotion.

Elle lui adressa un grand sourire.

— Superbement.

— Superbement comme… « je retourne à Vienne » ?

Elle secoua lentement la tête, souriant toujours.

— Superbement comme « j'ai décidé de revenir à Atlanta ».

À court de mots, Ty la prit dans ses bras et la serra contre lui. Puis il posa un doux baiser sur ses lèvres.

— Je t'aime. Tu m'as terriblement manqué.

Il attira sa fille près de lui et lui pressa l'épaule.

— Lulu et moi ne savions pas quoi faire de nous pendant que tu étais partie, alors nous sommes allés faire les boutiques. Pour acheter une bague.

Les yeux de Kirri se mouillèrent de larmes tandis que Lulu sautait sur place, tout excitée.

— Vraiment ?

Il hocha la tête.

— Veux-tu savoir ce que j'ai fait, moi ?

L'expression aimante des yeux bleus et la chaleur de sa voix donnèrent envie à Ty de connaître la réponse.

— Vas-y, dis-nous.

— J'ai tourné une page.

— Mais encore ? Tu me fais mourir d'impatience, chérie.

Souriante, elle caressa affectueusement la tête de Lulu.

— J'ai clos un chapitre de ma vie. J'ai légué mes recherches aux Autrichiens et j'ai vendu mon appartement à Sydney... pour m'installer définitivement ici. Si l'offre tient toujours...

Ty sortit le petit écrin noir de sa poche et en souleva le couvercle.

— Est-ce que ceci répond à ta question ?

Kirri porta une main à sa bouche.

— Oh ! Ty ! Elle est splendide.

Ils regardèrent tous la bague en or blanc avec des diamants entourant une opale australienne noire.

— Elle est absolument magnifique.

Ty sourit pendant que Lulu expliquait :

— Nous avons fait *tous les bijoutiers* en disant qu'il fallait que la bague te rappelle ton pays.

— Oh ! c'est tout à fait le cas !

Sans hésiter, Kirri tendit sa main gauche et Ty passa la bague à son doigt. Puis elle plongea le regard dans le sien et n'y vit que de l'amour.

— Alors, puis-je prendre ceci comme un oui ? demanda-t-il, fixant sur elle un regard intense.

— Sans le moindre doute, répondit-elle, émue.

Ravie, Lulu courut dans le restaurant où ils l'entendirent annoncer la bonne nouvelle : son papa allait se marier.

— Tu es sûre à cent pour cent ? demanda Ty.

— Je n'ai jamais été plus sûre de quelque chose.

Puis Kirri leva son visage vers lui pour sceller leurs fiançailles par un autre baiser absolument parfait.

Vous avez aimé *Papa... et chirurgien* ?
Découvrez la suite de votre série « Bébés miracles » !

SUSAN CARLISLE

Leur bébé surprise

Traduction française de
ÉVELINE CHARLÈS

BLANCHE

HARLEQUIN

Titre original :
THE NEONATAL DOC'S BABY SURPRISE

1.

Sa valise à la main, Amanda Longstreet quitta l'aéroport Kingsford Smith de Sydney. L'air chaud caressa sa peau, lui faisant aussitôt oublier la température hivernale qui régnait à Atlanta. Bien qu'elle adorât voyager, elle n'était jamais allée aussi loin et elle avait hâte d'oublier les vingt-deux heures passées sur un siège étroit entre deux inconnus.

Mais pour l'instant, elle n'éprouvait que de l'excitation.

Comme elle traversait la route pour gagner le point de rendez-vous, elle se rappela que dans ce pays, on conduisait à gauche. Dès qu'elle eut repéré le point de rendez-vous, elle attendit près du panneau qu'on vienne la chercher.

D'après le Dr Kirri West, Sydney était une ville extraordinaire et Amanda avait bien l'intention de la visiter dès qu'elle aurait pris un peu de repos et commencé à travailler.

Après tout, si elle était là, c'était d'abord pour occuper un poste temporaire au centre néonatal et de fertilité. En attendant qu'on vienne la chercher, elle sortit de son sac la liste des choses qu'elle voulait faire et voir à Sydney. Enfant, elle était déjà focalisée sur ses objectifs, elle avait planifié sa vie. Et jusqu'à maintenant, elle avait réalisé ses rêves… Tous, sauf un.

Amanda rejeta ses cheveux en arrière. Travailler avec Kirri avait été un vrai plaisir, et continuer sous l'égide de son frère, le Dr Lucius West, serait encore plus enrichissant. Kirri lui avait dit qu'il consacrait tout son temps à son métier, une véritable vocation pour lui.

En principe, ils devraient bien s'entendre.

Où est cette voiture ? Est-ce que je me suis trompée d'endroit ?

Quelques minutes plus tard, un véhicule noir portant le logo du centre s'arrêta près d'elle. Amanda sourit au conducteur, un homme corpulent au visage rougeaud.

— Mademoiselle Longstreet ? demanda-t-il en sortant de la voiture.

— Oui.

— Je viens vous chercher.

— Je suis contente de vous voir !

Il lui adressa un bref sourire, prit ses bagages pour les déposer dans le coffre et lui ouvrit la portière. Pendant qu'elle s'installait, il se glissa derrière le volant et démarra rapidement.

Amanda frissonna. Le climatiseur diffusait un air frais qui la garderait éveillée jusqu'à ce qu'elle ait regagné son appartement.

Un déplacement rapide, sur le trottoir, attira l'attention d'Amanda. Un homme blond courait en direction de la voiture à longues enjambées. Il portait un cartable en bandoulière et un sac de voyage. Sa veste sur un bras et sa cravate défaite, il paraissait au comble de l'exaspération.

Amanda sentit son cœur bondir dans sa poitrine.

Le Dr Lucius West...

Elle avait vu sa photo sur Internet, en effectuant des recherches sur le centre. Il leva la main et le conducteur se gara dans un tournant avant de baisser la vitre côté passager.

Le Dr West jeta un coup d'œil à Amanda.

— Je suis le Dr West, dit-il au chauffeur, et je vous attends depuis une demi-heure. Pourquoi êtes-vous en retard ?

— J'allais justement vous chercher, monsieur, répondit le chauffeur, mais j'avais quelqu'un d'autre à récupérer, auparavant.

Le Dr West n'attendit pas que le chauffeur vienne lui ouvrir la portière. Il déposa son sac à l'avant et rejoignit Amanda à l'arrière. Elle se décala à la hâte, craignant qu'il ne s'asseye sur ses genoux si elle ne bougeait pas. L'espace se rétrécit étrangement dans l'habitacle…

Elle ne s'était pas attendue à ce qu'il soit aussi large d'épaules, et elle devait admettre que les photos ne lui rendaient pas justice. Il était bien plus beau en vrai ! Quelques fils argentés, au niveau des tempes, lui donnaient un air distingué conforme à sa réputation. Sur l'un des sites qu'elle avait consultés, il était considéré comme l'un des célibataires les plus convoités d'Australie.

Elle se surprit à le fixer avec étonnement.

— Vous êtes… ? demanda-t-il en posant son cartable sur ses genoux.

— Amanda Longstreet.

Le Dr West l'observa un long moment. Ses yeux couleur de l'océan semblaient fatigués.

— Vous êtes américaine ?

— En effet.

Pourquoi n'avait-il pas reconnu son nom ? N'était-il pas au courant de sa venue ?

Il continua de la regarder, comme s'il cherchait à se rappeler un détail qui lui échappait.

Enfin, il hocha lentement la tête.

— Ah oui ! je me souviens, maintenant. Vous êtes l'infirmière clinicienne qui va travailler avec nous dans le cadre d'un programme d'échange. Kirri m'a parlé de vous.

Il aurait dû être au courant, puisqu'il avait lui-même lancé cette procédure. Leurs deux établissements, situés à Sydney et à Atlanta, étaient à la pointe dans le domaine de l'infertilité et de la maternité. C'était la raison pour laquelle Kirri était venue à Atlanta pour six semaines ; maintenant, c'était le tour d'Amanda.

Elle adressa au médecin un grand sourire.

— C'est moi, oui.

— Je suis Lucius West.

— Je sais. Vous ressemblez à votre sœur.

Elle avait regardé plus d'une fois sa photo, sur Internet, et considérait comme un honneur cette occasion de travailler avec le fameux Dr Lucius West. Mais Kirri avait prévenu Amanda que son frère n'était pas quelqu'un de facile, et elle venait d'en avoir un aperçu.

— Je suis ravie de faire votre connaissance, ajouta-t-elle après un bref silence.

Mais l'attention du médecin était déjà concentrée sur la tablette qu'il venait de sortir de son cartable.

— Mmm… Désolé, j'ai du travail en cours.

— Je comprends.

Elle était sincère. En tant que directeur du centre, il devait avoir peu de temps disponible.

Un instant plus tard, Lucius West jeta un coup d'œil à la jolie jeune femme blottie contre la portière, les bras croisés sur la poitrine et les yeux fermés. Est-ce qu'elle dormait ?

Il avait complètement oublié ce programme d'échange, pourtant plusieurs fois évoqué dans des réunions. Absorbé par ses mails, il écoutait les discussions d'une oreille distraite et la date de son arrivée lui avait échappé.

En réalité, il avait cru accueillir un homme, bien que cela n'ait aucune importance. Il n'avait que peu de relations avec le personnel de la maternité et, si sa mémoire était bonne, c'était dans ce service que cette jeune femme était affectée.

Elle était très séduisante, avec ses courts cheveux bruns, sa peau claire légèrement hâlée. Elle avait aussi des courbes intéressantes…

Ses yeux beaux verts s'étaient illuminés quand elle avait su qui il était. Pour l'instant, ils étaient soulignés par des cernes rappelant qu'elle venait de faire un long trajet en avion.

Elle semblait pressée de travailler avec lui, mais il aurait vraisemblablement peu de contacts avec elle, pendant son séjour. Il passait le plus clair de son temps dans ses laboratoires, même s'il lui arrivait de suivre certaines de ses patientes jusqu'à l'accouchement.

Comment s'appelait-elle, déjà ?

Amanda…

Il la regarda de nouveau. Ses cheveux masquaient en partie son visage et, dans son sommeil, elle s'était affaissée davantage contre la portière, dans une position peu confortable.

Se penchant vers elle, il la redressa doucement jusqu'à ce qu'elle pose la tête sur son épaule. Laissant échapper un petit soupir, elle s'appuya contre lui.

Lucius retourna à ses mails. Il avait beaucoup de travail en attente et c'était ce qu'il aimait. Son métier était toute sa vie et la question de l'infertilité, un domaine dans lequel il excellait. Autrefois, il avait tenté d'avoir une vie privée, mais il n'y avait gagné qu'un divorce et un cœur en miettes.

Lucius sourit en la regardant dormir. Il était fatigué, lui aussi. Après trois jours de congrès, à Melbourne, il avait appris que son avion avait du retard. Pour comble, le chauffeur n'était pas au rendez-vous à l'arrivée, ce qui avait accentué sa mauvaise humeur. Les imprévus affectant son emploi du temps étaient son cauchemar, comme sa visiteuse n'avait certainement pas manqué de le remarquer.

Malgré la densité de la circulation, le chauffeur roulait à bonne allure. Ils ne tardèrent pas à s'arrêter devant un petit immeuble situé dans un quartier que Lucius ne connaissait pas très bien.

— Qu'est-ce qu'on fait ici ?

— C'est ici que mademoiselle descend, répliqua le chauffeur en croisant le regard de Lucius dans le rétroviseur.

— Amanda, réveillez-vous, dit-il en lui serrant légèrement l'épaule. Vous êtes arrivée.

— Quoi ?

Lucius la regarda battre des cils, comme hypnotisé. Il n'avait pas réagi de cette façon à la vue d'une femme depuis sa rupture avec son ex-épouse.

— Il y a un problème ? demanda-t-elle.

Sa voix, au sortir du sommeil, était un peu enrouée et très sexy. Lucius déglutit… Ce n'était pas le genre de pensée qu'il aurait dû avoir à propos d'une femme qu'il venait de rencontrer.

— Aucun. Mais nous sommes devant chez vous.

Le regard d'Amanda croisa le sien. Rougissant légèrement, elle repoussa en arrière sa chevelure soyeuse et se redressa.

— Désolée. Je ne voulais pas m'endormir sur votre épaule.

— Pas de souci ! Je connais les effets du décalage horaire, répondit-il en souriant.

Lucius ouvrit sa portière et sortit de la voiture. Le trouble d'Amanda ne la rendait que plus charmante… Sans compter son délicieux accent.

Quand Amanda quitta l'habitacle, le chauffeur avait déjà posé sa grosse valise sur le trottoir.

— Je reviens tout de suite, lui dit Lucius.

Prenant la poignée, il traîna le lourd bagage en direction de la porte d'entrée. Surprise que ce médecin renommé prenne la peine de l'escorter, Amanda demeura immobile. Au bout de quelques pas, il se tourna vers elle.

— Qu'est-ce que vous faites ?

— Vous n'avez pas besoin de m'accompagner.

— On m'a enseigné qu'un gentleman n'abandonne pas une femme sur le bord de la route, rétorqua-t-il. Surtout quand elle vient de si loin.

Amanda battit des paupières. Au premier abord, il lui avait paru imbu de lui-même, mais ensuite, il l'avait laissée dormir sur son épaule et maintenant, il insistait pour porter sa valise jusqu'à son appartement.

Qui était donc le vrai Dr Lucius West ? Elle le suivit jusqu'à l'entrée.

— Vous avez une clé ? demanda-t-il.

— Oui. On me l'a envoyée avec toutes les informations nécessaires. J'ai l'appartement 203.

Elle poussa la porte vitrée et la lui tint ouverte pour qu'il franchisse le seuil. Ne voyant pas d'ascenseur, elle précéda Lucius dans l'escalier.

— Le centre est loin d'ici ? demanda-t-elle en gravissant les marches.

— Un peu moins d'un kilomètre, je pense.

— Génial ! Ce sera une marche agréable, tous les matins.

— Je ne connais pas bien le quartier, mais soyez prudente, quand vous rentrez chez vous la nuit. Demandez à quelqu'un de vous raccompagner ou prenez un taxi.

Parvenue au premier étage, Amanda s'arrêta devant sa porte et chercha les clés dans son sac.

— Merci pour le conseil, mais je suis parfaitement capable de veiller sur moi-même.

Il la jaugea du regard.

— Si vous le dites…

Amanda n'apprécia pas le ton, légèrement sarcastique. Par bonheur, elle trouva son trousseau, orné d'un minuscule koala.

— Je vois que vous avez déjà adopté nos mœurs, dit-il.

— J'étais tellement contente de venir que je n'ai pas pu résister. Je l'ai acheté sur Internet.

— C'est votre premier séjour en Australie ?

— Oui.

Amanda ouvrit la porte. Lucius n'avait pas besoin de savoir que cet échange lui avait fourni l'occasion inespérée de fuir Atlanta. Deux mois auparavant, John avait rompu avec elle. Jusqu'à cette malheureuse soirée, elle avait cru qu'il était l'homme de sa vie. Et tout d'un coup, il lui annonçait que tout était fini parce qu'il ne pouvait pas rivaliser avec elle et qu'elle l'intimidait.

Après cette scène atroce, Amanda avait décidé de se focaliser sur ses objectifs professionnels et ce séjour lui en offrait justement l'occasion.

Passant devant elle, Lucius posa sa valise par terre, près d'un petit canapé qui trônait au milieu de la pièce.

Amanda entra lentement dans l'appartement fonctionnel mis à sa disposition. La salle de séjour était spacieuse. Il y avait un coin-cuisine et une porte donnait sur la chambre à coucher.

— Je dois dire que c'est à peu près ce à quoi je m'attendais, murmura Lucius.

— C'est tout ce qu'il me faut pour la durée de mon séjour. Je n'ai pas beaucoup mieux à Atlanta, dit Amanda en posant son sac sur le comptoir de la cuisine. De toute façon, j'ai l'intention de passer plus de temps au centre qu'ici. Je vous remercie d'avoir porté ma valise, en tout cas. J'ai hâte de travailler avec vous.

Lucius lui tendit la main.

— Je suis ravi d'avoir fait votre connaissance.

Dès que leurs paumes entrèrent en contact, Amanda éprouva une curieuse impression qui suscita un prompt retrait.

— Euh… Comme je le disais, je suis pressée de découvrir le centre. On m'a dit des choses extraordinaires, à votre propos.

— J'espère que vous ne croyez pas tout ce qu'on raconte.

— En tout cas, je pense que la rumeur comporte une grande part de vérité.

Amanda se dirigea vers la porte. Elle avait besoin d'être seule pour analyser ce qu'elle avait ressenti, pendant qu'ils échangeaient une poignée de main.

— Encore merci.

— Au revoir, mademoiselle…

— Longstreet.

— Mademoiselle Longstreet. J'espère que vous vous plairez parmi nous.

Après son départ, il sembla à Amanda que la pièce s'était assombrie. Chassant de son esprit cette idée bizarre, elle tira sa valise dans sa chambre meublée d'un grand lit et d'une table de chevet. Sur la gauche, une porte donnait sur la salle de bains.

Elle rangerait ses affaires plus tard, mais pour l'instant, elle devait faire quelques courses. Ensuite, elle prendrait une douche et elle se mettrait au lit. Une grosse journée l'attendait, le lendemain.

Reverrait-elle Lucius, au centre ?

Cela n'avait aucune importance ! Retournant dans la salle de séjour, elle vit un calepin, sur le comptoir de la cuisine, qui contenait toutes les informations dont elle avait besoin : l'épicerie la plus proche, la laverie et la pharmacie, ainsi que quelques renseignements concernant le quartier.

Elle allait pouvoir explorer brièvement son environnement

pour les futures semaines, parce qu'elle n'en aurait peut-être pas l'occasion de sitôt.

Toute sa vie, elle avait été du genre à tout prévoir, tout anticiper. Parmi ses camarades, elle était même connue pour cela. À l'université, l'étudiante avec qui elle partageait sa chambre lui avait demandé un jour une agrafeuse. Aussitôt, Amanda lui avait indiqué le tiroir où elle se trouvait.

— Comment fais-tu ça ? avait lancé la jeune fille.

— Je remets toujours les objets à leur place.

Cet aspect de sa personnalité n'avait pas plu à son beau-père. Malgré les efforts d'Amanda pour tout faire bien, cela n'était jamais suffisant pour lui. Heureusement, le reste de sa famille l'aimait et la soutenait.

Après s'être rafraîchi le visage et avoir brossé ses cheveux, Amanda se changea et posa des lunettes de soleil sur son nez avant de sortir pour visiter le quartier.

Après quelques erreurs de parcours, elle trouva une épicerie, non loin de chez elle. Elle acheta des pâtes et du fromage râpé pour les urgences, ainsi que quelques plats préparés.

Lourdement chargée, Amanda quitta l'épicerie et regagna son appartement. Une fois rentrée, elle déposa ses sacs par terre et s'effondra sur le canapé. Elle avait beau être en forme, physiquement, elle avait peut-être présumé de ses forces, après un aussi long trajet en avion.

Elle plaça les produits frais dans le réfrigérateur, puis prit une douche rapide et se coucha.

Quand ses yeux se fermèrent, elle se fit la réflexion que le lit était confortable, mais que l'épaule de Lucius l'avait été tout autant.

2.

Trois jours plus tard, de bon matin, Lucius se dirigeait vers la salle dédiée au transfert d'embryons tout en pensant à Amanda Longstreet. Son image s'imposait à lui plus souvent qu'il n'était prêt à l'admettre. Apparemment, elle lui avait fait forte impression, durant leur brève rencontre ! Mais pour l'instant, il devait se concentrer sur sa patiente, qui tentait en vain d'avoir un enfant depuis trois ans.

Cette femme incarnait pour lui le combat qu'il menait sans relâche en tant que spécialiste de l'infertilité. Et en tant qu'être humain, sa souffrance lui fendait le cœur. Il ne voyait que des femmes souhaitant désespérément être mères. Soit il y avait un problème de conception, soit elles ne menaient pas la grossesse à terme. Mais quelle que soit la raison qui les amenait à le consulter, ces rencontres impliquaient invariablement de fortes émotions.

C'était pour cette raison qu'il commençait toujours par parler avec les patientes, au lieu de s'en tenir à l'intervention. Elles étaient souvent stressées, ce qui pouvait affecter la réussite de la procédure. Plus elles étaient calmes et confiantes, meilleures étaient les chances de réussite.

Il entra dans la salle où la patiente l'attendait, étendue sur la table d'examen. Un grand sourire aux lèvres, il s'approcha d'elle. Lucy, son infirmière, était en train de disposer les instruments sur un plateau. Remarquant la présence d'une autre personne, il se rembrunit.

Amanda.

Il répondit par un hochement de tête au sourire qu'elle lui adressait.

Qu'est-ce qu'elle fait là ?

Il avait cru comprendre qu'elle travaillait à la maternité…

— Comment allez-vous ? demanda-t-il à Nancy Davis, sa patiente du jour.

— Bien. Je suis juste un peu nerveuse.

Lucius serra la main du mari, qui se tenait dans un coin de la salle.

— Il faut que ça marche, cette fois ! s'exclama Nancy.

— Je sais que c'est votre troisième tentative, mais ne vous inquiétez pas. Je vais essayer quelque chose d'un peu innovant, durant cette intervention. Je pense que c'est ce qui fera la différence, puisque ça a fonctionné en laboratoire. J'ai donc toutes les raisons d'être optimiste. Nous n'allons pas seulement *espérer* que ça marche, nous allons y *croire*.

Nancy sourit faiblement.

— C'est ce que je souhaite de tout mon cœur, docteur.

— Vous avez bien suivi votre traitement ?

— Oui.

— Nous allons commencer dans un instant, dès que je me serai lavé les mains.

Quand Lucius revint, Lucy se préparait pour l'intervention et Amanda se tenait à côté de Nancy, au bout de la table. Elle parlait avec la patiente, qui émit un petit rire et parut se détendre.

Il appréciait ce qu'Amanda avait fait. Pour une raison inconnue, les femmes concevaient plus facilement un enfant quand elles cessaient d'être obsédées par leur future grossesse.

Prenant son siège à roulettes, il s'assit et vint se poster près des pieds de sa patiente.

— Je vais vous dire ce qui se passe, étape après étape. Si vous éprouvez la moindre douleur, dites-le-moi.

— D'accord, dit Nancy d'une petite voix.

— Ça ne devrait pas prendre plus de quelques minutes, ensuite vous vous reposerez un instant.

Le mari se rapprocha de son épouse et lui prit la main.

— Ce sera comme la dernière fois ? demanda Nancy.

— Oui.

Lucius prit dans l'incubateur que Lucy venait d'approcher le long cathéter souple contenant les embryons. Il tenait littéralement les espoirs de ce couple entre ses mains et si tout allait bien, ils auraient bientôt un bébé.

— La sensation va être un peu différente des autres fois, précisa-t-il. Les embryons ne sont pas encore à la bonne température. Je veux que ce soit votre corps qui les réchauffe.

Concentré à l'extrême, il oublia tout ce qui l'entourait pour placer les embryons dans la cavité utérine.

Un instant plus tard, il écartait son siège de la table pour voir le visage de sa patiente.

— C'est terminé. Nous allons vous laisser vous reposer pendant une trentaine de minutes. Rappelez-vous que vos seins seront peut-être sensibles, vous pourrez vous sentir ballonnée, avoir des crampes ou être constipée la semaine prochaine. Je veux vous voir dans deux semaines, pour faire un test de grossesse.

— Merci, docteur West, murmura Nancy avant d'adresser à son mari un sourire empli d'espoir.

Lucy sortit de la salle. Pendant qu'il ôtait ses gants et sa tenue stérile, Lucius se tourna vers Amanda.

— Mademoiselle Longstreet…

— Bonjour, docteur West, dit-elle sur un ton presque aussi glacial que le sien.

— Vous vous adaptez bien au centre ?

— Très bien. J'ai fait la connaissance de gens formidables, répliqua-t-elle en retirant elle aussi sa tenue.

— Je suis ravi de l'apprendre, dit-il en gagnant la sortie.

— Docteur West ! Est-ce que vous pouvez m'accorder une minute ? J'aurais une ou deux questions concernant l'intervention.

— Bien sûr…

— Je sais qu'on transfère normalement les embryons

dans la cavité utérine quand ils sont à la bonne température, alors je me demandais pourquoi vous ne respectiez pas cette procédure.

Lucius serra les dents. Il n'était pas habitué à ce qu'on utilise ce ton avec lui, dans le cadre du travail.

— Je vois… Et d'où tirez-vous ces connaissances ?

— J'ai passé plusieurs jours à lire votre guide clinique.

Ce n'était pas la réponse qu'il attendait.

— Vous êtes consciencieuse.

— J'essaie de l'être.

Lucius se raidit. Les membres de ses équipes ne posaient jamais de questions sur ses méthodes. Ils avaient tellement confiance en lui qu'ils le suivaient, quelles que soient ses décisions.

— Ma technique vous inspire des inquiétudes ?

— Pas vraiment. En fait, je voudrais comprendre pourquoi vous procédez de cette façon. Et si les embryons ne tenaient pas à cause de la température ? Les couples investissent trop d'espoir, de temps et d'argent pour que vous agissiez sous le coup d'une simple intuition.

Agacé, Lucius s'approcha d'Amanda.

— Une intuition ? Sachez que j'utilise cette méthode depuis longtemps. Dans tout ce que je fais, je m'appuie sur l'expérience et la connaissance. Je ne me fie pas à des *intuitions*. Les couples viennent me voir pour une seule raison : ils veulent un enfant et je parviens souvent à exaucer leur vœu.

Amanda le foudroya du regard.

— Je n'avais pas l'intention de vous blesser. Si je vous ai posé cette question, c'était pour mieux comprendre votre démarche.

— Ce n'est pas ainsi que je l'ai comprise. Il m'a plutôt semblé que vous mettiez en doute mes compétences et mon jugement.

— Je suis ici pour apprendre les procédures, depuis la conception jusqu'à l'accouchement.

— J'apprécie cet engagement, mais si vous devez me faire

subir un interrogatoire à chacune de mes interventions, cet échange ne pourra pas fonctionner.

Il dirigeait ce centre et il ne permettrait à personne de douter de son éthique.

— Je suis désolée si je vous ai offensé, et je comprends votre position, docteur, mais cela n'implique pas que je ne veuille pas acquérir des connaissances. Et cela suppose que je pose des questions. Je n'apprendrai rien, si on me l'interdit.

— Vous en avez le droit. En revanche, il ne vous est pas permis de réagir à ce que je fais ou dis en présence d'une patiente. Pas plus que vous ne pouvez sous-entendre que je fais quelque chose de mal.

Décidément, cette jeune femme ne manquait pas d'un certain culot !

— Si je comprends bien, « l'homme qui murmure à l'oreille des bébés » n'a pas à s'expliquer, quand il ne respecte pas le protocole, dit Amanda sur un ton sarcastique. Pas plus qu'il n'a à répondre aux questions, quand il fait quelque chose qui ne correspond pas à la norme. Je vous ai bien compris ?

Lucius s'approcha d'Amanda, qui ne bougea pas d'un pouce. Malgré lui, il ne put s'empêcher d'admirer son audace.

— C'est exactement cela, répliqua-t-il.

Amanda se redressa de toute sa taille. Elle avait beau être grande, elle ne lui arrivait qu'à l'épaule.

— Désolée, docteur, mais là d'où je viens, les médecins et les infirmières sont partenaires. Nous avons les mêmes objectifs et si nous posons des questions, c'est dans l'intérêt de nos patients. L'ego des médecins n'est pas prioritaire.

Lucius pinça les lèvres. Comment osait-elle sous-entendre qu'il ne se préoccupait pas avant tout de ses patientes ?

— Je peux vous assurer que mes patientes passent en premier.

— Ravie de l'apprendre. En ce cas, je ne vois pas en quoi j'ai pu vous froisser.

— C'est peut-être le ton que vous avez utilisé.

— Je ne m'étais pas aperçue que je parlais sur un ton particulier.

Lucius recula d'un pas.

— Je pense que cette discussion est devenue improductive. Excusez-moi, mais j'ai du travail qui m'attend, déclara-t-il avant de tourner les talons.

Pour qui se prenait-elle, pour oser l'interroger la première fois qu'elle assistait à un transfert d'embryons ?

Lucius secoua la tête. En réalité, le culot d'Amanda l'impressionnait.

Une heure plus tard, il ressassait encore sa discussion avec elle. Il s'était peut-être montré un peu sec, mais les questions d'Amanda lui rappelaient son père, qui l'avait toujours contraint à expliquer ses décisions. Il l'avait tellement poussé à justifier ses méthodes que Lucius en était venu à douter de lui-même.

Aujourd'hui, son père était en maison de retraite et une petite Américaine parvenait à ranimer les incertitudes de sa jeunesse.

Quand on exerçait son métier, on devait avoir conscience de sa propre valeur, sinon on abandonnait. Trop souvent, les échecs l'emportaient sur les succès. La vie entière de Lucius tournait autour de ces moments de joie et d'excitation, quand une femme était enceinte. Il en avait besoin pour rester fort, s'il devait annoncer à un couple que la procédure avait échoué. Il adorait se rendre dans la nurserie pour voir des parents tenir un bébé dans leurs bras, après en avoir rêvé si longtemps.

Lorsqu'il était marié, il avait envisagé d'avoir lui-même des enfants, mais il pensait avoir du temps devant lui. Le centre venait d'ouvrir et il avait privilégié son travail, pensant que sa femme était heureuse. Au lieu de cela, elle avait souffert de ses longues heures d'absence.

Mélanie avait été trop souvent abandonnée à elle-même.

Il savait qu'elle appréciait d'être mariée à un médecin, star montante dans le domaine de la lutte contre la stérilité. En revanche, il avait sous-estimé sa solitude.

Il n'avait pas souffert de leur séparation autant qu'il l'aurait dû. Il s'était dit qu'elle avait raison de penser qu'il était davantage marié à son métier qu'à elle. Depuis, il avait eu quelques liaisons, mais il n'avait pas commis l'erreur de s'installer dans une relation durable.

Il lui aurait fallu une compagne qui comprenne l'importance de son travail et n'exige pas de lui une attention constante. Mais ce genre de femmes était rare et il n'avait pas le temps de chercher la perle rare.

Amanda ne comprenait pas pourquoi Lucius avait aussi mal supporté qu'elle lui pose des questions. Elle était habituée à ce que les protocoles soient rigoureusement suivis, c'est pourquoi elle avait voulu savoir pourquoi il s'en éloignait.

Elle souhaitait juste comprendre la logique qui se cachait derrière la décision qu'il avait prise. Mais apparemment, elle avait dépassé les bornes.

Ça recommençait ! Un homme de plus la trouvait *arrogante*. Ceux avec qui elle était sortie la jugeaient trop rigide, trop inquisitrice. Après sa dernière rupture avec celui qu'elle considérait comme l'homme de sa vie, elle avait mis de côté son rêve de se marier et d'avoir des enfants pour se consacrer à sa carrière.

Et elle comptait beaucoup sur l'expérience acquise à l'occasion de cet échange pour devenir infirmière en chef, à Atlanta.

D'une façon ou d'une autre, elle devait gagner le respect de Lucius et neutraliser son animosité. En dehors de lui, tout le monde l'avait accueillie très amicalement. Ses collègues répondaient volontiers à ses questions, et s'ils ignoraient la réponse, ils s'efforçaient de la trouver pour elle.

Lucius était un médecin remarquable, dévoué à sa mission, et le centre faisait de l'excellent travail, comme Kirri le lui avait assuré. Mais quand Lucius lui avait dit que l'échange ne fonctionnerait pas, elle avait été choquée, d'autant qu'elle n'appréciait pas d'être menacée.

Elle devait absolument améliorer ses relations avec lui. Après une bonne nuit de sommeil, elle pensa avoir trouvé le moyen de lui prouver qu'à l'avenir, elle ne ferait plus d'intrusion dans son espace professionnel.

Dès qu'elle eut un moment de libre, elle le chercha dans les couloirs pour apprendre finalement qu'il était à la nurserie, ce qui la surprit.

En effet, elle le trouva assis dans un rocking-chair, un bébé endormi dans les bras. Le souffle coupé, elle observa cet homme athlétique en train de bercer tendrement un nourrisson. Elle ne lui avait jamais vu cette expression…

Il était différent de celui qu'elle avait affronté la veille, à tel point qu'il lui fallut un instant pour recouvrer son sang-froid. Elle resta là, fascinée. Elle aurait voulu graver cette scène dans sa mémoire.

En passant à côté d'elle, une infirmière brisa le charme.

Amanda fit quelques pas dans la nurserie.

— Docteur West ? Lucius ?

Il leva vers elle un regard soucieux.

L'idée qu'il ferait un bon père traversa l'esprit d'Amanda, ce qui n'était vraiment pas adapté à la relation professionnelle qu'elle voulait instaurer avec lui.

— Mademoiselle Longstreet ?

— Euh… Je me demandais si vous auriez un moment à m'accorder.

— J'ai un transfert d'embryons dans vingt minutes.

— Je pourrais vous offrir un café ?

— Désolé, je n'en bois pas à cette heure de la journée.

Il ne lui rendait pas la tâche facile.

— Un soda ?

— Comme vous le voyez, je suis un peu occupé. De quoi voulez-vous parler ?

Nouant ses mains devant elle, Amanda s'approcha de Lucius.

— De ce qui s'est passé hier, si cela ne vous ennuie pas.

Il désigna du menton un bébé qui pleurait dans son berceau.

— Prenez-le et asseyez-vous.

Amanda prit le nourrisson dans ses bras et s'assit dans un autre rocking-chair, près de Lucius. Dès qu'elle commença à le bercer, le bébé se calma.

— On dirait que vous avez le truc, avec eux, remarqua Lucius.

Son approbation réchauffa le cœur d'Amanda.

— Je peux faire davantage que les aider à naître, dit-elle. Et j'ai bercé plus d'un bébé, dans ma vie, ce qui inclut une nièce et un neveu.

Une ombre passa dans les yeux de Lucius. Super ! Elle avait encore fait une gaffe, alors qu'elle tentait de gagner sa confiance.

— Je croyais que les nourrissons restaient dans la chambre de leur mère, dit-elle doucement.

— La plupart, en effet, mais nous accueillons aussi des enfants non désirés, abandonnés. Nous en avons aussi un ou deux dont les mères ont eu des problèmes au moment de l'accouchement et ont besoin de se reposer. C'est la raison pour laquelle vous en voyez autant.

Le bébé qu'il berçait laissa échapper un soupir satisfait.

— Je crois que vous êtes doué, vous aussi, remarqua Amanda.

— Merci. Ici, c'est le bon endroit pour décompresser.

Lucius avait besoin de décompresser ? Il donnait pourtant l'impression de tout contrôler à chaque instant de la journée.

— Écoutez… je tiens à m'excuser, pour hier. Je ne voulais pas mettre en cause votre autorité et surtout pas la saper devant une patiente. Je suis désolée, si vous pensez que c'est ce que j'ai fait.

— J'apprécie votre démarche, mais après réflexion, j'ai compris que j'avais réagi de façon excessive.

Amanda eut du mal à cacher son étonnement.

— J'ai été élevé par un homme qui m'interrogeait sans cesse à propos de mes décisions, continua Lucius. Depuis, je supporte mal qu'on me questionne à ce sujet.

Il fronça les sourcils, comme si ce qu'il venait de dire le troublait.

— Merci de partager ce souvenir avec moi, dit Amanda. Je comprends mieux votre réaction. Ce programme d'échange est important pour moi, et j'ai besoin qu'il fonctionne.

— Pourquoi ?

Devait-elle lui révéler ses projets et ses rêves ? Mais après tout, ce n'était pas un secret.

— Parce que c'est une occasion pour moi d'obtenir une promotion importante à mon retour. Le fait que je vous observe pendant que vous exécutez des procédures innovantes, que je comprenne comment et pourquoi vous effectuez ces transferts ne peut que m'aider dans mon travail. Ça peut vous paraître prétentieux, mais je veux aider les femmes en souffrance à avoir des bébés.

— Nous sommes d'accord sur ce point.

Une infirmière passa la tête dans l'embrasure de la porte.

— Docteur, on vous attend dans la salle de transfert.

— Dites à l'équipe que j'arrive.

Lucius se leva lentement et déposa le bébé dans son berceau, puis il se tourna vers Amanda.

— Je veillerai à ce que vous ayez toutes les occasions d'apprendre pendant votre séjour. Ce qui inclut le droit de poser des questions.

— Merci beaucoup.

D'un mouvement souple, il lui prit le nourrisson et le déposa à son tour dans son petit lit.

Quand Amanda se fut levée, il lui tendit la main.

— On est d'accord ?

Dès qu'elle glissa sa main dans celle de Lucius, Amanda éprouva la même impression que la première fois… une sorte de choc électrique.

Trop vite, ou peut-être pas assez, il lâcha ses doigts et gagna la porte.

— À bientôt, dit-il en lui adressant un sourire par-dessus son épaule puissante.

Amanda resta un instant immobile, perplexe. La veille, il avait été furieux contre elle, et aujourd'hui il se montrait compréhensif, voire agréable.

Elle aimait les défis… surtout quand ils étaient beaux et mystérieux.

Le lendemain après-midi, Amanda s'apprêtait à faire naître un bébé, fruit d'une seconde fécondation in vitro. La première fois, la mère avait fait une fausse couche dès le premier trimestre.

Elle parcourut rapidement son dossier médical et sentit l'excitation monter en elle : c'était son premier accouchement depuis son arrivée au centre.

La naissance d'un bébé était toujours exaltante pour les parents, mais l'équipe éprouvait également une forte émotion. Un nouvel être humain venait au monde, véritable miracle pour des parents qui avaient soulevé des montagnes pour le concevoir, ce qui rendait sa naissance encore plus extraordinaire.

Amanda enfila sa tenue et ses gants stériles pendant qu'on installait la maman sur la table. C'était le Dr Leah Johannsson qui serait aux commandes. C'était une petite femme d'une quarantaine d'années, à la voix douce et aux grands yeux bruns sérieux. Amanda pouvait comprendre qu'elle figure parmi les médecins préférés des patientes. Un instant plus tard, elle entra dans la salle de travail. L'infirmière avait dit à Amanda que la mère était restée couchée les trois derniers mois de sa grossesse et elle venait de passer deux semaines au centre, le but étant de prévenir un accouchement prématuré.

Dès qu'elle entra, Amanda s'approcha de la table et sourit à la patiente.

— Je suis Amanda Longstreet, une infirmière clinicienne venue des États-Unis. Je suis honorée de vous assister et j'ai hâte de faire la connaissance de votre bébé.

— Moi aussi, j'aimerais bien connaître Alease, dit la maman en souriant.

— Quel joli prénom !

— C'est celui de sa grand-mère.

— Je crois qu'Alease pense qu'il est temps pour elle de rencontrer ses parents.

Amanda leva les yeux vers l'homme qui se tenait près de son épouse et lui prenait la main.

Quand la patiente gémit sous l'effet d'une contraction, Amanda s'écarta pour laisser la place au Dr Johannsson.

— J'ai l'impression que nous n'allons plus attendre très longtemps, dit-elle.

Une nouvelle contraction fit grimacer la patiente.

— À la prochaine, je vous demanderai de pousser, dit le médecin.

Plusieurs secondes s'écoulèrent, chargées de tension.

— Allez-y ! C'est le moment.

Lentement, la petite Alease fit son apparition dans le monde, tandis que la mère pleurait et riait à la fois. Se détournant d'elle, Amanda se concentra sur le nourrisson. Elle retint son souffle… Quelque chose n'allait pas. Le bébé était bleu et ne respirait pas, son petit corps était flasque. Une flaque de sang se dessina sur le sol.

— J'ai besoin d'un peu d'aide, dit calmement le Dr Johannsson en tendant le bébé à Amanda.

La mère saignait et l'enfant ne respirait pas… Amanda se précipita vers la couveuse, tout en appuyant sur le bouton d'urgence, puis elle stimula la respiration du bébé. Elle palpa ses pieds, espérant trouver un pouls.

Rien.

Elle vérifia ensuite le rythme cardiaque en posant deux doigts sous la base du cordon ombilical. Dans le même temps, elle sentit qu'on entrait dans la salle.

Le rythme cardiaque était de moins de cent par minute et le bébé n'avait pas encore crié. Comme elle attrapait le masque à oxygène, une grande main la devança et commença à pomper.

Levant les yeux, Amanda vit Lucius.

Mais le bébé ne respirait toujours pas. Il fallait procéder à des compressions thoraciques.

— Occupez-vous de l'oxygène, dit-elle à Lucius.

Sans attendre sa réponse, elle enveloppa le bébé de ses deux mains et effectua les compressions avec ses pouces.

— Je compte ! annonça-t-elle. Un, deux, trois, ventilez !

Lucius pressa le sac.

— Un, deux, trois, ventilez !

Ils travaillèrent ensemble pendant une minute, puis Amanda cessa les compressions et vérifia les constantes. Le bébé bougeait… Elle eut l'impression de pouvoir respirer elle-même. Lucius retira le masque et le bébé émit un cri puissant.

Amanda adressa à Lucius un sourire qu'il lui rendit. Un long frisson la parcourut.

— Bien joué, Amanda, dit-il doucement.

Elle hocha la tête et se tourna vers le nourrisson, qu'elle enveloppa dans une couverture avant de poser un bonnet rose sur sa petite tête. Pendant que le Dr Johannsson s'occupait de la maman, elle vérifia une fois de plus les constantes du bébé. Lucius se tenait près d'elle, mais il n'intervint pas.

— Mademoiselle Longstreet, dit le Dr Johannsson, je crois que les parents voudraient voir leur petite fille.

Toute souriante, Amanda posa la fillette sur la poitrine de sa mère. Les parents pourraient câliner leur enfant pendant une minute, après quoi elle serait emmenée aux soins intensifs pédiatriques.

Un instant plus tard, la mère posa sur Lucius un regard mouillé de larmes.

— Merci, docteur West.

Il se tenait contre le mur et ne bougea pas.

— Il n'y a pas de quoi, répliqua-t-il.

Bien qu'il ait adopté une posture nonchalante, Amanda remarqua ses yeux humides. Une minute plus tard, il avait disparu.

Tiens, tiens ! C'est la deuxième fois en une semaine que j'entrevois le côté sensible du Dr West.

3.

Lucius sortit du parking et se dirigea vers la plage. Le pique-nique annuel du centre avait lieu ce jour-là. Toutes les familles que l'établissement avait aidées étaient invitées. Beaucoup de parents venaient montrer les enfants dont ils étaient si fiers. Il attendait toujours avec impatience cette journée. Les membres du personnel amenaient aussi leurs familles.

Après le repas, il y aurait des concours, comme celui du bébé le plus mignon ou du plus beau château de sable, ainsi que des jeux imaginés par le comité qui organisait la fête.

Ensuite, on prendrait une photo de groupe des enfants. Elle serait encadrée et affichée sur un mur du hall.

Il y avait beaucoup de monde. Les adultes formaient des groupes et bavardaient. Certains portaient des bébés dans leurs bras, d'autres surveillaient les bambins qui couraient en tous sens. Les voir donnait à Lucius un sentiment d'accomplissement, lié à la certitude qu'il avait contribué à créer tout ce bonheur.

De nombreux parents s'approchèrent de lui pour le remercier. Il devait parfois leur rappeler qu'il était assisté par une équipe médicale excellente et investie.

En ce qui le concernait, c'était son but dans la vie, mais pour eux, c'était un rêve devenu réalité. Il se lassa rapidement de toute cette adoration. Il souhaitait seulement profiter de cette journée ensoleillée sur la plage, en compagnie de gens heureux.

Il s'approcha de la tente, érigée sur une pelouse où l'on

avait installé une longue table. Il y en avait une autre au soleil, pour que les gens puissent choisir. Elles étaient recouvertes de nappes colorées et c'était le centre qui fournissait le repas. Un cuisinier veillait sur un barbecue, et cela sentait si bon que l'eau lui vint à la bouche.

Sous la tente, il remarqua Amanda, qui bavardait avec deux personnes, dans un coin. Elle portait une robe jaune qui laissait ses épaules nues. La brise qui plaquait le tissu contre son corps mettait en valeur ses courbes… De jolies courbes, à vrai dire. Elle avait un rire cristallin, étrangement apaisant… Décidément, cette femme lui faisait un peu trop d'effet.

Un infirmier posa la main sur l'épaule d'Amanda, qui lui sourit. Cette camaraderie troubla Lucius. Elle ne l'avait jamais regardé de cette façon, mais peut-être ne lui avait-il donné aucune raison de le faire.

C'était le genre de pensées qu'il aurait dû éviter. Cela faisait bien longtemps qu'il ne se souciait plus de la manière dont une femme lui souriait. Son travail lui donnait toutes les satisfactions affectives dont il avait besoin dans la vie.

D'ailleurs, Amanda ne resterait pas longtemps en Australie et il n'était pas tenté par une aventure sans lendemain. Et quand bien même l'aurait-il été, il ne souhaitait en aucun cas mêler travail et sentiments.

En revanche, il pouvait comprendre pourquoi les hommes étaient attirés par Amanda. Il n'y avait rien de plus fascinant qu'une femme qui savait qui elle était et ce qu'elle voulait. Et Amanda semblait être ce genre de femme. Elle avait l'air forte et indépendante, comme si elle n'avait pas besoin d'un homme sur qui s'appuyer… contrairement à son ex-épouse.

À un moment, Amanda se retourna et l'aperçut. Dès que leurs regards se croisèrent, elle lui sourit et quitta le groupe pour venir vers lui.

— Je suis surprise de vous voir, dit-elle. Je ne pensais pas que ce genre d'événements vous intéressait.

— Où avez-vous été chercher cette idée ?

— Auprès de Kirri, sans doute. Elle m'a laissé entendre que vous étiez peu sociable, peut-être un peu rigide.

Elle avait dit cela comme si elle était d'accord avec sa sœur.

— Est-ce que vous dites toujours ce qui vous passe par la tête ? lui demanda Lucius. Je précise que je suis très sociable, du moins quand je veux l'être.

Amanda fit une petite grimace.

— Je suis ravie de l'apprendre. Et oui, je dis toujours ce que je pense. Sinon, comment ferais-je pour apprendre ?

— Et qu'avez-vous appris, aujourd'hui ?

— Que vous êtes sociable, en dépit de votre expression revêche. Vous pouvez sourire, docteur, personne ne vous le reprochera.

Elle l'exaspérait, mais il ne put empêcher ses lèvres de frémir.

— Sachez que j'adore cette fête. C'est agréable de voir comme les bébés ont grandi, sont devenus des enfants.

Amanda regarda autour d'elle.

— Vous devez vous sentir très fier et vous avez le droit de l'être.

— J'avoue que j'aime voir toutes ces familles dont j'ai favorisé la création. Mais assez parlé de cela. Est-ce que votre clinique d'Atlanta organise ce genre d'événement ?

— Non, mais je vais le leur conseiller. Cela donne au personnel l'occasion de constater les effets bénéfiques de leur action. Sans compter qu'on s'amuse bien.

Nancy, l'infirmière de Lucius, entra dans la tente.

— Lucius ! Je suis contente que vous soyez venu.

— Je n'aurais manqué ça pour rien au monde.

— Vous voulez dire quelque chose, avant le repas ?

Lucius aurait préféré rester dans la foule.

— Vous pourriez le faire vous-même.

— Vous savez très bien que c'est vous qu'ils veulent entendre, répliqua Nancy. Vous pourriez leur souhaiter la bienvenue ?

Lucius jeta un coup d'œil à Amanda. Elle le fixait comme si un refus de sa part l'aurait déçue.

— D'accord.

Quelques minutes plus tard, Nancy avait fait en sorte que tout le monde se rapproche. Lucius déclara combien il était heureux qu'ils soient tous venus et leur souhaita une très belle journée. Dès qu'il eut terminé, il se glissa de nouveau parmi la foule.

— Très beau discours, docteur West !

Il reconnut la voix d'Amanda. Elle se tenait près de lui et le fixait avec une intensité troublante.

— J'avoue avoir manqué d'inspiration, répliqua-t-il.

— Vous n'appréciez pas d'être sous le feu des projecteurs, n'est-ce pas ?

— Pas vraiment. Vous avez faim ?

À son grand étonnement, Lucius s'aperçut qu'il avait envie de bavarder avec elle.

— Très.

— Alors approchons-nous du barbecue avant qu'il ne reste plus rien !

Il la guida jusqu'au buffet, où ils se servirent.

— Vous êtes censé déjeuner avec quelqu'un en particulier ? lui demanda Amanda.

— Non. J'espérais que vous vous joindriez à moi.

Il donnait l'impression de lui accorder une attention particulière. Était-ce vraiment ce qu'il voulait ? Oui ! Il était fatigué de sa propre compagnie et la perspicacité d'Amanda l'obligeait à rester sur le qui-vive. En quoi serait-ce mal, s'il apprenait à mieux la connaître ?

— C'est ma serviette que vous voyez, dit-elle en désignant la plage. Celle qui ressemble au drapeau australien.

— Pourquoi ne suis-je pas surpris ?

— Je l'ai achetée hier, sachant que j'en aurais besoin aujourd'hui, expliqua-t-elle avec un sourire. Ce sera un souvenir de mon séjour en Australie.

Amanda lui tendit son assiette.

— Je vais nous chercher de quoi boire. Qu'est-ce que vous voulez ?

— Une boisson sans alcool.

— Je reviens dans une minute. Ne mangez pas mon déjeuner !

Un grand sourire aux lèvres, Amanda s'éloigna. Mais le plus étonnant, c'était qu'il souriait aussi. Il devait avoir l'air d'un lycéen amoureux de sa professeure, mais Amanda lui faisait cet effet, et il découvrait avec effarement qu'elle lui transmettait un peu de sa joie de vivre.

Nancy et quelques membres de l'équipe vinrent s'installer auprès d'eux. D'un côté, Lucius se réjouit de cette distraction, de l'autre, il regretta de perdre l'attention exclusive d'Amanda.

— Amanda, commença Nancy, vous êtes ici depuis une semaine… Dites-nous ce que vous pensez de l'Australie et du centre.

— J'adore l'Australie et tout le monde s'est montré très accueillant envers moi.

Elle jeta un coup d'œil espiègle à Lucius, comme pour lui signifier qu'il était l'exception qui confirmait la règle.

— Et j'apprécie beaucoup de travailler au centre, continua-t-elle. Ce programme d'échange est exceptionnel.

Lucius adorait l'accent légèrement traînant d'Amanda. Est-ce qu'il était plus marqué… dans l'intimité ?

Amanda le fixa avec inquiétude, tandis qu'il toussotait pour s'éclaircir la voix.

— Mon appartement est très sympa, continua Amanda. Il y a une épicerie tout près et un grand magasin un peu plus loin, où je trouve tout ce dont j'ai besoin. La seule chose qui m'ennuie, c'est que je n'ai pas encore eu le temps de visiter la ville. Je compte commencer demain, comme une vraie touriste. Je grimperai sur le Harbor Bridge, je veux aussi contempler l'opéra de Sydney et peut-être aller au zoo. Je ne rentrerai pas chez moi sans avoir vu un koala. Ils sont si mignons !

Elle ressemblait à une petite fille parlant de sa poupée préférée, à Noël. Lucius trouvait fascinant que cette même femme soit aussi une infirmière exceptionnelle. Qui était la vraie Amanda ? Et pourquoi exerçait-elle sur lui une telle séduction chaque fois qu'il la voyait ?

— Il y a un zoo plus petit où vous pourrez en prendre un dans vos bras, intervint un infirmier. C'est à quelques heures de la ville, en train.

— Génial ! Je le ferai sûrement. Oh ! J'allais oublier. J'ai l'intention de traverser le port en ferry, pour voir Sydney depuis la mer… Je pourrais même le faire cet après-midi.

Lucius faillit lui proposer de jouer les guides touristiques pour elle, mais il se retint à temps.

— Vous êtes allée au Strand ? demanda Nancy. C'est un immense bâtiment victorien rempli de boutiques. À lui seul, il vaut le coup d'œil, mais c'est bien aussi pour faire du shopping.

Lucius et deux autres hommes émirent un soupir d'ennui. Amanda les regarda avec désapprobation, avant de se focaliser sur Lucius.

— Tout le monde n'est pas obsédé par le boulot à chaque minute de la journée !

Un silence pesant s'installa. Peu de gens se permettaient de se moquer de lui ou de critiquer la façon dont il occupait son temps, voire personne, en dehors de sa sœur. Amanda parut soudain très gênée.

Pour alléger l'atmosphère, Lucius reprit le cours de la conversation :

— Je trouve aussi ce bâtiment exceptionnel, dit-il. Les vitraux sont magnifiques, quand il y a du soleil.

Tout le monde se détendit, y compris Amanda. Mais il savait que les membres de son équipe continueraient de suivre leurs échanges avec attention.

Il se déplaça légèrement pour mieux la voir.

— Vous savez qu'il existe des sites moins touristiques ?

Amanda se raidit, comme si cette remarque avait pour objet de la remettre à sa place.

— Lesquels ?

— Les piscines publiques à l'eau de mer, par exemple, dit-il avec un haussement d'épaules. Elles sont situées au bord de l'océan et c'est une expérience extraordinaire que d'y nager de très bonne heure et d'observer le lever du soleil.

Les autres le fixèrent comme s'ils ne savaient plus qui il était.

— Ça a l'air génial.

La voix légèrement essoufflée d'Amanda fit naître une étrange chaleur dans tout son corps.

— Je vais sûrement y aller, continua-t-elle.

— Vous savez quoi ? Je passerai vous prendre samedi à 7 heures du matin et nous irons nager.

Lucius jeta un coup d'œil aux personnes présentes, qui avaient du mal à dissimuler leur surprise.

Par bonheur, quelqu'un les appela :

— Les jeux commencent dans un quart d'heure. Finissez votre repas, mais gardez de la place pour les glaces !

Tout le monde se remit à manger, mais Lucius surprit plus d'un regard amusé. Nancy arborait un petit sourire entendu. Fort heureusement, Amanda semblait ne rien remarquer.

Quelques minutes avant le début des jeux, le groupe se dispersa, les laissant seuls, Amanda et lui. Lucius se leva et lui tendit la main. Il la lâcha dès qu'elle fut debout, et tous deux rejoignirent la foule.

— Je veux voir le jeu de la tarte à la crème ! déclara Amanda. Et il y a quelqu'un qui devrait y participer, selon moi, ajouta-t-elle en le fixant.

Lucius n'avait pas envisagé de jouer lui-même, et il n'avait vraiment pas envie de recevoir de la crème chantilly en plein visage.

Comme Amanda s'immobilisait, il l'imita.

— Vous allez le faire ? demanda-t-elle. Je crois que parents et enfants seraient ravis. Et votre personnel aussi.

Il plissa les yeux.

— Ça veut dire quoi, exactement ?

— À mon avis, ils croient que vous êtes du genre coincé, mais je sais que c'est faux.

Retirant ses lunettes de soleil, Lucius se pencha pour la regarder dans les yeux.

— Et comment le savez-vous ?

— Je vous ai vu, dans la nurserie. Sous des dehors revêches, vous êtes un tendre.

Rejetant la tête en arrière, Lucius éclata de rire.

— Mademoiselle Longstreet, je n'ai jamais rencontré une femme comme vous.

— C'est un compliment, ou une critique ?

— Franchement, je n'en sais rien. Mais aujourd'hui, je vais prouver à mon personnel que je ne suis pas coincé.

— Si je comprends bien, vous allez faire quelque chose dont Nancy vous croyait incapable. Et tout ça, grâce à moi !

Et voilà ! Il s'était fait manipuler. Et le pire, c'était qu'il s'en moquait royalement.

Pendant l'heure suivante, ils suivirent le déroulement des jeux. Amanda riait, applaudissait et criait. Lucius remarqua que beaucoup de gens bavardaient avec elle en passant ou restaient à côté d'elle. Elle était très populaire.

Malheureusement pour lui, vint le moment où elle se tourna vers lui.

— Il est temps de vous préparer.

Ils se dirigèrent vers le panneau de bois sur lequel un médecin clown avait été peint. Il y avait un trou au niveau du visage.

Amanda plongea la main dans un sac.

— Vous allez enfiler un sac de plastique, pour protéger vos vêtements. Approchez, dit-elle en lui adressant un signe de la main.

Il lui jeta un regard méfiant.

— C'est vous qui avez eu cette idée, c'est ça ?

— Bien sûr.

Elle sortit un grand sac-poubelle et fit un trou à l'extrémité.

— Vous aviez prévu de faire de moi votre victime ?

Elle haussa les épaules avant de se dresser sur la pointe des pieds pour glisser le sac par-dessus sa tête. Se penchant en avant, il émergea pour se retrouver quasiment face à face avec elle. Ils étaient si proches qu'il sentit son parfum, qui lui rappela les roses de son jardin. Ses beaux yeux étaient parsemés de paillettes d'or et des taches de rousseur piquetaient son nez.

Il se pencha davantage avant de se raviser brusquement. Ce n'était ni le lieu ni le moment de l'embrasser, malgré l'envie qui le taraudait.

— Vous savez que j'aurai ma revanche ? demanda-t-il.

Elle eut un sourire malicieux.

— C'est une promesse, docteur West ?

Avançant d'un pas, il la coinça contre le panneau de bois. L'atmosphère se chargea soudain d'électricité.

— Tout à fait, dit-il finalement.

— J'aime que les promesses soient tenues.

Des gens approchaient et Lucius recula. Qu'était-il en train de faire ? N'avait-il rien de mieux à faire que de flirter avec Amanda en public ? Mais il s'amusait beaucoup et cela faisait longtemps qu'il ne s'était pas senti aussi vivant.

— Je vais faire des trous pour vos bras, annonça-t-elle. Ensuite, j'irai de l'autre côté et vous n'aurez qu'à passer la figure dans l'ouverture. Et n'oubliez pas de sourire !

Un instant plus tard, Lucius était en position. Des enfants de toutes tailles faisaient la queue en face de lui. Des tartes généreusement garnies étaient posées sur une table.

Amanda en donna une à un petit garçon d'une dizaine d'années.

— Vas-y ! dit-elle.

Au grand soulagement de Lucius, la tarte atteignit le bas du panneau.

— Ce sera mieux la prochaine fois, remarqua-t-il.

Ensuite, les lancers se succédèrent, le ratant à chaque fois.

— Nous allons avancer la ligne de tir pour vous aider, annonça Amanda.

La foule rugit de joie et applaudit. Lucius lança un regard furieux à Amanda, qui lui répondit par un sourire suave.

Les premiers enfants le manquèrent de nouveau, puis l'un d'entre eux parvint à atteindre un côté de son visage. Les deux suivants, son front. Le quatrième lui décocha son « arme » en pleine figure et fut salué par des applaudissements. Quand le dernier enfant passa, il ne voyait plus rien.

Enfin, Amanda déclara :

— Je pense que le Dr West mérite nos acclamations.

Ce n'était pas trop tôt !

Des hourras accompagnèrent les bravos. Nancy s'avança, faisant écran entre le public et lui.

— Merci à tous d'être venus. Et à l'année prochaine…

Lucius recula et entreprit de se nettoyer. Amanda s'approcha de lui, un sac à la main.

— Je n'arrive pas à croire que vous m'ayez persuadé de faire ça, grommela-t-il.

— Vous aviez l'air tellement étonné, quand la première tarte vous a atteint, répliqua-t-elle en riant.

— Ce n'est pas drôle.

— Bien sûr que si !

— Je vais vous montrer à quel point c'est drôle.

La prenant par la main, Lucius frotta sa joue contre celle d'Amanda, puis il toucha son front, laissant un large sillon de crème. Pendant tout ce temps, elle poussa des cris stridents tout en se contorsionnant pour lui échapper, ce qui ne fit qu'aggraver les choses. Pour finir, il frotta son nez contre le sien avant de s'arrêter brusquement et fixer sa bouche. Du bout de la langue, il lécha un coin de ses lèvres. Elle se figea aussitôt et leva vers lui un regard étonné.

— Vous avez bon goût, dit-il.

Elle effleura du doigt la mâchoire de Lucius. Des étoiles dans les yeux, elle le porta ensuite à sa bouche pour en sucer la crème.

Lucius sentait son sang bouillir dans ses veines. Entre eux, l'attirance venait de se déclarer publiquement, au vu et au su de toute son équipe. Ce n'était ni le lieu ni le moment.

Lucius recula.

Amanda fouilla frénétiquement dans le sac et en sortit un rouleau de papier. Elle déchira quelques feuilles, qu'elle lui tendit. Après s'être essuyé le visage, il tira sur sa protection de plastique pour la faire passer par-dessus sa tête.

— Laissez-moi vous aider, dit Amanda.

— Non.

Si elle le touchait encore, ils offriraient un véritable spectacle à l'assemblée.

— Je vais me débrouiller, dit-il plus doucement. Ensuite, je rentrerai chez moi prendre une douche.

Visiblement blessée, elle hocha la tête.

— D'accord. Merci de nous avoir aidés aujourd'hui. Vous avez fait un tabac et prouvé que vous avez le cœur tendre.

— Le cœur tendre ?

— Vous devez penser que c'est un défaut, mais ça fait de vous quelqu'un de spécial. Désolée… Je n'aurais pas dû dire ça, mais sachez que je ne trahirai jamais votre secret. Encore merci.

— Il n'y a pas de quoi.

En s'éloignant, il pensa un instant lui proposer de la raccompagner chez elle. Il soupçonnait qu'elle n'était pas le genre de femme à avoir des aventures d'un soir et de toute façon, ils vivaient sur deux continents différents. De surcroît, ils étaient collègues et il y avait certaines règles qu'il ne souhaitait pas enfreindre.

Mais en dépit de toute raison, c'était plutôt chaud, entre eux. Il sentait encore le contact de son doigt, sur sa joue, et aurait bien voulu prolonger cet instant.

Hélas, se comporter selon ses désirs était dangereux, et mieux valait les oublier. Ce qu'il se promit de faire sans tarder.

Tremblante, Amanda demeura un instant sur place. Qu'est-ce qui lui avait pris de taquiner Lucius de cette façon ? De se comporter comme une séductrice et de porter un tel jugement sur la personnalité de son patron ?

Elle devait certainement avoir perdu l'esprit !

L'espace d'une seconde, elle avait craint qu'il l'embrasse. Pire encore, elle savait qu'elle se serait laissé faire, alors que son avenir dépendait de son professionnalisme.

Autour d'elle, les invités se dirigeaient vers le parking.

Elle devait rentrer chez elle, oublier les beaux yeux bleus du Dr West.

Hélas ! Elle avait accepté de nager avec lui le samedi suivant.

Une très mauvaise idée.

Vingt-quatre heures plus tard, elle tenta de chasser Lucius de son esprit en visitant la ville. Elle passa un long moment devant l'opéra, à observer son étonnante architecture. De là, elle gagna ensuite le Harbor Bridge, qu'elle gravit courageusement. Parvenue au sommet, elle contempla le panorama, fière d'elle-même.

Trop fatiguée pour en faire davantage, elle rentra ensuite chez elle. Le ferry attendrait un autre week-end.

Le dimanche soir, elle décida qu'il vaudrait mieux éviter Lucius pendant la semaine. D'ailleurs, il avait peut-être déjà oublié sa proposition d'aller nager avec elle dans une piscine d'eau de mer. Vu la façon dont il l'avait quittée, sur la plage, il ne voulait sûrement plus rien avoir à faire avec elle.

De toute manière, elle pouvait toujours décliner son invitation. Le problème, c'était qu'elle avait envie de passer du temps avec lui. Pourraient-ils être amis, sans céder à la force sensuelle qui les poussait l'un vers l'autre ?

À sa grande surprise, la fin de la semaine arriva sans qu'elle le voie et elle commença à ressentir un état de manque. Très stressée, elle se demanda comment tenir plus longtemps quand une infirmière lui lança :

— Amanda ! fit une infirmière. Le Dr West a appelé. Il voudrait que vous veniez dans son bureau.

— Tout de suite ?

Baissant les yeux, elle vit que ses mains tremblaient.

— Dites-lui que je suis avec une patiente et que j'irai dès que possible, s'il vous plaît.

Sur ces mots, elle vérifia les constantes de la jeune femme qu'elle examinait, heureuse de profiter de ce délai pour se calmer.

Lorsqu'elle eut terminé, elle s'adressa à une autre infirmière.

— Je dois voir le Dr West. Bipez-moi, si vous avez besoin que je revienne.

— D'accord. N'ayez pas l'air aussi effrayée, il n'a jamais mordu personne.

— Il y a toujours une première fois et j'aimerais bien savoir ce qu'il me veut.

— Vous le trouverez au labo.

Un instant plus tard, Amanda poussait la porte du laboratoire. Elle aperçut Lucius derrière une paroi de verre. Vêtu d'une blouse blanche, il se tenait devant une rangée de tubes à essai, une grosse seringue à la main.

Lorsqu'elle frappa à la vitre, il leva la tête et leurs regards se croisèrent. Elle avait oublié l'effet puissant qu'il avait sur elle et une bouffée de désir envahit son corps.

Il désigna une porte derrière laquelle elle découvrit un vestiaire. Hochant la tête, elle revêtit à son tour une tenue adéquate avant de le rejoindre en passant par un sas ventilé.

— Vous vouliez me parler ?

Levant les yeux, il parut satisfait de ce qu'il voyait.

— J'ai pensé que vous pourriez être intéressée par mon travail. Vous avez dit que vous vouliez comprendre la procédure du début jusqu'à la fin.

L'envie d'apprendre l'emporta aussitôt sur tout le reste :

— Oh oui ! Merci beaucoup.

— Prenez ce tabouret et approchez, pour que je puisse vous donner des explications.

L'enthousiasme qu'il éprouvait à l'idée de partager ses recherches avec quelqu'un faisait vibrer la voix de Lucius. Amanda prit soin de ne pas s'asseoir trop près de lui tandis qu'il lui détaillait d'une voix douce, presque respectueuse, l'objet de ses recherches.

— Je procède à deux essais en même temps. Celui-ci concerne les femmes qui ont un cancer de l'utérus et dont la fécondité est sévèrement compromise.

Il développa les particularités de la recherche, précisant où il en était dans ses découvertes.

— Vous avez des questions ? demanda-t-il.

Il répondit patiemment à toutes celles qu'Amanda lui posa.

— Maintenant, parlons de l'autre essai. Je travaille sur l'utilisation de la kisspeptine-LH, comparée à celle de l'hormone hCG. Nous espérons de gros succès, dans ce domaine.

La voix de Lucius vibrait de fierté.

— Mon but est d'accroître de cinquante pour cent les chances de mes patientes d'avoir des enfants.

Amanda écarquilla les yeux.

— C'est un objectif ambitieux.

Elle se rappela que Kirri ne quittait pratiquement jamais le laboratoire. Qu'était-il arrivé, dans leur vie, pour susciter un tel investissement ?

— J'en ai conscience, répliqua Lucius, mais c'est ce que j'exige pour considérer que mes recherches sont couronnées de succès.

— Vous êtes peut-être un peu trop perfectionniste.

— En dessous de ce taux de réussite, j'estimerai que j'ai échoué, affirma sèchement Lucius.

— D'où vous vient une telle détermination ?

— Mon père était un homme très exigeant. Il était très déçu si je ne parvenais au bout d'une entreprise. Il ne supportait pas l'échec.

— Je crois qu'il était médecin, lui aussi ?

— Oui, et il n'aurait pas accepté que nous ne suivions pas son exemple, Kirri et moi. Pourtant, ne vous y trompez pas : j'adore ce que je fais. Mais mon refus de choisir sa spécialité a rendu nos relations difficiles, parfois. Pire encore, Kirri en a fait autant.

Cette exigence a peut-être contribué à faire de vous un médecin exceptionnel, remarqua Amanda.

— C'est votre façon de voir le verre à moitié plein ?

— C'est mieux qu'à moitié vide, en tout cas. Vous n'avez qu'à regarder toutes ces photos, dans votre bureau, pour savoir que vous avez eu raison.

Lucius lui adressa un sourire. Ils passèrent la demi-heure suivante à examiner les avantages et les inconvénients de ses expériences. Enfin, Lucius posa sa seringue et recula son tabouret, puis il se leva.

— J'ai une réunion dans quelques minutes, alors ce sera tout pour aujourd'hui. Si nous ne nous revoyons pas, je passerai vous prendre à 7 heures samedi, comme convenu.

— Vous le voulez toujours…

— Mais oui, pourquoi ? Pas vous ?

— J'ai juste peur de vous déranger.

— Ce n'est pas le cas. Je vais nager souvent.

Donc, il ne lui accordait pas une faveur spéciale en l'emmenant.

— Ça explique que vous soyez en aussi bonne forme physique, dit-elle sans réfléchir.

— Vous me trouvez en forme ? répliqua-t-il, les yeux brillants.

Amanda se sentit rougir. Pourquoi avait-il fallu qu'elle le provoque ainsi ?

— Je serai prête à 7 heures.

4.

Le samedi matin, Lucius arriva à l'heure dite. Évidemment, il avait envisagé d'annuler la sortie, mais les discours de sa mère, à propos des bonnes manières, lui étaient revenus en mémoire.

Il avait conscience d'être déstabilisé pour la première fois depuis bien longtemps, mais il avait vraiment envie d'aller nager avec elle…

Il n'était pas du genre à avoir de longues relations, son divorce le prouvait. Ses propres besoins et son travail avaient toujours été prioritaires et aucune femme ne pouvait supporter un tel investissement. Tout ce qui lui restait à faire, c'était de l'emmener à la piscine. Ensuite, il garderait ses distances avec elle.

Une fois devant la porte d'Amanda, il hésita. D'habitude, il s'estimait capable de contrôler n'importe quelle situation, mais pour une raison inconnue, cette femme le désorientait complètement. Avec elle, il ne savait jamais à quoi s'attendre. Leur brève rencontre, sur la plage, avait annihilé sa stratégie habituelle avec la gent féminine. Alors que son épouse elle-même n'était jamais parvenue à le détourner de ses projets, Amanda, elle, le mettait constamment au défi, l'attirant hors de sa zone de confort.

Et pour comble, cette perspective le réjouissait. En sa présence, il pouvait se lâcher comme il ne l'avait fait avec personne avant elle et il appréciait beaucoup leurs joutes verbales.

Mais il fallait que ça cesse.

Quand Amanda l'avait rejoint dans le laboratoire, il avait été impressionné par sa curiosité et ses connaissances. Son intérêt ne semblait pas artificiel, cela se sentait au ton de sa voix et à l'intensité de son regard. Son travail le passionnait et cela faisait du bien de rencontrer quelqu'un qui partageait sa passion. Amanda paraissait suspendue à ses lèvres.

Son épouse ne lui avait jamais accordé la même attention, bien qu'elle ait fait des études d'infirmière. Les efforts qu'il consentait pour réaliser ses objectifs ne l'intéressaient pas. Il avait fini par comprendre qu'elle n'avait choisi le domaine médical que pour épouser un médecin et jouir du statut social et de l'aisance financière qui allaient avec. Plus il était connu, plus elle était contente… jusqu'à ce qu'elle se lasse d'être reléguée au second plan.

Au moment où il allait frapper à la porte, celle-ci s'ouvrit. Amanda se tenait sur le seuil, son sac de sport à la main, vêtue d'une robe fluide. Ses cheveux étaient retenus en arrière, mais plusieurs petites mèches encadraient son visage.

— Salut !

— Comment avez-vous su que j'étais là ?

— Vous êtes quelqu'un de ponctuel et il est 7 heures.

— Je suis tellement prévisible ?

Elle referma la porte derrière elle.

— Pas dans tous les domaines, mais on peut être certain que vous ne serez pas en retard, dit-elle en descendant les premières marches. Est-ce que je serai glacée jusqu'aux os, en me baignant aussi tôt ?

— Vous savez sûrement qu'il fera plus de trente-deux degrés, aujourd'hui, répondit-il en la suivant.

— Ça n'implique pas que l'eau soit chaude.

— Je vais être franc, l'eau sera fraîche, mais dès que vous nagerez, vous vous sentirez très bien.

Une fois dehors, Lucius la guida jusqu'à sa voiture. Amanda s'immobilisa pour contempler le roadster bleu nuit.

— J'aurais dû me douter que vous auriez un engin de ce genre.

— Elle ne vous plaît pas ?

Amanda arbora un large sourire.

— Je l'adore, au contraire !

Lucius ouvrit la portière, côté passager.

— Installez-vous.

— Je dois vous avertir que je peux vous flanquer un coup sur la tête et m'en aller au volant de ce bolide, si l'occasion se présente, dit Amanda en s'asseyant sur le siège.

— Ce serait un grave délit. Il faut que j'appelle la police tout de suite ?

— Je vais essayer de me maîtriser jusqu'à ce que j'aie nagé. Je veux vraiment voir cette piscine !

Un instant plus tard, Lucius démarrait.

Les yeux fermés, la tête renversée en arrière, Amanda offrait son visage au vent.

— Vous y allez souvent ? demanda-t-elle.

— Chaque fois que je veux me changer les idées. Sinon, je nage chez moi.

— Vous avez une piscine ?

— Oui, mais elle n'est pas alimentée à l'eau de mer. Et en plus, vous avez accepté de m'accompagner.

Pour une raison inconnue, c'était important pour lui… Bien trop !

Après avoir quitté le quartier, ils s'engagèrent sur la route côtière. Bientôt, Lucius se gara dans le parking d'une piscine de taille olympique, et Amanda le suivit à l'intérieur. Ils posèrent leurs affaires sur un banc, près du bassin, puis Lucius se déshabilla. Une fois en boxer de bain, il se tourna vers Amanda, qui le fixait.

— Vous venez nager ? demanda-t-il. Si vous décidez de me rejoindre, je vous suggère d'ôter cette robe…

Il plongea et fit quelques brasses sous l'eau. Lorsqu'il émergea, il découvrit Amanda, vêtue d'un maillot noir une pièce, bien plus sexy que n'importe quel bikini. Il soulignait le sillon creusé entre ses seins ronds, juste assez pour qu'il puisse imaginer ce qu'il dissimulait. Le tissu moulait ses courbes et la coupe mettait en valeur ses longues jambes fuselées.

Secouant la tête pour chasser son trouble, il demanda :

— Vous venez ?

— J'arrive !

Tandis qu'elle approchait des marches, Lucius apprécia les mouvements souples de son corps. *Gracieux* était le qualificatif qui les décrivait le mieux.

— N'oubliez pas que l'eau est salée, dit-il.

Amanda descendit les marches jusqu'à ce que sa taille soit immergée, puis elle plongea et exécuta un crawl parfait sur toute la longueur du bassin.

Lucius la rejoignit, veillant à maintenir une certaine distance entre eux. Ils refirent une longueur, puis une autre. Amanda était bonne nageuse et visiblement en excellente forme physique. Elle finit par s'arrêter dans un coin où elle avait pied.

Levant les yeux vers le ciel, elle déclara :

— C'est vraiment génial d'être dans l'océan sans y être.

— Je savais que ça vous plairait.

Il adorait la regarder, tant sa joie de vivre était évidente. Depuis quand n'avait-il pu en dire autant de lui-même ?

— Pour l'instant, on dirait que les touristes ignorent l'existence de ce lieu magique, remarqua Amanda en regardant autour d'elle. Je suis contente de faire cette expérience.

— Vous nagez très bien.

— Merci. Je faisais partie de l'équipe de natation, au lycée.

— Ça se voit.

— Et vous, qu'est-ce que vous faisiez, au lycée ?

— J'étais pensionnaire et membre d'un groupe de débat.

— Ça ne m'étonne pas.

— La plupart du temps, j'étudiais. Mon but était d'obtenir de bonnes notes et de faire des études de médecine.

— Je dois dire que ma mère m'encourageait à faire du sport, mais mon beau-père n'appréciait pas de payer mes activités extrascolaires.

— L'argent était un problème, chez vous ?

La question était un peu directe, mais il avait envie d'en savoir le plus possible sur elle.

— Non. Mais il ne voulait pas en dépenser pour moi.

— Pourquoi ?

Lucius éprouva l'envie soudaine de frapper quelqu'un. Le beau-père d'Amanda, par exemple, pour l'avoir maltraitée. Son père était exigeant, mais Kirri et lui avaient toujours su que leurs parents les avaient désirés.

— Parlez-moi de votre père.

— Il est mort quand j'étais très jeune et je ne me souviens pas de lui. Tout ce que je sais, à son propos, c'est grâce à ce que ma mère m'a raconté et aux photos qu'elle m'a montrées.

— Quel âge aviez-vous, quand elle s'est remariée ?

Pourquoi posait-il cette question ? Il n'avait pas l'habitude de fouiller dans la vie des gens et c'était en contradiction avec son désir de tenir Amanda à distance.

— J'avais deux ans. Ensuite, ils ont eu mon demi-frère et ma demi-sœur. Mon beau-père ne me considérait pas comme faisant partie de la famille. Un soir, je l'ai entendu se disputer avec ma mère, parce qu'il ne voulait pas acheter ma robe, pour le bal de promo.

Lucius eut beau se mordre la langue, la question franchit ses lèvres :

— Votre frère et votre sœur voyaient-ils en vous une sœur à part entière ?

— Oui. Nous avons toujours été très proches. D'ailleurs, ils en voulaient beaucoup à leur père, à ce sujet.

— Quel gâchis…

— Passons à autre chose, dit Amanda, et profitons de ce lieu magnifique.

Elle se remit à nager avec une ardeur renouvelée, comme si elle s'efforçait de repousser physiquement toutes ces années malheureuses. S'éloignant de la paroi dallée, Lucius la suivit. Ils firent de nouveau plusieurs longueurs jusqu'à ce qu'Amanda pose ses deux bras sur le bord le plus proche de l'océan. Le soleil allumait des reflets sur la surface de l'eau et les vagues se brisaient sur les rochers, légèrement en contrebas.

— J'adore Sydney ! s'exclama Amanda. Il va falloir que je trouve le moyen de revenir.

— Je pourrais vous emmener chaque fois que je ferai le trajet.

— Vous feriez ça ?

Le joli visage d'Amanda s'illumina d'une joie sincère.

— Bien sûr. Pourquoi pas ?

Était-ce lui, qui venait de lancer cette proposition ? Il s'était toujours targué de posséder un self-control hors du commun, mais en présence d'Amanda, il se comportait comme un adolescent.

Elle le regarda comme si elle allait dire quelque chose, mais elle se tut.

Soudain, une vague s'écrasa contre les rochers, juste à côté du bassin. Amanda poussa un cri quand son visage fut aspergé. Quelques secondes plus tard, elle poussait un hurlement et se jetait contre Lucius, nouant les bras autour de son cou. Il dut s'agripper au mur pour ne pas s'enfoncer dans l'eau.

— Qu'est-ce que c'est ?

Lucius éclata de rire.

— Juste un bébé calamar qui a voulu se joindre à nous. Il a dû être emporté dans le bassin par la vague.

Sans relâcher son emprise, Amanda surveilla la petite créature qui s'ébattait gaiement tout près d'eux.

L'attirant contre lui, Lucius prit conscience qu'il tenait dans ses bras un corps souple et sensuel. Leurs regards se croisèrent et elle battit des paupières, tandis qu'il posait les yeux sur ses lèvres roses, légèrement entrouvertes.

C'était certainement une très mauvaise idée, mais il mourait d'envie de les goûter. Dès qu'il se pencha vers elle, elle lui offrit sa bouche. Leurs langues entamèrent une danse sensuelle, et Lucius sentit une forte excitation le gagner.

Tout près d'eux, un éclat de rire le ramena à la réalité. Ils n'étaient pas seuls, ici. Comme il mettait à regret un terme à leur baiser, Amanda laissa échapper un petit gémissement de frustration qui l'emplit de satisfaction.

— Il faut aller ailleurs, dit-il. Les familles commencent à arriver.

Résistant à l'envie de s'emparer une nouvelle fois de sa bouche, il se détourna pour attraper le bébé calamar et le rejeter dans l'océan.

Amanda éclata de rire avant de se remettre à nager, et Lucius la suivit sans se presser. Si sa proximité l'avait troublé, l'embrasser l'avait excité au plus haut point. Après cela, prendre ses distances avec elle allait être très difficile…

Pendant qu'elle sortait de l'eau, il prit le temps de contempler le paysage.

— Vous pourriez m'apporter ma serviette ?

Elle lui jeta un regard perplexe, puis elle sembla deviner la raison de cette demande, car elle lui adressa un sourire malicieux avant d'obéir.

— Eh bien, docteur, vous avez besoin que je vous aide à vous sécher ?

Y avait-il un frein à son audace ? Lucius faillit répondre par l'affirmative, pour voir jusqu'où elle était capable de pousser la provocation.

— Non merci. Peut-être plus tard… Jetez-la sur les marches, s'il vous plaît.

Amanda prit un malin plaisir, apparemment, à laisser glisser la serviette sur le bord cimenté. Il n'y avait aucun moyen de dissimuler facilement son état, aussi Lucius sortit-il très vite de l'eau pour enrouler le tissu-éponge autour de sa taille. Lorsqu'il se tourna vers Amanda, elle avait déjà remis sa robe.

— Vous allez pouvoir conduire, docteur ?

— Oui, mais si vous en avez envie, je vous propose de me remplacer au volant.

Tout en parlant, il s'était rapidement rhabillé. Il se dirigea vers la sortie de la piscine, Amanda sur les talons.

— Ce n'est pas une blague ?

— Non. Mais je doute qu'une femme qui a peur d'un bébé calamar soit capable de piloter cette merveille.

Satisfait de sa repartie, il se dirigea vers son roadster.

— Pas moi, assura-t-elle. Cette bestiole m'a prise par surprise.

— Assez pour que vous vous accrochiez à moi comme si votre vie en dépendait ?

Amanda le foudroya du regard.

— Vous êtes en train de vous moquer de moi ?

— Je n'oserais pas, répliqua-t-il en lui tendant sa clé.

Une chose était certaine : quelque chose n'allait pas chez lui, car il ne se moquait *jamais* de personne. Si elle l'avait su, Kirri aurait été éberluée. Mais il se sentait d'humeur légère, tout à coup.

Contrariée, Amanda lui arracha la clé de la main. Un instant plus tard, ils fixèrent leurs ceintures de sécurité, puis elle mit le contact et sortit du parking.

Tandis qu'ils longeaient la côte, Lucius observa le visage d'Amanda, illuminé par le plaisir. Il n'avait jamais permis à personne de conduire sa voiture. Quoi qu'il se passe entre eux, il devait y mettre rapidement un terme avant de perdre totalement le contrôle de la situation.

— Pour vous remercier, je vais vous inviter pour le petit déjeuner ! annonça Amanda dans un tournant.

Il n'était pas certain de devoir accepter, mais il ne voulait pas la blesser. Peut-être pourrait-il décliner l'invitation avec diplomatie ?

— Vous cuisinez ?

— Bien sûr ! Je suis même un fin cordon-bleu, tout comme je suis bonne conductrice.

Elle lui adressa un sourire radieux qui le toucha profondément. C'était lui qui avait suscité cette expression heureuse. Il se rendit compte qu'il appréciait la compagnie d'Amanda, et même ses railleries. Avec elle, la pesanteur du quotidien semblait disparaître. Il n'avait pas pensé au centre ou à son travail depuis des heures !

— Vous allez devoir me donner des indications, dit-elle, parce que conduire à gauche exige de moi une certaine concentration.

— Vous voulez que je prenne le volant ?

— Sûrement pas !

— Vous tournerez à gauche dans environ un kilomètre et demi.

Souriant largement sans pouvoir se l'expliquer, il continua de l'observer tout en lui fournissant les informations souhaitées pendant le quart d'heure suivant.

Quelle importance, s'il passait une heure de plus en compagnie d'Amanda ?

Amanda adorait le roadster de Lucius. Dans ses rêves les plus fous, elle n'aurait jamais imaginé conduire un bolide pareil.

Plus elle y réfléchissait, plus elle s'étonnait de sa réaction, quand Lucius l'avait embrassée. Avec une sorte d'impudeur, elle s'était jetée dans ses bras et pour comble, elle lui proposait de prendre son petit déjeuner chez elle…

Mais Lucius n'était pas un copain qui lui rendait visite, ou un inconnu qui l'invitait à passer un moment en sa compagnie. Il était profond, investi, sérieux, engagé…

Avait-elle perdu l'esprit ? Qu'espérait-elle, au juste, en se comportant ainsi ?

De toute façon, elle n'avait plus aucune confiance dans les hommes. Ils l'avaient abandonnée trop souvent, dans sa vie. Son père était mort, son beau-père n'avait jamais été là pour elle et le dernier auquel elle s'était attachée ne s'était pas montré à la hauteur. Si un autre homme devait la décevoir, elle n'y survivrait pas.

Lucius et elle étaient juste amis. Ne pouvait-on pas nager ou prendre un petit déjeuner ensemble sans que la situation devienne compliquée ?

Peut-être à cause de ce baiser…

Elle s'engagea dans la rue où était situé son immeuble, et constata avec étonnement que plusieurs camions étaient garés le long du trottoir. Des badauds s'étaient attroupés.

— Arrêtez-vous derrière ce camion, suggéra Lucius. Allons voir…

Elle fit ce qu'il lui disait, puis elle lui rendit sa clé de contact, prit son sac et quitta la voiture sans l'attendre.

— Qu'est-ce qui se passe ? demanda-t-elle à la première personne qu'elle approcha.

— Les extincteurs automatiques… ont été éteints.

— Il y a eu un incendie ? s'enquit Lucius.

— Non. Ils se sont déclenchés tout seuls à cause d'un dysfonctionnement, expliqua l'homme, mais cet incident a causé de vrais dégâts. L'immeuble va être condamné.

— Condamné ! s'exclama Amanda. Mais… où est-ce que je vais habiter ? Il n'y a pas d'autre endroit aussi près du centre, même pas un hôtel.

— Vous pourriez vous installer chez moi jusqu'à ce qu'on trouve une solution, suggéra Lucius.

Elle lui jeta un regard incrédule.

— Je ne peux pas…

— Juste pour le week-end, précisa-t-il. Cela vous dépannera.

— Je ne sais pas… Je vais voir si tout cela est vrai, pour commencer.

Se frayant un chemin parmi les curieux, elle parvint jusqu'à l'entrée de l'immeuble et reconnut aussitôt le gardien.

— Qu'est-ce qui se passe, monsieur Kent ?

L'homme avait l'air hagard. Il lui confirma ce qu'on lui avait déjà dit.

— On nous accorde une demi-heure pour quitter les lieux, conclut-il. Ensuite, le bâtiment sera condamné.

À cet instant, un pompier surgit sur le seuil.

— Les habitants sont priés de partir d'ici une heure, annonça-t-il. Vous devez prouver que vous vivez bien ici.

Le gardien confirma l'identité d'Amanda, qui demanda à être accompagnée par Lucius, quand ce dernier le lui proposa.

Quelques minutes plus tard, elle franchissait un hall inondé et montait l'escalier. En arrivant chez elle, elle fut consternée par le spectacle que lui offrait l'appartement. Elle ne pouvait qu'imaginer l'odeur, quand le soleil commencerait à briller plus fort.

— Que puis-je faire pour vous aider ? demanda Lucius.

Désemparée, elle prit l'un des coussins qu'elle avait achetés, bien qu'il soit trempé, et le serra contre sa poitrine.

— Amanda, vous n'avez pas beaucoup de temps, dit Lucius d'une voix empreinte de compassion.

— Vous trouverez des sacs en plastique, sous l'évier. Mettez-y ces coussins pendant que je réunis mes affaires, s'il vous plaît. Et aussi le vase.

Elle se rendit dans sa chambre sans laisser à Lucius le temps de répondre. Presque tout ce qu'elle possédait tenait dans sa valise.

Lucius surgit sur le seuil de la pièce.

— Je dois prendre autre chose ?

— Prenez les boîtes de macaronis au fromage dans le placard, à côté du four à micro-ondes.

— Vous pourrez en acheter d'autres ! répliqua-t-il avec une pointe d'exaspération.

— Je sais, mais pourquoi ne pas les emporter, puisque nous avons le temps de tout prendre ?

Sans le regarder, elle continua de fourrer sans précautions ses vêtements dans sa valise. Lorsqu'elle la ferma, Lucius la prit et lui tendit les sacs qu'il tenait à la main.

— Prête ?

Amanda hocha tristement la tête. Elle n'occupait cet appartement que depuis deux semaines, mais elle s'y sentait chez elle…

Ils descendirent au rez-de-chaussée, prenant garde à ne pas glisser sur les marches mouillées. Lucius la précéda jusqu'à la voiture, puis il mit ses affaires dans le coffre et ouvrit la portière, côté passager.

— Vous pourrez rester chez moi jusqu'à ce qu'on trouve une solution, dit-il en démarrant. J'ai trois chambres d'amis, dont une est une vraie suite. C'est celle que vous occuperez.

Comment en était-elle arrivée à accepter sa proposition ? Moins d'une heure auparavant, elle l'embrassait passionnément, et il n'y avait rien d'amical dans ce baiser. Et maintenant, elle allait s'installer chez lui !

Une véritable catastrophe… du moins pour elle. Que

ferait-elle, s'il l'embrassait encore ? Elle devait être capable de se comporter en adulte pendant un week-end, tout de même ! Elle n'était plus une lycéenne invitée au bal de la promo par le plus beau garçon du lycée. Lucius s'était juste montré prévenant et en tant que « patron », il devait se sentir responsable d'elle.

Quand Lucius fit le tour du port, elle se tourna vers lui.

— J'ignorais que vous habitiez aussi loin du centre.

— Cette maison me fascinait depuis l'adolescence, alors quand elle a été sur le marché immobilier, je l'ai achetée. Elle vaut le détour, vous savez.

Il s'engagea dans une allée de graviers blancs, longée par une haie bien taillée. Amanda aperçut une maison d'un blanc étincelant, de style années 1960.

Lucius s'arrêta devant un portail entouré par deux grosses vasques emplies de plantes vertes. Ici, chaque chose semblait parfaitement à sa place.

— Cet environnement vous correspond tout à fait, remarqua Amanda.

Elle adorait cet endroit, qui représentait le foyer idéal.

— Je ne suis pas certain que ce soit un compliment, répliqua pourtant Lucius. Un peu comme votre commentaire à propos de ma voiture. Apparemment, je suis assez prévisible…

C'était faux, leur baiser le prouvait bien ! Amanda se passa la langue sur les lèvres.

— Vous savez parfaitement que votre voiture me plaît.

— En effet, je m'en suis rendu compte, dit-il en fixant sa bouche.

Après un long silence, Lucius sortit du véhicule et ouvrit le coffre pour y prendre les affaires d'Amanda.

Une minute plus tard, il poussait la porte d'entrée.

— Bienvenue chez moi.

Amanda réprima un cri d'admiration. L'entrée spacieuse et haute de plafond, avec son parquet de chêne étincelant, était absolument ravissante.

Lucius la précéda dans un petit couloir qui menait à une

salle de séjour ensoleillée. Il y avait deux canapés de cuir brun et un immense écran de télévision au mur. La pièce était confortable et très masculine. Par les baies vitrées, on apercevait l'opéra et le pont de Sydney.

— Waouh !

— Suivez-moi dans la buanderie, on va s'occuper de vos vêtements humides, dit Lucius en empoignant la valise et les sacs.

Ils empruntèrent un autre couloir et entrèrent dans une petite pièce où se trouvaient la machine à laver et le séchoir électrique.

— Je vais commencer par les coussins, dit-elle.

— Pourquoi y tenez-vous tant ?

Elle haussa les épaules, les yeux étrangement humides.

— Je ne sais pas… Peut-être parce que je les ai achetés pour m'approprier l'appartement.

Lucius dut remarquer son émotion, car il l'attira dans ses bras.

— Vous devez être bouleversée… D'abord ce bébé calamar, ensuite cette inondation.

— Vous vous moquez de moi ! protesta-t-elle en le repoussant.

— Je ne le ferai plus, promis. Si vous le voulez bien, je vais vous trouver un vêtement sec, pour que vous puissiez retirer votre maillot. Ensuite, je vous montrerai votre chambre et je préparerai le petit déjeuner.

Elle aurait voulu refuser, mais la perspective d'un bon bain chaud lui parut soudain merveilleuse.

— D'accord.

Lucius lui fit traverser la maison. De l'autre côté de la salle de séjour, il ouvrit une porte, révélant une chambre dont les fenêtres donnaient elles aussi sur le port. Un lit à deux places en occupait le centre et il y avait même une petite télévision.

— La salle de bains est là, dit-il avec un geste de la main. Prenez votre temps, je déposerai des vêtements sur le lit. J'espère que c'est suffisamment confortable.

— Vous plaisantez ! Je ne sais pas comment vous arrivez à quitter cette maison pour aller travailler.

— J'admets que le panorama a beaucoup joué dans ma décision d'achat. Mais c'est mieux quand on peut le partager avec quelqu'un.

— Je suis heureuse d'avoir cet honneur, répliqua-t-elle avec sincérité.

— Oui, aujourd'hui, nous en profiterons ensemble.

Sur ces mots, Lucius quitta la chambre.

5.

Lucius se comparait à un soldat invitant l'ennemi dans son camp. Bien sûr, il ne considérait pas Amanda comme une ennemie, mais il ignorait à quoi s'attendre. Il avait beau combattre son attirance pour elle, il échouait lamentablement.

D'un autre côté, elle n'avait plus de domicile et il y avait de la place chez lui, si bien que la proposition paraissait logique et courtoise. Amanda n'avait d'ailleurs pas manifesté une réticence excessive.

Tant qu'elle était sous son toit, il devrait garder ses mains dans ses poches, malgré son désir de l'embrasser et de l'entraîner jusqu'à son lit. Il ne se rappelait pas s'être autant entiché d'une femme auparavant.

Son épouse elle-même ne l'avait jamais charmé à ce point. Peut-être parce qu'il savait qu'Amanda n'allait pas rester longtemps en Australie. Après l'échec de son mariage, il n'avait pas l'intention de faire revivre à une autre un tel martyre.

En devenant médecin, il savait que son travail passerait avant tout. À cause de ses responsabilités, il ne pouvait rien promettre à Amanda, mais rien ne les empêchait de prendre du bon temps en compagnie l'un de l'autre, non ? Ils se plaisaient, avaient des intérêts professionnels en commun et ils adoraient tous les deux la natation.

Et puis, il s'amusait beaucoup avec Amanda, ce dont il était le premier surpris. Elle le rendait heureux…

Accepterait-elle une courte liaison, ou préférerait-elle qu'ils soient seulement amis ? Il ne pouvait pas lui proposer davantage.

Il avait presque terminé de préparer le petit déjeuner quand Amanda le rejoignit dans la cuisine. Elle venait de se doucher et lorsqu'elle s'approcha de lui, il dut se rappeler fermement ses bonnes résolutions. Elle portait un T-shirt et un short à lui, bien trop grands pour elle. Lucius devina qu'elle n'avait rien en dessous, ce qui ne l'aida pas à réprimer son désir grandissant.

— Ça sent très bon, dit-elle.

— Comment ça va ? demanda-t-il.

— Mieux, mais j'ai très faim.

— C'est prêt. Je ne suis pas trop mauvais, pour ce qui est des petits déjeuners. Je n'en dirais pas autant en ce qui concerne les autres repas.

— J'aurais pu m'en occuper.

Il huma son parfum, comme s'il voulait le graver dans sa mémoire.

— Vous me montrerez vos talents de cordon bleu une autre fois.

— Je vais préparer le dîner !

— J'ai pensé qu'on pourrait commander des plats chinois et regarder un film.

— Mais je…

— Pas de discussion ! Aujourd'hui, vous vous reposez, et nous aviserons demain.

— Vous pensez vraiment que vous pouvez me dire ce que je dois faire, en dehors de mes heures de travail ?

Le ton était espiègle, mais empreint d'une certaine fermeté.

— Certainement pas, j'en suis conscient. Maintenant, si vous voulez bien, *s'il vous plaît*, prendre votre assiette et vous installer près de la piscine, le petit déjeuner va être servi.

— J'aime mieux ça !

Un grand sourire aux lèvres, Amanda prit l'assiette qu'il venait de remplir et sortit, suivie de Lucius.

— Ce luxe est ahurissant, remarqua-t-elle en s'asseyant devant la table de jardin.

— Je n'y ai jamais pensé de cette façon.

— C'est parce que vous êtes habitué à avoir une piscine

dans votre jardin et à disposer de cette vue splendide sur le port. Mais pour moi qui habite à Atlanta, dans une tour, à des heures de la côte, c'est exceptionnel. Je n'ai jamais mangé dans un lieu comme celui-ci.

— Malgré tout, je ne le qualifierais pas d'ahurissant.

— Regardez autour de vous. Même la végétation est parfaite !

— Vous voulez que je rase tout, pour que vous soyez plus à votre aise ?

Amanda éclata de rire, imitée par Lucius. C'était si bon de rire, et cela ne lui arrivait pas assez souvent.

Une fois calmée, Amanda s'excusa :

— Désolée… En tant qu'invitée, je manque vraiment de savoir-vivre. C'est juste que je suis très impressionnée. Vous avez une maison ravissante.

— Merci. Que voulez-vous boire ? Je n'ai que du café, du thé ou de l'eau. Je dois faire ma liste de courses.

— Vous vous faites livrer, j'imagine ?

— Oui. C'est un problème ?

Elle pinça les lèvres, comme pour réprimer un sourire.

— Non. Je prendrai volontiers un thé.

— Je reviens tout de suite. Mangez pendant que c'est chaud !

Il n'avait invité personne chez lui depuis longtemps. En réalité, il avait rarement de la compagnie, et quand cela arrivait, il s'agissait de réunions de travail. Dans ces occasions, il s'adressait à un traiteur.

Ce matin, il faisait toutes sortes de choses inhabituelles…

Lorsqu'il revint, Amanda avait rejeté la tête en arrière et fermé les yeux. Elle se redressa à son approche et posa les boissons sur la table.

— Je vous suggère de faire une sieste, après le petit déjeuner, dit-il.

— Je reconnais que ces chaises longues sont tentantes.

— Ne vous gênez pas, répliqua Lucius. J'ai de la paperasse qui m'attend.

Amanda commença à manger.

— Vous travaillez tout le temps ? demanda-t-elle.

Il n'y avait jamais réfléchi, mais oui, c'était l'exemple que lui avait donné son père.

— Une grande partie du temps, en effet.

— Si vous preniez quelquefois un congé, vous n'en seriez qu'un meilleur médecin.

Lucius observa Amanda un instant.

— C'est votre prescription pour soigner un symptôme que j'ignorais avoir ?

— Désolée. La façon dont vous vivez ne me regarde pas.

Ils poursuivirent leur repas en silence. Quand son assiette fut vide, Amanda posa ses couverts.

— Pourquoi ne pas faire ce petit somme ? suggéra Lucius.

— Je vais débarrasser.

— Mais non ! Je m'en charge.

— D'accord. Merci pour ce succulent petit déjeuner.

— De rien. Faites attention au soleil, il tape très fort.

— Je vais prendre un chapeau et ma crème solaire.

Un instant plus tard, par la fenêtre de la cuisine, Lucius vit Amanda s'installer sur une chaise longue. Après tout, pourquoi ne pas s'allonger un moment auprès d'elle ? Le travail attendrait…

Il fronça les sourcils. C'était une mauvaise, une très mauvaise idée.

Un léger soupir tout proche réveilla Amanda. Regardant sur sa droite, elle vit Lucius étendu près d'elle, sur une chaise longue. Il était torse nu et des lunettes de soleil dissimulaient ses yeux.

C'était vraiment un très bel homme, avec son corps bronzé, sa mâchoire carrée, et ses cheveux épais qui appelaient la caresse.

Il combinait force et sensibilité. Elle l'avait vu en train de bercer un bébé minuscule avec tendresse. Il s'efforçait de dissimuler cet aspect de sa personnalité, mais elle l'avait encore constaté quand elle avait été forcée de quitter son appartement. Il s'était montré compréhensif et l'avait traitée avec beaucoup d'égards.

Elle avait intérêt à maintenir ses distances, parce qu'il constituait une énigme qu'elle brûlait de résoudre… Or elle ne voulait pas souffrir, lorsqu'elle repartirait.

— Amanda, vous êtes en train de me regarder, dit-il soudain d'une voix ensommeillée et très sexy.

Elle frissonna à l'idée qu'il aurait la même en la pénétrant, et s'éclaircit aussitôt la gorge assez bruyamment. Son imagination lui jouait des tours, et il fallait à tout prix qu'elle reprenne le contrôle.

— Euh… oui. J'ai pensé qu'on devrait établir quelques règles de base, quand je suis ici.

— Des règles de base ? Comme de ne pas me regarder pendant que je dors, par exemple ?

Amanda se sentit rougir.

— En effet, cela peut être ajouté à la liste.

— Ça ne me gêne pas. Je suis même flatté.

Il ne s'était pas tourné vers elle, mais elle vit une ombre de sourire sur la bouche de Lucius.

— C'est juste qu'après ce baiser…

— Vous n'avez pas apprécié ?

— Je n'ai pas dit ça !

— Alors, ça vous a plu ?

— Je me dis seulement que… cela ne doit pas se reproduire.

— Pourquoi ?

— Parce que cela compliquerait la situation. Notre relation doit rester amicale et simple.

Elle ne voyait pas ses yeux, dissimulés par les lunettes de soleil.

— Oublions les règles de base, sauf une, dit-il.

— Lucius…

— Écoutez, Amanda. Vous m'attirez, mais je ne ferai rien sans votre consentement. Si vous voulez que nous soyons juste amis, il vous suffit de le dire. Vous êtes soulagée ?

Amanda ne répondit pas tout de suite. Pour une raison inconnue, la réaction de Lucius la prenait par surprise.

Apparemment, il n'aurait aucun mal à garder ses distances avec elle, alors qu'elle était obligée de lutter de toutes ses forces.

Cette désinvolture était presque vexante.

— D'accord, dit-elle d'une voix faible.

Le silence s'installa entre eux, mais il n'était pas particulièrement amical. Au contraire, cette discussion semblait avoir accentué la tension. Amanda jeta un coup d'œil à Lucius. Il avait posé les mains sur sa poitrine et croisé les chevilles, comme s'il n'avait pas un souci au monde. Alors qu'elle était en proie à un tourbillon d'émotions…

Un peu plus tard, il déclara :

— Assez de soleil pour aujourd'hui. Rentrons !

Elle eut envie de discuter, mais elle savait qu'il avait raison et elle le suivit à l'intérieur.

— Faites comme chez vous et servez-vous dans la cuisine, lui dit-il. J'ai du travail. On se voit plus tard, d'accord ?

Amanda lut un moment dans sa chambre, puis elle se prépara un sandwich. Ne connaissant pas suffisamment les goûts de Lucius, ignorant même s'il déjeunait, elle s'abstint de lui en faire un aussi.

Le soleil commençait à décliner quand il sortit de son bureau.

— Je vais commander des plats chinois, ça vous va ?

— Parfaitement.

Amanda se reprocha aussitôt d'avoir répondu aussi vite, mais elle ne l'avait pas vu depuis le matin et, bizarrement, il lui avait manqué… Même si l'atmosphère se chargeait d'électricité chaque fois qu'ils étaient ensemble.

— Vous n'allez pas exiger de regarder une comédie sentimentale, j'espère ?

— J'apprécie toutes sortes de films.

— C'est bon à savoir. Je vais appeler le traiteur.

Finalement, la soirée fut plutôt sympathique. Ils s'étaient mis d'accord sur un *Jason Bourne*, elle s'était installée sur un canapé et Lucius sur l'autre. Une fois les rideaux tirés, la pénombre les enveloppa. Amanda s'efforçait de rester concentrée sur le film, mais elle ne parvenait pas à oublier la proximité de l'homme superbe qui l'avait embrassée comme si le monde extérieur n'existait pas.

Une fois ou deux, il la surprit en train de le fixer et haussa comiquement un sourcil avant de se tourner vers l'écran. Ça la rendait folle ! Elle était sur les nerfs, alors qu'il demeurait serein.

Avant de se coucher, elle sortit sur la terrasse attenante à sa chambre. Les lumières de Sydney se reflétaient dans l'eau du port. L'opéra ressemblait à un vaisseau aux voiles gonflées et le pont scintillait contre le ciel. Un « plouf » venant de la piscine attira son attention. Apparemment, Lucius nageait. Est-ce qu'il n'avait pas eu son content d'exercice dans la matinée, ou bien y avait-il une autre raison ?

Peut-être affichait-il un calme de façade, en sa présence ? Elle découvrit qu'elle aimait assez cette idée.

Lucius fut réveillé par des bruits venant de la cuisine. Il y avait quelqu'un chez lui.

Amanda !

Il aurait dû le savoir, puisqu'il avait passé une partie de la nuit à tenter d'oublier sa présence.

Il avait nagé jusqu'à l'épuisement, puis il avait pris une douche glacée, mais son corps n'avait pas été apaisé. Ensuite, il s'était tourné et retourné dans son lit jusqu'à l'aube avant de trouver le sommeil.

Il avait pris un gros risque en invitant Amanda chez lui. Hélas, il n'avait absolument pas anticipé la situation. Il s'était contenté d'ouvrir la bouche et les mots étaient sortis tout seuls.

Amanda réveillait en lui des désirs enfouis depuis longtemps, et qui auraient dû le rester. Plus vite elle sortirait de cette maison, mieux cela vaudrait.

Peut-être serait-il capable de tourner la page, s'il l'embrassait encore… juste une fois ?

Mais il lui avait fait une promesse et il la tiendrait, même si cela devait le mettre au supplice.

Il sortit du lit, puis il enfila un short et un T-shirt avant de gagner la cuisine. Amanda se tenait devant le comptoir, le dos tourné. Il faillit suivre son instinct et l'embrasser dans le cou, mais il parvint à se contenir.

Elle jeta un coup d'œil par-dessus son épaule.

— Bonjour ! J'espère que je ne vous ai pas réveillé. Je me faisais des toasts et des œufs. Vous en voulez ?

— Oui, merci. Je suis affamé.

Leurs regards se croisèrent. Comprenait-elle que c'était d'elle qu'il avait faim ?

— Ce sera prêt dans quelques minutes.

Cela faisait longtemps qu'il n'y avait pas eu de femme dans sa cuisine, et il découvrit que c'était très agréable. Ou était-ce la présence d'Amanda qui l'était ?

— Vous avez bien dormi ?

Il renonça à lui dire la vérité.

— Très bien.

— Tant mieux. Je voulais vous demander à quelle distance nous sommes du port.

— Je serai ravi de vous conduire où vous voulez.

Elle secoua négativement la tête.

— Je veux prendre le ferry et voir la ville depuis la mer.

— Je ne l'ai pas pris depuis mon enfance.

— Alors vous devriez m'accompagner.

Elle lui sourit, et il ne trouva aucune bonne raison de refuser.

— D'accord. Pendant que vous préparez le petit déjeuner, je vais consulter les horaires du ferry.

— Parfait, dit-elle en cassant un œuf dans un bol.

Une heure plus tard, ils quittaient la maison, Amanda bondissant quasiment d'enthousiasme.

— On est loin de la gare maritime ? demanda-t-elle.

— À un peu moins d'un kilomètre.

— Tant mieux ! J'adore marcher.

Durant le trajet, ils croisèrent un couple qui faisait son jogging et un autre qui promenait ses chiens. Au grand étonnement de Lucius, Amanda parlait à tout le monde. Passée la première surprise, les gens lui répondaient volontiers.

— Pourquoi faites-vous ça ? demanda-t-il.

— Quoi ?

— Vous vous adressez aux passants.

— Je me montre amicale, c'est tout. C'est une habitude, là où j'habite. Dès que nous croisons le regard des gens, nous leur parlons.

— Vous surprenez mes voisins, rétorqua Lucius avec un sourire.

— C'est sans doute une coutume du Sud.

— Je croyais que cela vous était propre.

— Sûrement pas !

— J'adore votre accent un peu traînant.

— Méfiez-vous, parce que mon esprit ne l'est pas.

— Je ne ferais jamais l'erreur de le croire. Vous êtes l'une des personnes les plus intelligentes que je connaisse.

— Seriez-vous en train de me charmer, docteur West ? Merci. Venant de vous, je considère cela comme un compliment, dit-elle d'un ton léger. Ces maisons sont superbes !

— Je pensais que vous n'étiez impressionnée que par la mienne.

Elle lui prit le bras.

— Mais c'est le cas ! Elle approche de la perfection.

Lucius appréciait qu'Amanda admire sa maison. Il voulait qu'elle l'aime, mais c'était un terrain sur lequel il ne devait justement pas s'aventurer. Il n'offrirait jamais à une femme une place permanente dans sa vie, ou chez lui. Il finirait forcément par la décevoir et c'était une erreur qu'il ne voulait pas réitérer.

Après deux ou trois tournants, ils parvinrent jusqu'au ferry. Lucius utilisait rarement les transports publics et ce trajet allait être pour lui aussi une nouveauté.

Il paya leurs billets, puis ils embarquèrent. Amanda l'entraîna sur le pont supérieur.

— Je veux avoir une bonne place.

Il y avait peu de gens à bord, contrairement aux autres jours de la semaine.

— Ce ne sera pas un problème.

Tandis que le ferry entrait dans le port, ils regardèrent autour d'eux en silence.

— C'est vraiment superbe ! Vous ne prenez jamais le ferry pour aller travailler ?

— Non, je vais plus vite au centre en voiture.

— Ce serait pourtant une jolie façon de commencer la journée… et de vous détendre, avant d'affronter des heures de folie.

Cette idée ne serait jamais venue à Lucius. Il se levait chaque matin en pensant à ce qu'il devait faire. Il n'avait pas de temps à perdre dans un parcours touristique.

— Ça pourrait poser un problème, parce que les bébés ne tiennent pas compte des horaires des ferries.

— Pour moi, oui, mais vous, vous programmez vos procédures, non ?

Elle avait raison, comprit-il soudain.

— Qu'allons-nous faire, une fois de l'autre côté ? demanda-t-il.

Amanda ne put réprimer un sourire.

— Qu'y a-t-il de si drôle ?

— Vous me faites penser à une vieille blague.

— Laquelle ?

— « Pourquoi le poulet traverse-t-il la route ? Pour se rendre de l'autre côté. »

— D'accord. C'est aussi simple que cela, admit-il en riant à son tour.

— Oui, mais j'aimerais voir le Strand et les vitraux dont on m'a parlé. Vous pouvez m'accompagner, si vous voulez.

Lucius n'avait pas mis les pieds dans cette galerie marchande depuis son enfance. Pourquoi ne pas accepter ? Depuis qu'il avait fait la connaissance d'Amanda, il s'était écarté à plusieurs reprises de sa ligne de conduite habituelle. Une entorse supplémentaire à son emploi du temps importait peu.

— Cela ne vous ennuie pas ?

— Bien au contraire ! s'exclama-t-elle avec un sourire radieux.

Après cela, le temps passa à une vitesse incroyable.

En quittant le ferry, ils empruntèrent la voie piétonne ceinturant le port et se dirigèrent vers le Strand. Le visage d'Amanda s'illuminait à mesure qu'elle découvrait la ville. Parvenue devant l'entrée de la galerie marchande, elle s'immobilisa.

— C'est génial !

Lucius ne put s'empêcher de sourire.

— Vous utilisez souvent ce qualificatif.

— C'est vrai. Je crois que tout ce que je découvre en Australie est extraordinaire.

Lorsqu'elle le frôla du regard, Lucius sentit une douce chaleur se répandre dans ses veines. Il ignorait si Amanda l'incluait dans ces découvertes, mais il aimait à penser qu'elle flirtait avec lui.

— Si nous déjeunions dans le coin ?

Ils trouvèrent un petit café avec des tables et des chaises à l'extérieur. Ils mangèrent un repas léger, puis ils regagnèrent la gare maritime. Comme ils passaient devant une petite épicerie, Amanda saisit le bras de Lucius.

— J'ai quelques petites choses à acheter pour le dîner de ce soir.

— Nous pourrons nous faire livrer.

— Je préfère choisir moi-même ce dont j'ai besoin pour cuisiner.

— D'accord.

Lucius la suivit à l'intérieur. Il n'était pas entré dans un magasin d'alimentation depuis des années. Amanda prit une botte d'asperges, des œufs, ainsi qu'un sachet contenant des pépites de chocolat et tout le nécessaire pour faire des brownies.

— Je vais acheter de la glace, dit-elle.

— J'en ai dans mon congélateur.

— J'imagine.

— Que voulez-vous dire ?

— Pour la plupart des hommes, c'est un produit de première nécessité.

— Je ne suis pas certain d'apprécier d'être inclus dans « la plupart des hommes », mais oui, en effet, j'aime la glace.

Après avoir insisté pour payer, Amanda déclara :

— Nous pouvons rentrer à la maison, maintenant.

De nouveau, Lucius sentit une chaleur bienfaisante se répandre dans sa poitrine, parce qu'elle s'était exprimée comme si chez lui, elle était chez elle.

Le trajet en ferry fut silencieux. Dès qu'elle fut arrivée, elle fila dans la cuisine avec ses achats pendant qu'il se rendait dans son bureau pour lire son courrier. Cette journée avait été revigorante et amusante. À travers les yeux d'Amanda, il avait vu sa ville différemment.

Il faudrait qu'il recommence, à l'avenir.

Mais ce serait sans Amanda.

Amanda posa une casserole remplie d'eau sur la plaque électrique. À quand remontait le dernier dîner qu'elle avait préparé pour un homme ? Cela faisait longtemps, en tout cas, qu'elle n'avait pas eu l'impression qu'on avait besoin d'elle.

Mais même si c'était très agréable, elle ne devait pas s'y habituer. Lucius et elle avaient passé une très bonne journée ensemble, mais ils étaient seulement amis et c'était très bien ainsi.

Lucius lui avait proposé de griller des steaks au barbecue pendant qu'elle préparait le reste du dîner. Elle terminait de mélanger la pâte à brownies lorsqu'il la rejoignit à l'intérieur.

— La viande sera prête dans quelques minutes, dit-il en prenant un plat.

— Ce sera prêt de mon côté aussi. Vous pensez qu'il fait trop chaud pour manger dehors ?

— On sera très bien, sous le parasol.

— Parfait. Je vous envie de vivre dans un tel endroit. Je vais essayer de m'en imprégner avant de le quitter.

— Vous serez toujours la bienvenue chez moi, répliqua-t-il avec un sourire.

Un quart d'heure plus tard, Amanda avait mis la table et y posait une assiette d'asperges et un plat de macaronis au fromage.

— Ça a l'air bon, dit Lucius d'un air peu convaincu.

— C'est l'association des saveurs qui vous étonne ?

— Un peu.

— Je vais vous servir, si vous le voulez bien.

— Volontiers.

Elle déposa dans l'assiette de Lucius, puis dans la sienne une grosse cuillérée de macaronis et quelques asperges.

— À votre tour, dit-elle.

Lucius déposa les steaks dans leurs assiettes. Il commença par écarter les macaronis, comme s'il doutait encore. Finalement, il se décida à goûter une bouchée.

— Ce n'est pas mauvais, dit-il avec une pointe de surprise. Bien meilleur que ce à quoi je m'attendais.

Elle laissa échapper un petit rire.

— C'était un compliment, précisa-t-il. Je vous remercie d'avoir pris le temps de préparer le dîner.

— De rien. Dites-moi, vous avez toujours habité à Sydney ?

— Mes parents avaient une propriété en bordure de la ville. Et vous, vous êtes originaire d'Atlanta ?

— Non. Le métier de mon beau-père l'obligeait à parcourir le pays. Nous ne nous sommes installés à Atlanta que lorsqu'il a pris sa retraite. C'est là que j'ai vécu le plus longtemps. J'y ai fait mes études et pris mon premier emploi.

— Vous vous y plaisez ?

Elle haussa les épaules.

— C'est un lieu de vie agréable, mais je reconnais que, de tous les endroits où j'ai séjourné, c'est Sydney que je préfère. Les sites magnifiques, les gens… J'aime tout, ici.

— C'est bon à savoir.

Ils passèrent le reste du repas à parler de leur journée, des musiques qu'ils aimaient, et à comparer leurs goûts. Ensuite, ils débarrassèrent et nettoyèrent la cuisine.

Amanda sortit les brownies du four.

— Je vais manger mon dessert dehors pour regarder le coucher du soleil, dit-elle, mais je peux vous apporter le vôtre dans votre bureau. Je serai ravie de vous préparer un café.

— Je peux me joindre à vous ?

— Bien sûr, mais j'ai cru que vous aviez du travail à terminer, un film à regarder… Je ne veux pas que vous vous sentiez obligé de me faire la conversation.

— Vous voulez que j'installe deux chaises près de la piscine ?

— Vous commencez à très bien me connaître… Volontiers.

Amanda sortit deux assiettes d'un placard.

— Je ne crois pas qu'il soit possible de tout savoir, à votre sujet, dit Lucius en se dirigeant vers la porte-fenêtre donnant sur la terrasse.

Un instant plus tard, elle apportait le dessert, constitué de brownies et de boules de glace. Elle tendit son assiette à Lucius avant de s'asseoir près de lui.

Dès la première bouchée, Lucius laissa échapper un soupir de satisfaction.

— C'est le meilleur dessert que j'aie dégusté depuis des années.

Durant quelques minutes, ils n'entendirent plus que le bruit des cuillères contre la porcelaine.

— Vous en voulez encore ? demanda Amanda.

— Non merci, mais c'était délicieux.

Après avoir posé son assiette sur une petite table, entre eux, il se carra sur sa chaise, l'air repu. Amanda en fit autant et ils se turent, pendant que le soleil déclinait à l'horizon.

Quand Amanda se leva pour rentrer, Lucius saisit son poignet.

— Restez encore un peu. C'est sympa, chez moi, non ?

C'était la dernière remarque à laquelle elle se serait attendue de sa part et elle supposa qu'il n'avait pas envie de retourner travailler.

— D'accord, dit-elle en se rasseyant.

Les doigts de Lucius s'attardèrent sur sa peau. Quand il s'écarta, Amanda éprouva une étrange sensation de manque.

Ils restèrent assis en silence pendant un long moment, jusqu'à ce qu'elle ne supporte plus cette atmosphère électrique. Elle voulait se rapprocher de lui, tout en redoutant le contact. Lucius lui avait dit que cela dépendait d'elle. C'était courtois de sa part, mais cela signifiait aussi que toute la pression pesait sur ses seules épaules.

Sa raison lui criait de renoncer tandis que son traître de corps la poussait à désobéir.

Elle se leva brusquement.

— Il faut que j'y aille. À quelle heure on part pour le centre, demain ?

— À 8 heures, répondit-il d'un ton incertain, comme si elle l'avait pris au dépourvu.

— Je serai prête.

Elle rentra dans la maison sans un regard en arrière. Si elle se retournait, elle avait peur de se jeter dans les bras de Lucius.

6.

Réveillé par la foudre, Lucius se dressa dans son lit quand le coup de tonnerre retentit. Le vent fouettait les murs de la maison et de grosses gouttes de pluie frappaient les vitres. Il fallait qu'il rentre les chaises ! Il aurait dû le faire la veille, mais il ne pensait qu'à Amanda.

Et il allait retrouver le parasol dans la piscine, s'il ne se pressait pas un peu !

Après avoir enfilé un short, il sortit par la porte de la cuisine, allumant un projecteur au passage. Il replia d'abord le parasol, puis il le déposa à côté de la maison. Ignorant l'averse, il entreprit de mettre aussi les chaises à l'abri. Il croisa Amanda, qui se précipitait dehors.

— Rentrez vite ! cria-t-il.

Elle ne l'écouta pas. Une fois qu'il eut déposé les chaises dans le patio, il retourna sur ses pas et la trouva en train de traîner un gros fauteuil derrière elle. Il en saisit un bras et, ensemble, ils coururent vers le patio.

Dès qu'ils l'eurent reposé, Amanda gagna la cuisine, suivie de Lucius, qui claqua la porte derrière eux. Les cheveux mouillés d'Amanda encadraient son visage, de minuscules gouttelettes ornaient l'extrémité de ses cils. De ses yeux écarquillés, elle fixait la poitrine nue de Lucius.

En la voyant passer la langue sur ses lèvres, il sentit son sexe se dresser. La nuisette d'Amanda collait à son corps, soulignant ses seins ronds et moulant ses hanches.

Quand elle frissonna, Lucius revint brusquement à la réalité.

— Venez, dit-il en la prenant par la main.

Amanda ne discuta pas. Un éclair zébra le ciel pendant qu'il l'entraînait dans sa propre chambre. Une minute plus tard, ils étaient dans la salle de bains attenante. Il fit glisser la porte coulissante de la douche et régla le mitigeur.

— Déshabillez-vous.

Elle le fixa sans bouger. Posant la main dans son dos, il la poussa légèrement vers la cabine qui commençait à s'emplir de vapeur.

— Il faut vous réchauffer.

Dès qu'elle y fut entrée, il referma la porte.

— Il y aura une serviette à portée de main quand vous sortirez, dit-il.

En prenant une sur une étagère, il entreprit de se sécher les cheveux, puis il sortit très vite. C'était ce qu'il y avait de mieux à faire, s'il voulait respecter sa promesse.

Une fois dans sa chambre, il se changea, pressé de ramener Amanda dans sa propre chambre, de l'autre côté de la maison.

Mais quand elle parut sur le seuil de la pièce, le corps ceint d'une serviette, tous ses efforts pour réprimer son désir furent anéantis d'un coup.

Elle croisa son regard avant de balayer sa poitrine des yeux, puis elle s'aventura plus bas et sa bouche s'arrondit de surprise. Il devina qu'elle avait vu son érection, que le tissu léger de son short ne parvenait pas à dissimuler.

Amanda s'approcha de lui pour ne s'arrêter qu'à quelques centimètres. Le corps littéralement embrasé, Lucius ne bougea pas. Les membres raidis par l'effort qu'il fournissait pour ne pas la toucher, il haletait presque.

Se dressant sur la pointe des pieds, elle pressa sa bouche contre la sienne. Elle posa ensuite la main sur l'épaule nue de Lucius et taquina sa lèvre supérieure du bout de la langue avant de la mordiller délicatement.

Il la désirait depuis des jours, pourtant il voulait s'assurer qu'elle savait bien où tout cela allait les mener.

Il s'écarta et riva son regard aux prunelles vertes.

— Soyons clairs… Qu'est-ce que vous êtes en train de me dire, Amanda ?

— J'aurais cru qu'un homme aussi intelligent le saurait.

— Ça ne veut pas dire que je n'ai pas envie de l'entendre.

Elle laissa tomber la serviette par terre.

— Docteur West, je veux que vous m'entraîniez vers votre lit.

C'était l'invitation qu'il attendait.

L'attirant contre lui, il sentit ses lèvres pleines et douces sous les siennes. Avec un égal abandon, Amanda noua les bras autour de son cou et quand ses seins se collèrent contre sa poitrine, Lucius sentit son sexe durcir davantage encore. Il avait rêvé de cet instant, mais la réalité l'emportait nettement sur les fantasmes.

Il glissa sa langue entre les lèvres entrouvertes. Elle avait un goût de miel. Posant les mains sur sa taille, il caressa ses hanches avant de s'emparer de ses fesses.

À son tour, Amanda fit courir ses doigts sur ses épaules, ses bras et son ventre avant de s'arrêter sur la ceinture de son short. Une minute plus tard, elle faisait glisser le vêtement le long des jambes de Lucius.

Il traça un sillon de baisers sur sa joue, puis derrière son oreille, ce qui lui arracha un soupir de plaisir. Puis, il la fit pivoter et la poussa doucement vers son lit. Les yeux d'Amanda étaient brillants avec, peut-être, une pointe d'appréhension.

— Tu es magnifique, dit-il.

Il caressa les hanches voluptueuses, puis les seins ronds dont les pointes durcies réclamaient son attention. Il en prit un au creux de sa paume, puis happa un mamelon entre ses lèvres.

Amanda le récompensa par un long frisson.

— Ne bouge pas, chuchota-t-il. Je veux juste t'admirer et te goûter.

Passant à l'autre sein, il le taquina jusqu'à ce qu'Amanda glisse les doigts dans ses cheveux et l'attire plus près. Ses gémissements de plaisir résonnèrent dans tout le corps de Lucius.

Et puis, lentement, elle posa de nouveau les mains sur ses épaules et le poussa sur le lit.

— C'est mon tour, maintenant, dit-elle d'une voix rauque.

Il la regarda, tandis qu'elle s'allongeait près de lui. Elle commença par frôler sa poitrine, puis descendit plus bas… Fou de désir, Lucius caressa sa taille et ses hanches. Amanda avait une peau parfaite, douce comme de la soie.

Elle se concentra sur sa bouche, qu'elle dessina délicatement du bout de l'index. Tandis que la foudre zébrait le ciel et que l'averse martelait les vitres, ils échangèrent un long baiser ardent. Le tumulte qui régnait dehors semblait faire écho à celui qui ravageait son corps.

Ayant remarqué la passion d'Amanda, chaque fois qu'elle apprenait ou découvrait quelque chose de nouveau, il avait espéré que cette ardeur gagnerait la chambre à coucher. Mais l'effet qu'elle produisait maintenant sur lui dépassait ses rêves les plus fous.

Avec aucune autre femme, il n'avait eu une telle conscience de sa propre respiration, de la sensibilité de sa peau… Jamais il n'avait éprouvé un désir aussi intense. Elle avait ouvert une porte qu'il craignait ne jamais pouvoir refermer.

La mettant à son tour sur le dos, il observa la lueur qui s'allumait dans les prunelles d'Amanda quand il caressait ses seins, son expression d'anticipation quand il fit courir sa paume sur son ventre.

— L'une des choses que j'apprécie chez toi, murmura-t-il, c'est que je n'ai pas besoin de deviner ce que tu aimes ou non. Par exemple, tu aimes ça, dit-il en effleurant l'intérieur de ses cuisses.

En guise de réponse, elle écarta doucement les jambes et il glissa un doigt au cœur de sa féminité chaude et humide. Soulevant les hanches, Amanda gémit, ce qui porta l'excitation de Lucius à son comble. Tandis qu'il lui prodiguait la plus douce des caresses, il déposa des baisers sur le ventre d'Amanda, ses seins et sa bouche.

— Lucius…, gémit-elle, j'ai envie de toi.

— Je suis là.

S'écartant un instant, il prit un préservatif dans un tiroir de la table de chevet, le glissa sur son sexe et pénétra lentement Amanda.

Elle noua les bras autour de son cou, pendant qu'il s'enfonçait en elle, puis se retirait. Comme elle poussait un cri de frustration, il recommença. Elle noua ses longues jambes autour de sa taille pour mieux s'offrir à lui. La chaleur d'Amanda l'enveloppa et le retint un instant, puis il commença à bouger en elle tout en l'embrassant. Quelques secondes plus tard, elle adoptait le même rythme, oubliant toute retenue pour vivre intensément ces moments magiques. Vite, trop vite, il atteignit l'orgasme et laissa échapper un cri de plaisir, tandis qu'elle s'abandonnait en même temps que lui à un plaisir fulgurant.

Lucius se laissa retomber sur le lit, et ils restèrent longtemps enlacés, comblés, pendant que leurs respirations s'apaisaient peu à peu.

Amanda émergea lentement d'un merveilleux sommeil. Lucius était couché sur le ventre, un bras posé sur elle.

Elle écarquilla les yeux.

Qu'avait-elle donc fait ? se demanda-t-elle, comme elle recouvrait tout à coup ses esprits. Coucher avec Lucius n'était pas la meilleure des idées, mais il avait été tellement tentant, dans la cuisine, quand l'eau ruisselait le long de son torse ! Pourtant elle n'arrivait pas à croire qu'en sortant de la douche, elle avait laissé sa serviette tomber à terre…

Mais ce qu'elle avait partagé avec Lucius n'avait rien à voir avec ce qu'elle avait connu auparavant. En amant généreux, Lucius avait su comment et où la caresser… la goûter. Elle ne s'était jamais sentie aussi adulée, aussi désirée que lorsqu'il lui avait fait l'amour.

Elle regarda cet homme fort et sensuel. Dehors, la tempête avait passé, mais une autre tornade montait en elle. Elle avait encore envie de ses baisers… et plus encore.

Mais céder à cette impulsion aurait été une erreur, elle le savait.

Soulevant délicatement le bras de Lucius, elle sortit du lit.

— Où vas-tu ? demanda-t-il alors qu'elle parvenait devant la porte.

Elle sursauta avant de se retourner. La tête appuyée sur sa main, il l'observait avec attention.

— Dans ma chambre. J'ai pensé que tu préférerais dormir seul.

— Ah bon ? Qu'est-ce qui t'a fait penser ça ?

— Je ne…

Il s'assit sur le lit et le drap tomba sur sa taille, dévoilant sa large poitrine.

— Tu t'enfuis, Amanda ?

Elle se mordit la lèvre.

— Pas du tout !

— Alors, reviens près de moi.

Lucius la désirait toujours, elle le voyait clairement dans ses yeux, mais pour combien de temps ? C'était la grande question, mais pour l'instant, cela ne semblait pas très important. La chaleur, la faim, la promesse du paradis lui étaient offertes. Elle ne pouvait pas y renoncer… pas encore.

Elle s'approcha du lit.

— Et où veux-tu que je sois, exactement ?

Il tapota le lit, près de lui.

— Ici.

— Et si j'ai envie d'être ailleurs ?

La lueur de désir, dans les yeux de Lucius, s'était muée en incendie pendant qu'elle avançait nue dans sa direction.

— C'est ton droit. Je ne t'obligerai jamais à faire ce que tu ne veux pas.

Le cœur d'Amanda se gonfla. Lucius était un homme bon. Peu de gens avaient la chance de voir cet aspect de sa personnalité. Elle se sentait privilégiée et honorée de faire partie des élus.

Elle grimpa sur le lit et le chevaucha. Il écarquilla les yeux et, avec un sourire satisfait, elle remarqua son érection immédiate. Se penchant vers lui, elle prit les mains de

Lucius et les emprisonna au-dessus de sa tête avant d'offrir ses seins à sa bouche.

Elle se redressa juste assez pour qu'il ne puisse plus l'atteindre, puis se souleva légèrement au-dessus de son sexe dressé.

— Amanda…

L'instant d'après, ils entamaient une danse sensuelle qui les mena très vite au sommet du plaisir, qu'ils atteignirent dans un même cri.

Épuisée, mais comblée, Amanda se laissa aller contre la poitrine de Lucius et s'abandonna à une douce rêverie. Tandis qu'il lui caressait lentement le dos, elle sombra dans le sommeil.

Lucius aurait cru qu'entamer une journée de travail avec quelqu'un d'autre serait gênant, mais avec Amanda, c'était agréable. Il aurait aimé prendre sa douche en sa compagnie, mais il était certain que cela les aurait mis en retard.

De surcroît, ils s'étaient réveillés bien trop tard et elle s'était précipitée hors de sa chambre pour s'habiller.

Elle lui manquait déjà.

Elle avait été une amante généreuse et ardente. C'était ce qui lui plaisait, chez elle. Sa femme et ses autres conquêtes n'auraient jamais manifesté leur désir avec une telle audace.

Amanda rendait sa vie plus excitante, que ce soit au lit ou ailleurs. Et il avait fait ce qu'il s'était promis de ne pas faire avec elle. Amanda ne ferait que passer dans sa vie, comme toutes les autres. Il ne pouvait rien lui offrir, en dehors d'une brève aventure, et il ferait mieux de ne pas l'oublier.

Au centre, ils se remirent au travail comme d'habitude, mais quand il termina sa journée, il avait un grand sourire aux lèvres. Plus d'une personne lui fit remarquer combien il paraissait heureux.

Mais quand sa secrétaire lui fit savoir qu'Amanda souhaitait le voir, il s'interrogea sur ses sentiments envers elle. La perspective de passer du temps avec elle le réjouissait et, bizarrement, ce n'était pas seulement parce qu'il espérait passer la nuit avec elle.

— Faites-la entrer, s'il vous plaît.

Une minute plus tard, Amanda refermait la porte derrière elle et s'approchait du bureau.

— Salut. Je voulais juste te prévenir que l'administration a retenu une chambre d'hôtel pour moi, alors je vais m'installer ce soir. Ils n'ont pas pu me trouver un appartement dans un laps de temps aussi bref.

Lucius cessa de sourire. Amanda se comportait comme si elle se moquait bien de devoir quitter sa maison. Est-ce qu'il représentait aussi peu, pour elle ?

Se levant, il contourna la table pour lui prendre les mains.

— Tu sais que tu es la bienvenue chez moi aussi longtemps que tu le souhaites. J'ai cru comprendre que tu appréciais ma maison, ma piscine et ma vue… J'espère que je fais partie du lot !

Le visage d'Amanda se rembrunit.

— Je ne crois pas que ce soit une très bonne idée, Lucius.

— Pourquoi ?

— Parce que… tout ça ne peut pas bien se terminer. Nous n'attendons pas les mêmes choses de la vie et nous vivons très loin l'un de l'autre.

Elle avait raison. Ce qui s'était passé la nuit précédente avait été un bel interlude, mais ne serait bientôt plus qu'un souvenir.

— Je peux te conduire chez moi pour que tu prennes tes affaires et ensuite, t'amener à l'hôtel, proposa-t-il d'un ton faussement dégagé.

— Merci, Lucius.

Sur ces mots, elle s'en alla. Lucius resta planté là, à se demander pourquoi cet arrangement lui déplaisait autant. Il aurait dû se réjouir qu'Amanda s'en aille avant qu'il s'habitue trop à sa présence. Malheureusement, c'était déjà le cas.

Bien trop tôt à son goût, il la déposa à son hôtel, et l'aida à porter sa valise et ses coussins dans sa chambre.

— Bon, ce n'est pas trop mal, remarqua Amanda en regardant par la fenêtre. Évidemment, je n'ai pas ta vue, mais on ne peut pas tout avoir.

— Tu as dîné ?

— En fait… J'ai une grosse journée, demain, et je n'ai pas…

— … beaucoup dormi la nuit dernière, termina-t-il à sa place.

— C'est ça. Lucius, j'ai adoré le temps que nous avons passé ensemble, mais nous ne pouvons pas continuer.

Serrant les dents, il hocha la tête et se dirigea vers la porte. Il ne supporterait pas un instant de plus ce genre de platitudes. Pas quand il brûlait de prendre Amanda dans ses bras et de lui faire admettre que la dernière nuit méritait davantage que de tomber ainsi dans l'oubli.

— Je suis d'accord.

— Nous nous verrons au centre.

— Certainement.

Une minute plus tard, Lucius refermait la porte derrière lui. Jadis, il avait supplié en vain sa femme de rester, et il s'était promis de ne plus jamais recommencer.

Il ne supplierait pas Amanda de revenir sur sa décision.

Lucius ne la revit que deux jours plus tard. Elle lui avait manqué, tout comme lui avaient manqué ses railleries, les repas pris ensemble et même les moments de silence en sa compagnie.

Ce jour-là, elle présentait un cas clinique suivi dans son centre d'Atlanta. Elle était claire, précise et répondait sans hésitations aux questions qu'on lui posait.

Quand les gens quittèrent la salle, il s'attarda un instant dans l'espoir de lui parler. Il discutait avec un collègue lorsqu'elle vint finalement vers lui. Dès que son confrère fut parti, il se tourna vers elle.

Elle lui sourit et, aussitôt, le nuage suspendu au-dessus de lui s'évapora.

— J'ai appris que l'homme qui murmure à l'oreille des bébés a encore frappé, dit-elle. Toutes mes félicitations.

— Quoi ?

— La femme qui a bénéficié d'une fécondation in vitro, pendant ma première semaine au centre, est enceinte.

— Oui. Je suis content.

Il aurait voulu qu'ils abordent des sujets plus personnels, mais c'était mieux que rien. Elle l'observa un instant, comme si elle lisait en lui.

— Tu n'en as pas l'air.

— Je le suis, bien sûr, mais on se doit d'être prudent parce qu'on ne sait jamais si quelque chose tournera mal. Mais comme il s'agit de sa troisième tentative, je suis prudemment optimiste.

— Elle a un excellent médecin. Je suis sûre que tout ira bien, mais je suis désolée de ne pas rester pour la suivre.

C'est vrai. Amanda s'en va dans quelques semaines.

— Je demanderai à Nancy de te tenir au courant.

— Merci.

Une certaine gêne s'installa entre eux, pendant qu'ils se regardaient. Amanda fut la première à rompre le silence.

— Euh… Je ferais mieux d'y aller, maintenant.

Lucius hocha la tête, mais dès qu'elle s'éloigna, il ne put s'empêcher de la rappeler.

— Amanda ?

Elle se retourna.

— Oui ?

Il se rapprocha d'elle, pour que personne ne l'entende.

— Tu veux bien dîner avec moi, samedi ? J'ai deux billets pour un concert de jazz, à l'opéra.

— J'aimerais beaucoup, merci.

— Je passerai te prendre à l'hôtel à 19 heures.

— J'ai hâte !

Lui aussi. Bien trop, sans doute ! De retour dans son bureau, Lucius retint une table dans un restaurant romantique et tout proche de l'opéra. Cela faisait longtemps qu'il n'avait pas fait la cour à une femme et il espérait ne pas avoir totalement perdu la main.

Lorsqu'il arriva, Amanda l'attendait dans le hall de l'hôtel. Ses cheveux flottaient librement sur ses épaules et elle avait appliqué sur ses lèvres un gloss rose assorti à la couleur de sa robe. Avec ses petites ballerines ornées d'un nœud à l'extrémité, elle était ravissante.

Le cœur battant, Lucius sentit un flot d'adrénaline couler dans ses veines. Prenant la main d'Amanda dans la sienne, il la pressa légèrement.

— Tu es magnifique.

— Je n'avais aucune tenue appropriée, alors j'ai fait un peu de shopping cet après-midi.

— Tu es parfaite, affirma-t-il en lui tendant une rose. J'ai pensé qu'elle égaierait ta chambre. Je sais que tu as un vase.

— C'est vraiment gentil, dit-elle en humant la fleur. J'ai le temps de la mettre dans l'eau ?

— Bien sûr.

Lucius la suivit dans sa chambre.

— Je ne vois pas tes coussins.

— D'une certaine façon, ils n'étaient pas à leur place, ici.

— Mais tu te sens bien, dans cet hôtel ?

— Oui, très bien.

Après avoir posé le vase sur sa table de chevet, elle se tourna vers lui.

— Je suis prête !

Lucius avait trouvé un parking à la fois proche du restaurant et de l'opéra. Sachant qu'Amanda en serait ravie, il avait réservé une table près de l'eau. Il ne fut pas déçu.

— C'est génial ! s'exclama-t-elle.

— J'espérais que ça te plairait.

— Ce sera un super souvenir à emporter chez moi.

Ils dînèrent tout en parlant de leurs activités de la semaine.

— Je suis retournée à la piscine, annonça Amanda.

— Tu n'as pas croisé notre ami, le bébé calamar ?

— Non, mais j'ai été vigilante, répliqua-t-elle en riant.

Après cela, ils retrouvèrent leur complicité habituelle, qui avait tant manqué à Lucius. Trop vite, hélas, il fut temps de se rendre à l'opéra. Ils y allèrent tranquillement et sans se toucher, mais en gravissant les marches, il la prit par le coude.

Le contact de cette peau veloutée lui avait manqué, aussi. Il se revit en train de caresser sa hanche nue… Secouant légèrement la tête, il chassa cette image de son esprit.

— J'ignorais que tu aimais le jazz, remarqua Amanda quand ils furent assis.

— Mon père nous en faisait écouter, lorsque nous étions enfants. Mon ex-épouse trouvait que cela faisait bien, d'assister à ces concerts.

— Tu me parleras d'elle, un jour ?

Ce n'était pas le sujet favori de Lucius, mais ce qui s'était passé dans son couple n'était pas un grand secret : il avait été un mari déplorable.

— Nous pensions que nous étions amoureux, mais c'était faux. Je suppose que tous les divorcés en diraient autant.

— Vous avez été mariés combien de temps ?

— Trois ans. Trois ans de trop, je crois.

— Que s'est-il passé ?

— Je travaillais de longues heures. Le centre n'en était qu'à ses débuts, j'étais occupé à me forger une réputation et je la laissais seule trop souvent. Je suis en grande partie responsable de cet échec.

— Je te rappelle qu'il faut être deux pour qu'une union fonctionne.

— Peut-être. Mais à l'entendre, je ne m'intéressais qu'aux bébés d'autres femmes, au lieu de penser à fonder ma propre famille. Je pense que nous n'étions pas assortis. C'était une arriviste, prête à tout pour pouvoir briller en société, or j'ai peu de goût pour les mondanités. Je passais le plus clair de mon temps dehors, mais elle ne faisait rien pour me rendre la maison attrayante.

— Si bien qu'il valait mieux divorcer ?

— Oui. Mais ensuite, j'ai décidé que je ne revivrais jamais un tel fiasco. Mon travail passera toujours en premier, pas seulement parce qu'il est important, mais parce que c'est ce que je suis.

Il y eut un petit silence, rompu par Amanda.

— Pourtant, tu m'as invitée, ce soir.

L'arrivée des musiciens dispensa Lucius de répondre. Pendant le deuxième morceau, Amanda se pencha vers lui.

— C'est merveilleux, chuchota-t-elle.

Il lui prit la main et elle ne la lui retira pas.

Le concert se termina trop vite. Lucius aurait pu passer des heures, assis près d'elle et leurs doigts entrelacés, à écouter de la bonne musique. Il n'avait jamais ressenti un tel bien-être auprès de son ex-épouse.

Mais où cela pouvait-il mener ? Avait-il l'intention de la demander en mariage ? C'était impossible ! Son métier était trop exigeant et ce serait injuste, pour Amanda. Elle voulait certainement des enfants et une vie de famille stable qu'il ne pouvait lui offrir.

Résigné, il la raccompagna à son hôtel, malgré son envie de l'emmener chez lui… dans sa chambre.

Devant l'ascenseur de l'hôtel, il déposa un baiser sur sa joue.

— Bonne nuit, Amanda.

— Bonne nuit, et merci pour cette bonne soirée, Lucius.

— Il n'y a pas de quoi. Nous nous reverrons au centre.

Sur ces mots, il s'éloigna avec le sentiment que ses chaussures pesaient des tonnes.

Amanda monta l'escalier, le cœur lourd. Les derniers mots de Lucius avaient sonné comme si tout était définitivement fini, entre eux. C'était elle qui avait décidé de quitter la maison de Lucius, mais ce qu'ils avaient partagé lui manquait. Cela faisait cinq matins qu'elle se réveillait sans sentir son grand corps auprès d'elle.

Elle en avait assez !

Pourquoi se morfondre toute seule, alors qu'elle avait le

choix ? Tant pis si elle rentrait à Atlanta le cœur brisé. Il lui restait trois semaines, avant de repartir. Ce soir, elle avait clairement lu dans les yeux de Lucius qu'il la désirait toujours et si elle pouvait profiter de ces instants de bonheur un peu plus longtemps, alors pourquoi y renoncer ?

Avant même d'avoir atteint son étage, elle pressa le bouton du rez-de-chaussée. Lucius ne voudrait peut-être pas d'elle pour toujours, mais tant pis !

Elle demanda au gardien de nuit de lui appeler un taxi. Mais sur la route, elle se sentit de plus en plus nerveuse à mesure qu'elle approchait de la maison de Lucius.

Et s'il avait changé d'avis ? Elle passerait sa vie à regretter d'avoir agi avec autant d'impulsivité.

La voiture s'engagea dans l'allée et elle aperçut la maison, plongée dans l'obscurité. Est-ce que Lucius n'était pas rentré ? Était-il allé quelque part, après l'avoir quittée ?

De toute façon, elle ne pouvait pas reculer maintenant… Il fallait qu'elle sache.

Après avoir payé le chauffeur, qui démarra aussitôt, elle sonna à la porte et suivit des yeux les feux de position qui s'éloignaient dans la nuit. Les ferries circulaient-ils encore, à cette heure tardive ?

Pas de réponse. Elle sonna de nouveau.

Avait-elle mal interprété les gestes et les regards de Lucius, pendant cette soirée qu'ils venaient de passer ensemble ?

Comprenant qu'elle avait eu tort de venir, elle allait partir quand le porche s'alluma.

La porte s'ouvrit et Lucius parut sur le seuil, vêtu d'un short.

— Amanda ?

Tentant vainement de dissoudre la boule qui obstruait sa gorge, Amanda déglutit.

— Tu as dit que je pouvais venir contempler ta vue quand je voulais, non ?

7.

Amanda laissa échapper un soupir de soulagement quand Lucius lui prit la main pour l'attirer à l'intérieur.

— Tu aurais dû me dire que ma vue t'intéressait avant que je m'en aille. Je t'aurais ramenée en voiture avec moi.

— Je n'ai pas eu l'impression que tu en avais envie.

— Ah ? Eh bien, puisque tu es là, je vais me rattraper. Viens…

Il l'entraîna à l'arrière de la maison.

— Pourquoi les lumières sont-elles éteintes ? demanda Amanda.

— J'étais assis dehors.

Est-ce qu'elle devait y voir une signification quelconque ?

— Dans l'obscurité ?

— Je contemplais le port en regrettant que tu ne sois pas à mes côtés, dit-il en ouvrant la porte du patio.

Le cœur d'Amanda s'emballa. Elle lui avait manqué !

— Ah bon ?

— Je m'apitoyais sur mon sort.

Dans le patio, ils s'assirent l'un près de l'autre. Prenant la main d'Amanda, Lucius la caressa du pouce. Ils restèrent ainsi longtemps, en parfaite harmonie.

— Cette vue est magnifique, murmura enfin Amanda. Elle m'a manqué.

— À moi aussi.

Se tournant vers lui, elle constata que Lucius la regardait, non le port. Malgré la fraîcheur de l'air, elle sentit ses joues s'enflammer.

— Je suis content que tu sois venue, dit-il. Tu m'as manqué, toi aussi.

— Nous nous sommes quittés il y a à peine une heure et nous nous voyons tous les jours au centre.

— Exact, mais ce n'est pas la même chose. Si j'avais pu t'enfermer dans un débarras pour t'embrasser à perdre haleine, je l'aurais fait.

— Ça aurait été plutôt drôle, répliqua-t-elle en riant. Le respectable Dr West craquant pour une infirmière de passage, quel scandale !

— Cela m'est égal, du moment que tu es d'accord. Reste avec moi, Amanda, fit Lucius d'une voix rauque.

— Ce soir ?

Il porta la main d'Amanda à sa bouche et embrassa sa paume.

— Aussi longtemps que tu le souhaites.

Sur ces mots, il se leva et l'entraîna jusqu'à sa chambre. Près du lit, il la prit dans ses bras et l'embrassa. D'abord lent et tendre, le baiser se fit rapidement passionné, disant à Amanda ce qu'elle voulait savoir : qu'il tenait à elle, qu'il la désirait, qu'elle comptait pour lui.

Elle sentit une joie inconnue envahir tout son être. Elle avait toujours cherché cette connexion. Bien sûr, elle ne voulait pas tomber amoureuse de Lucius et avoir le cœur brisé. Même si elle l'aimait déjà et serait horriblement malheureuse en le quittant, elle ne pouvait pas renoncer à cet instant sublime… et à tous ceux qui viendraient ensuite.

— Tu es superbe, dans cette robe rose, dit-il, mais pendant toute la soirée, je n'ai pensé qu'à te l'enlever.

Amanda sentit un feu s'allumer entre ses jambes.

Elle s'empressa de satisfaire le souhait de Lucius. Se mettant à genoux, il posa les mains sous le bas de la robe et remonta le long de ses cuisses. Elle frémit d'anticipation, tandis qu'il se relevait pour finir de la déshabiller.

— Ravissant…

L'haleine de Lucius caressa les épaules d'Amanda pendant qu'il lui ôtait son soutien-gorge et caressait ses seins.

— Tu dis des choses vraiment gentilles, murmura Amanda, légèrement haletante.

— Dis ça à mes équipes. Je suis sûr qu'ils ne seront pas d'accord avec toi, répliqua-t-il en souriant.

— Parce qu'ils ne te connaissent pas comme moi.

Le soutien-gorge rejoignit la robe par terre. Lucius poussa un long soupir.

— Ta beauté m'a manqué, dit-il en frôlant un sein du bout de l'index.

Amanda frissonna quand il en effleura la pointe. Elle voulut le caresser à son tour, mais il s'agenouilla de nouveau et embrassa son nombril avant de faire glisser son slip le long de ses jambes.

Lorsqu'il posa les lèvres sur son ventre, elle lui agrippa les épaules.

— Lucius…

— Ta peau est si douce…

Passant ses doigts dans la ceinture du short, Amanda entreprit de déshabiller Lucius. Quand ce fut fait, ils roulèrent sur le lit.

Plusieurs heures plus tard, Lucius s'éveilla dès les premières lueurs de l'aube. Amanda endormie dans ses bras. La pluie martelait les fenêtres et selon la météo, il devait pleuvoir toute la journée. Il ne demandait pas mieux que de la passer au lit avec elle.

Elle remua doucement contre lui, réveillant aussitôt son désir.

— Il pleut, fit-elle d'une voix endormie.

— Oui.

Se tournant vers lui, elle lui caressa la poitrine.

— Si on trouvait quelque chose à faire, aujourd'hui ?

— Je pensais justement que nous pourrions rester là où nous sommes.

Autrefois, il n'aurait jamais fait une telle suggestion. Il serait allé au centre et aurait employé son temps au mieux.

— Ça me va très bien. Mais j'espère que tu fais allusion à la maison tout entière, parce que je prendrais volontiers une douche et j'aimerais bien manger quelque chose.

Il l'embrassa.

— Ça peut s'arranger. Tu peux te doucher avec moi et ensuite, je m'occuperai du petit déjeuner.

— Il faut qu'on aille récupérer mes affaires.

— Tu n'en as pas besoin aujourd'hui. Nous partirons plus tôt demain et nous passerons à l'hôtel avant d'aller au centre.

— C'est un bon programme, approuva-t-elle.

Un grand sourire aux lèvres, Amanda regarda Lucius faire une nouvelle longueur de bassin. Les derniers jours avaient été un pur délice, et elle n'aurait eu aucun mal à s'habituer à cette nouvelle routine. Le matin, elle se réveillait dans le lit de Lucius, dont les bras l'enveloppaient toujours. La plupart du temps, ils se douchaient ensemble avant le petit déjeuner, puis Lucius les conduisait au centre.

Il lui donnait un baiser rapide avant de sortir de la voiture. Ils n'essayaient pas de se cacher, sans afficher pour autant leur relation.

Parfois, ils se croisaient dans les couloirs. Lucius lui lançait un regard brûlant, empli de promesses. Et, plus d'une fois, il l'avait surprise en train de le fixer pendant une réunion.

Jamais elle ne s'était sentie aussi désirée, aussi appréciée.

Lucius effaçait toutes ses mauvaises expériences passées, pourtant elle avait bien conscience que cela ne pouvait pas durer. Mais une femme avait bien le droit de rêver, non ? Et le rêve était si doux qu'elle en acceptait les conséquences.

Il lui suffirait de continuer à vivre avec ses souvenirs, une fois de retour à Atlanta. Grâce à ce programme d'échange, qu'elle ajouterait sur son CV, elle se focaliserait sur sa carrière.

La première partie de la semaine avait été moins chargée que d'habitude, avec un seul accouchement, si bien que Lucius et elle n'avaient pas fait d'heures supplémentaires.

Quand elle le rejoignait dans la voiture, en fin de journée, il lui prenait aussitôt la main et l'attirait vers lui pour l'embrasser. Il agissait comme s'il n'était jamais rassasié d'elle.

Chaque soir, il lui proposait de dîner dehors, mais elle refusait, préférant préparer un repas pour eux deux. Ils mangeaient dans le patio pendant que le soleil disparaissait à l'horizon. Ensuite, ils se couchaient… Lucius était un amant attentif et généreux, qui accordait autant d'importance à son plaisir qu'au sien.

Le jeudi matin, le Dr Johannsson entra dans le box où Amanda venait d'examiner une patiente.

— Amanda, je crois que vous devriez assister à ma prochaine consultation. C'est un cas qui sort de l'ordinaire et nous devons en discuter cet après-midi, pendant la réunion.

— Vous m'intriguez, docteur…

Elle suivit le médecin jusqu'à la salle d'examen.

— La patiente présente une hypertension sévère, dit la praticienne. Lors de la dernière fécondation in vitro, effectuée par le Dr West il y a un an, elle a fait une grossesse extra-utérine avec hyperstimulation ovarienne modérée.

— Quand cette hyperstimulation a-t-elle débuté ?

— Pendant la seconde série d'injections.

Amanda hocha la tête. Cette femme ne semblait pas être une bonne candidate pour une nouvelle fécondation in vitro.

— Pour compliquer encore les choses, reprit le médecin, elle a un utérus inversé.

Le cas méritait en effet d'être examiné attentivement.

Amanda suivit le médecin dans la salle. Une femme au maquillage et à la coiffure impeccables attendait sur la table d'examen. Un homme en costume se tenait près d'elle.

— Bonjour, madame Moore. Ravie de vous voir, monsieur Moore, dit le Dr Johannsson en approchant. Je vous présente Amanda Longstreet, qui nous vient d'Amérique.

— Ravie de faire votre connaissance, dit Amanda.

— Amanda va vérifier vos constantes, madame Moore, dit le médecin avant de poser quelques questions au couple.

Prenant son stéthoscope, Amanda ausculta la patiente. Le rythme cardiaque et la respiration étaient normaux. Elle prit ensuite son pouls et sa tension, qui était élevée, mais dans les limites de la normale.

M. Moore quitta la pièce. Le Dr Johannsson mit des gants de plastique, puis elle s'assit sur un tabouret, à l'extrémité de la table.

— Voyons maintenant comment vous allez.

Au bout d'un moment, le médecin s'écarta.

— J'aimerais qu'Amanda vous examine aussi. Vous êtes d'accord ?

La femme hocha la tête.

Enfilant à son tour des gants, Amanda s'assit sur le tabouret. Quand l'examen fut terminé, elle se leva et ôta ses gants.

— Madame Moore, si cela ne vous ennuie pas, j'aimerais appuyer sur votre abdomen. Ce ne sera pas long.

— D'accord.

Amanda commença à palper la zone située sous le nombril.

— Dites-moi si je vous fais mal. J'ai compris que vous aviez eu des douleurs, dans le passé ?

— Oui.

Amanda recula d'un pas, de façon à voir le visage de la patiente.

— Et maintenant ?

— Ça va.

— Très bien. Merci de m'avoir permis de vous examiner, dit Amanda avec un sourire.

— Vous pouvez vous asseoir, madame Moore, intervint le Dr Johannsson. Je vais étudier les résultats de vos analyses et on se revoit bientôt, d'accord ?

De retour dans le couloir, le médecin se tourna vers Amanda.

— Est-ce que vous accepteriez de présenter ce cas, pendant la réunion de cet après-midi ? J'ai une autre obligation.

— Bien sûr.

Après coup, Amanda prit conscience que Lucius serait présent. Elle espérait qu'il serait fier d'elle.

Lucius s'assit au premier rang, face à l'écran de la salle de réunion, disposée à la façon d'un amphithéâtre. Il chercha Amanda du regard et la repéra sur la droite, parmi un groupe d'infirmières de la maternité.

Il savait qu'elle s'était parfaitement intégrée au sein du personnel, comme si elle était là depuis des années. Non seulement les gens l'appréciaient, mais ils admiraient sa conscience professionnelle et ses connaissances. Si elle décidait de rester, elle serait un atout pour le centre.

Cette idée le galvanisa. Mais il n'en avait pas parlé avec Amanda et elle n'avait reçu aucune proposition dans ce sens. Qu'est-ce qui pouvait lui faire croire qu'elle envisagerait même de s'installer à Sydney ?

Il la fixa pendant si longtemps qu'elle se retourna et croisa son regard, puis ils se sourirent. C'était exaltant, qu'une femme montre aussi ouvertement ce qu'elle ressentait pour lui.

Ces dernières semaines, sa vie avait changé du tout au tout – et dans le bon sens – grâce à elle. Il commençait à apprécier l'existence en dehors du travail et ne redoutait plus de rentrer à la maison, car il avait quelqu'un avec qui la partager. Il commençait même à avoir des heures de travail régulières...

Il savait bien qu'Amanda allait retourner chez elle, ce qui, bizarrement, lui offrait un filet de sécurité. En si peu de temps, il n'aurait sûrement pas l'occasion de tout gâcher. Il pouvait se permettre de lui donner ce dont elle avait besoin pendant quelques semaines... d'autant qu'il en avait besoin, lui aussi.

Le collègue qui présidait la réunion se leva et annonça :

— Amanda Longstreet va présenter le cas à la place du Dr Johannsson, aujourd'hui.

Faisant quelques pas, Amanda lui prit la souris des mains. Des données médicales s'affichèrent sur l'écran et elle commença à parler.

— Le Dr Johannsson et moi-même avons vu Mme Moore aujourd'hui...

Elle exposa le dossier de la patiente.

Lucius aimait sa voix, son accent délicieux. Il ne s'en

lassait pas, surtout quand elle criait son prénom, au moment de l'orgasme.

Regardant autour de lui, il constata qu'elle avait capté l'attention de tous. Elle avait un don, pour cela.

— Après un examen minutieux, j'ai découvert des cicatrices sur la paroi vaginale et un fibrome de la taille d'une balle de golf. Le Dr Johannsson estime que cette patiente n'est pas une bonne candidate pour une fécondation in vitro.

Lucius se redressa sur son siège.

— Je ne suis pas d'accord.

— Pourquoi cela ? demanda Amanda.

— Elle pourrait bénéficier de ma nouvelle procédure, qui a donné quelques succès.

— Malgré son hyperstimulation ovarienne ?

— Elle était modérée et il n'y a aucune raison pour que cela se reproduise.

Autour d'eux, l'assemblée restait suspendue à leurs lèvres.

— Et la grossesse extra-utérine ?

— Ce n'est pas inhabituel, lors d'une fécondation in vitro.

— Exact. Mais elle a perdu trois bébés, avant de s'adresser au centre. De plus, elle a un utérus inversé.

Se carrant dans son fauteuil, Lucius croisa les bras sur sa poitrine.

— Nous avons des solutions.

Amanda le foudroya du regard, visiblement contrariée.

— Oui, mais n'est-ce pas un peu risqué ?

— C'est exactement le type de femmes que nous devons aider. Nous offrons à nos patientes une chance d'avoir un bébé. Et je crois avoir les compétences requises pour le faire.

— Ce n'est pas la question. Je travaille à la maternité, et une femme qui a déjà connu des problèmes risque de perdre son bébé ou d'avoir des difficultés pendant l'accouchement. Il ne s'agit pas seulement d'implanter un embryon, mais de s'assurer qu'il arrive à terme. Les protocoles n'existent pas pour rien. Dans le centre où j'exerce, à Atlanta, Mme Moore ne serait pas une bonne candidate pour une fécondation in vitro.

Lucius ne répondit pas tout de suite.

— Si je me fonde sur mes connaissances scientifiques et mon expérience, je pense le contraire.

— Je ne suis pas d'accord. Parfois, on fait preuve de davantage de compassion en disant non qu'en recherchant la performance médicale.

Des exclamations de surprise jaillirent parmi l'assemblée... Elle avait osé le contredire en public !

Lucius tressaillit. Amanda sous-entendait-elle qu'il n'était intéressé que par son propre succès ? Il avait toujours pensé qu'il ne se focalisait que sur l'intérêt de ses patientes, mais se pouvait-il que son ego soit tout aussi impliqué ?

Le médecin qui présidait la réunion intervint :

— Je suis certain que le Dr Johannsson nous fournira d'autres données, à propos de cette patiente. Nous reverrons ce cas la semaine prochaine. Merci à tous pour votre participation...

En quittant la salle, Lucius vit que plusieurs infirmières entouraient Amanda.

— Je n'arrive pas à croire que tu aies parlé de cette façon au Dr West, disait l'une d'entre elles. Personne ne fait ça !

Malheureusement, il n'entendit pas la réponse d'Amanda. Les membres de ses équipes le croyaient-ils aussi inflexible ?

Lucius gagna son bureau sans avoir parlé à Amanda. À quoi ressemblerait la soirée, après cette discussion animée ?

Une heure plus tard, alors qu'il se dirigeait vers le parking, il reçut un SMS d'Amanda le prévenant qu'elle allait rentrer tard en raison d'un accouchement. Elle prendrait un taxi.

Il rentra chez lui, regrettant qu'elle ne soit pas près de lui. Il mangea un sandwich et fit quelques longueurs de bassin, puis il regarda la télévision dans la salle de séjour.

Dans la nuit, il entendit la porte d'entrée s'ouvrir, mais Amanda ne le rejoignit pas dans son lit. Inquiet à l'idée qu'elle lui en veuille, il traversa la maison et la trouva dans la chambre d'amis, déjà endormie.

Lorsqu'il se glissa sous les draps, auprès d'elle, elle ouvrit les yeux et se blottit contre lui.

— Je pensais que tu préférerais rester seul, après que j'aie manifesté mon désaccord en public.

— Aucun désaccord ne m'empêchera de te vouloir dans mon lit, murmura-t-il en l'enlaçant.

— Tant mieux.

Là-dessus, elle laissa échapper un soupir et se rendormit.

Amanda se réveilla dans les bras de Lucius.

— Salut, murmura-t-il en lui caressant la hanche.

— Salut, répliqua-t-elle avec un sourire. Tu m'as l'air bien grave, si tôt le matin.

— Je n'aime pas me disputer avec toi.

— Moi non plus. Et sache que je ne doute pas un instant de tes compétences. Je sais aussi que l'homme qui murmure à l'oreille des bébés ne peut pas aider tout le monde.

— Je n'aime pas ce surnom. Dans tout ce que je fais, je m'appuie sur la science. Je suis juste un médecin qui veut aider le plus de patientes possible.

Elle prit le visage de Lucius entre ses deux mains.

— J'en ai conscience. Tu es plus modeste que tous les gens que je connais, et tu es intègre. Malgré tout, tu en es venu à penser que tu devais assister toutes les femmes qui désiraient un bébé… Parce que tu as un grand cœur.

Amanda se tut brusquement et se leva d'un bond pour se précipiter dans la salle de bains.

— Tu ne te sens pas bien ? cria Lucius depuis le lit.

— J'ai dû manger quelque chose qui ne passe pas, cette nuit.

Lucius la rejoignit et se tint sur le seuil, visiblement inquiet.

— Je peux faire quelque chose pour t'aider ?

— Ça va aller, merci.

Prenant un gant de toilette humide, il le posa sur son front, puis il l'aida à se tenir sur ses jambes flageolantes et la soutint jusqu'au lit.

— Je vais appeler le centre pour dire que nous ne viendrons pas, aujourd'hui.

— Tu n'as pas peur que tout le monde se pose des questions ?

— Je m'en moque. Tout ce qui compte, c'est toi.

— Merci de prendre soin de moi.

Lucius déposa un baiser sur le front d'Amanda.

— Je vais t'apporter du thé et des biscottes.

Le cœur d'Amanda se gonfla de tendresse.

Lucius se montra très attentionné durant toute la journée. Il alla même chez un traiteur pour lui prendre une soupe au poulet. Elle aurait voulu manger dans la cuisine, mais il insista pour lui apporter un plateau.

Plus tard, dans l'après-midi, quand elle se réveilla d'une longue sieste, elle le trouva assis à son chevet.

— Tu sais que je ne suis pas à l'article de la mort ? plaisanta-t-elle.

— Et c'est tant mieux. Mais ça ne te fait pas de mal de ralentir le rythme pendant une journée.

— Si on regardait un film, ce soir ? Je te laisse le choix.

— C'est très généreux de ta part, puisque d'habitude tu as un avis très tranché sur ce qu'on doit voir ou pas.

Lucius s'étendit près d'Amanda et la regarda en souriant, le menton posé sur sa main.

— Si je comprends bien, cela ne t'ennuie pas qu'une femme ait ses propres opinions ? demanda Amanda.

— J'apprécie toutes les tiennes.

— Sauf quand je ne suis pas d'accord avec toi.

— Ne revenons pas sur le sujet. Je crois t'avoir dit que ça n'avait pas d'importance.

Le samedi, Amanda se sentit assez bien pour faire une promenade. Lucius lui tint la main en marchant et plus d'une fois, il fut le premier à parler aux personnes qu'ils croisaient.

Le soir, il prépara le dîner, insistant pour qu'elle ne mette pas les pieds dans la cuisine. Ensuite, il posa fièrement sur la table un saladier de macaronis au fromage. Amanda resta assise, admirant la souplesse de ses gestes, qu'elle avait déjà remarquée au travail.

Lucius était un homme extraordinaire, et il allait désespérément lui manquer, quand elle repartirait.

Le dimanche, elle n'était pas totalement remise, mais le temps fila à la vitesse de l'éclair, grâce à la présence de Lucius.

Dans l'après-midi, ils étaient allongés au bord de la piscine lorsqu'il annonça :

— Je prévois quelque chose de spécial, le week-end prochain.

— Où irons-nous ?

— C'est une surprise. Tu préfères que nous partions vendredi soir, ou samedi matin ?

— Vendredi soir, maintenant que tu as éveillé ma curiosité.

S'approchant de lui, elle l'embrassa dans le cou.

— Il y a une chance pour que je te convainque de me révéler notre destination ?

Lucius émit un petit rire.

— Pas la moindre, mais j'aime assez l'idée que tu essaies.

8.

Lucius n'avait jamais autant ri que durant cette semaine. Pour tenter de découvrir où il comptait l'emmener, Amanda avait utilisé toute une stratégie, qui aurait pu rivaliser avec des manœuvres militaires.

Rusé, il répondait toujours oui, quelles que soient ses questions.

Amanda déploya alors des trésors d'inventivité au lit. Dire qu'il était ravi aurait été un euphémisme.

Et un jour, elle se présenta à son bureau dans l'après-midi et verrouilla la porte derrière elle.

— Amanda ? Quelque chose ne va pas ?

— Oui. Je dois te parler.

— Il y a un problème ?

Elle s'approcha de lui, l'air très déterminé.

— Exactement.

— Quelqu'un a été blessé ? demanda-t-il en se levant.

— Quelqu'un *va* l'être, affirma-t-elle en contournant le bureau.

— Je ne te suis pas.

— Pour comprendre, il faut que tu sois assis.

Elle posa sa paume sur la poitrine de Lucius, puis elle le poussa légèrement pour qu'il se rasseye. Plaçant ensuite ses mains sur les bras du fauteuil, elle se pencha jusqu'à ce que leurs nez se touchent presque.

— Tu ne penses pas que tu devrais me dire quelque chose, maintenant ?

Lucius sourit largement… Il avait compris.

— Je ne vois pas, dit-il en fronçant les sourcils, comme pour réfléchir.

Elle l'embrassa sur la bouche… Un baiser profond, passionné, auquel son corps réagit aussitôt. Cette femme allait le tuer !

Amanda le chevaucha, plaçant le cœur de sa féminité contre son sexe palpitant.

— Il y a quelque chose que tu veux me dire, maintenant ?

Et faire cesser ces délicieux instants ? Pas question !

— Non…

Amanda se releva pour le toiser, un petit sourire aux lèvres.

— Je suis extrêmement fâchée contre toi.

La saisissant par la taille, il l'attira contre lui.

— Qu'est-ce que tu crois ? Tu penses pouvoir venir m'exciter et t'en aller comme ça ?

Il tira sur la ceinture élastique de son pantalon de travail.

— Arrête, Lucius ! Nous sommes dans ton bureau.

Mais malgré des protestations assez tièdes, elle abandonnait déjà son pantalon.

— Puisque c'est comme ça…

Lucius tendit la main vers son sexe, où il glissa un doigt. Laissant échapper un soupir, Amanda rejeta la tête en arrière et ferma les yeux. Quelques minutes plus tard, quand ses jambes ne la soutinrent plus, il l'attira contre lui et l'embrassa pour l'empêcher de crier.

— Défais ma ceinture, murmura-t-il à son oreille. J'ai besoin d'être en toi.

De ses mains tremblantes, elle fit ce qu'il lui demandait. Il n'eut pas à lui dire ce qu'elle devait faire ensuite. Si quelqu'un avait demandé à Lucius à quoi ressemblait le paradis, il aurait dit : à ce moment. Mais hélas, tout avait une fin.

Après leur brève mais fougueuse étreinte, il resta assis, plongé dans un état de félicité absolue. Du moins, jusqu'à ce que la sonnerie du téléphone le ramène à la réalité. Amanda voulut se lever, mais il la retint d'une main et décrocha.

— Oui ?

— On vous attend dans la salle de fécondation in vitro,

docteur, dit sa secrétaire avec une pointe de curiosité dans la voix.

— Dites-leur que j'arrive.

Amanda enfouit le visage dans son cou.

— Elle est au courant !

Lucius émit un rire léger, et Amanda lui décocha une petite tape sur l'épaule.

— Ce n'est pas drôle.

— Peut-être pas, mais je te ferai remarquer qu'au centre, on parle constamment de sexe. Nous dirons que nous procédions à une expérience.

Haussant les épaules, Amanda se leva et se retourna pour ramasser son pantalon. Comme il lui caressait les fesses, elle repoussa sa main. Souriant, il se rhabilla à son tour tout en la regardant rassembler ses affaires.

— Comment je vais faire pour l'affronter ? demanda-t-elle, les joues toutes roses.

— Si ça peut te faire plaisir, je vais l'envoyer ailleurs pour que tu puisses partir en douce.

— Tu ferais ça ?

— Je ferais n'importe quoi, pour toi.

Et c'était vrai !

— Donne-moi le temps d'aller en salle de transfert d'embryons, ensuite je l'appellerai pour lui demander de m'apporter un dossier. Profites-en pour aller dans la salle de bains et te remettre de tes émotions. À propos… tu es la bienvenue dans mon bureau quand tu veux !

Les yeux d'Amanda étincelèrent.

— À condition que tu me dises où tu m'emmènes ce week-end.

Éclatant de rire, Lucius gagna la porte. Sa secrétaire affichait un sourire entendu, mais il ne s'en soucia guère.

Il était heureux.

Amanda attendit le week-end avec une joie mêlée de tristesse. Elle se réjouissait que Lucius la conduise dans un lieu inconnu et elle avait adoré cette semaine de taquineries mutuelles… Surtout le moment passé dans son bureau.

Mais tout cela ne durerait pas, elle le savait pertinemment.

Le vendredi matin, elle éprouva un léger malaise qui passa rapidement et qu'elle attribua au fait qu'elle n'avait pas beaucoup mangé la veille.

Après maintes supplications, Lucius lui avait seulement dit d'emporter une jolie robe, un maillot de bain et les vêtements qu'elle portait d'ordinaire.

Parfois, il pouvait se montrer vraiment têtu !

Au centre, elle aurait pu danser de joie. Jamais personne n'avait pris soin d'elle comme Lucius. Auprès de lui, elle avait l'impression d'être spéciale, ce qu'elle n'avait jamais ressenti auparavant.

Après avoir vu sa dernière patiente, elle courut vers la voiture de Lucius. Ouvrant la portière à la volée, elle se laissa tomber sur le siège et l'embrassa.

— Tu es prête ? demanda-t-il en souriant.

— Oui. Est-ce que tu vas me le dire, maintenant ?

— Non.

— Allez, Lucius, je le saurai bien quand on y sera.

— Alors, tu peux attendre encore un peu, répliqua Lucius en démarrant.

— Tu es méchant !

Elle savait qu'elle s'exprimait comme un enfant qui, le soir de Noël, n'est pas autorisé à ouvrir son cadeau avant le lendemain.

— Ce n'est pas ce que tu disais la nuit dernière.

Prenant un air offensé, elle croisa les bras sur sa poitrine et regarda par la fenêtre. Elle adorait voir Lucius détendu. Et dire qu'elle l'avait trouvé coincé, au début !

Quand elle se réveilla, il faisait nuit et la voiture était arrêtée. Lucius était dehors, en train de parler à un homme en uniforme de portier qui enlevait leurs bagages du coffre.

Lucius ouvrit la portière.

— Tu veux sortir et voir où nous sommes ?

— Très drôle !

Il sourit… Elle aimait ce visage heureux.

— Je commençais à me demander si tu étais vraiment intéressée, vu que tu as dormi pendant tout le trajet.

— Où sommes-nous ?

— Dans une station balnéaire de la côte centrale, dit-il comme si cela expliquait tout.

Une fois sortie de la voiture, Amanda regarda autour d'elle. Le bâtiment était bas et moderne, niché au milieu d'une végétation luxuriante. Tout dans cet endroit respirait le luxe, depuis les orangers en fleurs du hall jusqu'à l'hôtesse élégante qui patientait à l'accueil.

Lucius et elle furent escortés jusqu'à un bungalow, où leurs bagages avaient déjà été apportés. Il consistait en une salle de séjour spacieuse, une chambre et un patio donnant sur l'océan. Amanda ne le voyait pas, mais elle percevait le bruit des vagues.

Après le départ de l'employé, Lucius se tourna vers elle.

— Comme il est tard, nous devrions dîner ici.

— Volontiers. Lucius… Cet endroit est extraordinaire.

— J'espérais que ça te plairait. Des connaissances m'en ont parlé.

Amanda sourit… Il n'y avait amené aucune femme avant elle !

Ils dînèrent dans le patio. Malgré sa longue sieste en voiture, Amanda avait hâte de se coucher. Elle demanda à Lucius de laisser les portes du patio ouvertes, pour qu'elle puisse entendre les vagues. Ils firent l'amour lentement et tendrement, comme si Lucius lui-même voulait que cela ne s'arrête jamais.

Le samedi matin, en se réveillant, Amanda s'étira dans le lit vide. Lucius était dans le patio, une tasse de café à la main. Elle prit le temps d'admirer ses larges épaules, ses hanches minces et ses jambes musclées, comme si elle voulait conserver précieusement ce souvenir.

— Tu es réveillée depuis longtemps ? demanda-t-il en se retournant.

— Assez pour profiter de la vue.

— Qu'est-ce que tu voudrais faire, aujourd'hui ? demanda-t-il avec un sourire.

— J'ai pensé qu'on pourrait commencer par une longue promenade sur la plage et ensuite, je prendrais ton corps d'assaut.

— Ça me paraît un bon plan. Qu'est-ce que tu dirais d'une séance de massage, après cela ?

Amanda s'étira de nouveau, si bien que le drap glissa sur sa taille. Le regard enflammé de Lucius se posa sur ses seins. Posant sa tasse sur la table de chevet, il se pencha vers elle. Le cœur d'Amanda battit la chamade, comme chaque fois qu'il manifestait son désir.

— Je propose un petit changement, dit-il. D'abord le lit et ensuite la promenade.

— Le nouveau plan comporte un petit déjeuner ?

— On verra…

Les lèvres de Lucius trouvèrent les siennes et elle lui ouvrit les bras. Cette journée s'annonçait sous des auspices encore plus merveilleux qu'elle l'avait imaginé.

On frappa à la porte. Lucius se leva d'un bond et enfila un short, puis il alla ouvrir et revint avec un plateau chargé de toasts, de fruits et de fromage. Il y avait aussi du thé et du café. De nouveau, ils mangèrent dans le patio.

— C'est merveilleux, dit Amanda. Tu me gâtes !

— C'est le but.

— Continue comme ça et je ne partirai jamais.

Pourquoi avait-elle dit cela ? Elle s'était promis de ne penser qu'à l'instant présent.

— À ce propos… Tu n'as jamais envisagé de rester au centre ? Nous avons toujours de la place pour les gens qui possèdent tes compétences.

Lucius lui demandait de rester pour des raisons professionnelles ?

— Je vais avoir la promotion que j'attends depuis longtemps, à Atlanta.

— On pourrait peut-être te faire une proposition équivalente ici.

Apparemment, il ne faisait toujours pas partie de l'équation… Amanda décida d'en avoir le cœur net :

— Dis-moi ce que tu veux, exactement.

— Tu vas me manquer, avoua Lucius avec un soupir.

Elle posa la main sur la sienne.

— Toi aussi. Mais nous nous croiserons peut-être à l'occasion de congrès. Le monde est petit, dans notre spécialité.

Elle ne pensait pas vraiment ce qu'elle disait. Mais pour l'instant, elle voulait seulement profiter de la présence de Lucius autant qu'elle le pourrait.

Le départ tout proche d'Amanda assombrissait les pensées de Lucius, surtout quand il n'était pas avec elle. Il l'avait amenée dans cette station balnéaire pour qu'ils puissent se concentrer l'un sur l'autre et oublier le centre.

Malgré tout, il n'avait pas pu s'empêcher de lui proposer un poste. Quelque chose lui disait qu'elle avait envie de rester, alors pourquoi avait-elle écarté cette possibilité ?

Ils se rendirent au spa pour leurs massages. Lucius apprécia ce moment, surtout parce que Amanda était près de lui. Le sourire qui illuminait son visage, ensuite, valait cet effort.

— Nous dînons dehors ce soir, lui dit-il. Mets ta robe rose, ou alors allons en acheter une à la boutique.

Le visage d'Amanda rayonna de plaisir.

C'était donc *cela*, faire plaisir à une femme ! Jusqu'alors, il avait été incapable de rendre son ex-épouse ou sa sœur heureuses. Y parvenir avec Amanda lui redonnait confiance en lui.

Au moment de quitter le bungalow, il sortit l'écrin qui contenait un bracelet orné de diamants roses.

— J'ai quelque chose pour toi…

— Lucius, je n'ai besoin de rien de plus. Cette journée a été géniale. Je n'ai jamais été aussi gâtée, répliqua-t-elle en agitant sa main aux ongles manucurés et vernis.

— J'ai vu ce bijou et j'ai pensé qu'il t'irait à merveille.

Amanda poussa un cri d'admiration.

— C'est magnifique. Oh ! Lucius, tu n'aurais pas dû !

— Pourquoi pas ?

Contrairement aux autres femmes qu'il avait rencontrées, elle n'attendait pas de cadeaux de lui.

— Parce que d'habitude, je ne vais nulle part où je pourrais porter quelque chose d'aussi beau.

— Mets-le ce soir, et s'il ne te plaît pas, je le rendrai.

— Sûrement pas ! protesta-t-elle en l'embrassant. Personne ne m'a jamais offert un bijou aussi splendide.

Il lui rendit son baiser.

— Rien n'est trop beau pour toi.

Ils dînèrent dans un restaurant de la station. Remarquant qu'Amanda touchait le bracelet à plusieurs reprises, Lucius sentit son cœur se gonfler de joie.

Ils dansèrent après le dîner et lorsqu'ils rentrèrent au bungalow, il commençait à pleuvoir. Amanda ouvrit aussitôt la porte du patio.

— J'adore le bruit de la pluie.

Après avoir allumé une bougie, qu'il posa sur la table de chevet, Lucius vint derrière elle et l'enveloppa de ses bras. Elle se blottit contre lui et ils restèrent ainsi pendant un long moment. Finalement, il la déshabilla, ne lui laissant que le bracelet, puis il la porta sur le lit. Leurs regards ne se quittèrent pas pendant qu'il s'écartait pour ôter ses vêtements.

Ils firent passionnément l'amour à la lueur de la flamme vacillante et au doux son de la pluie.

Le lendemain, ils passèrent encore une matinée paresseuse ensemble, et après le petit déjeuner, ils repartirent pour Sydney. À un moment, Lucius quitta la route principale.

— Où va-t-on ? demanda Amanda.

— Tu vas voir.

— C'est encore une surprise ?

Il sourit en la voyant toucher son bracelet.

— La meilleure de toutes.

— Je n'y crois pas ! Le week-end a été parfait. Tu as été parfait, dit-elle en posant la main sur la cuisse de Lucius.

Bientôt, ils arrivèrent devant un panneau sur lequel était inscrit : Billabong Park.

— On arrive dans un zoo ? demanda Amanda.

— Oui. J'ai pensé que tu aimerais voir des animaux qui vivent en Australie, et ce qui est bien, c'est que certains d'entre eux se déplacent librement. On peut même les toucher.

— Super !

Main dans la main, ils parcoururent les allées pavées. Ils virent des oiseaux, des crocodiles, des kangourous et des serpents, mais Lucius avait gardé le meilleur pour la fin.

— Viens de ce côté, dit-il en l'entraînant vers un petit abri.

— Pourquoi ?

— Fais-moi confiance.

Elle lui pressa légèrement la main.

— Toujours.

Le mot semblait plus lourd de sens que s'il s'était seulement agi de la direction à prendre.

Une femme en uniforme sortit de la cabane, un koala dans les bras.

— Qu'il est mignon ! s'exclama Amanda.

— Vous voulez le prendre ? demanda la femme.

— Je peux ?

— Bien sûr, intervint Lucius. Tu n'avais pas dit que tu voulais en tenir un, sur la plage ?

— Tu t'en souviens ?

— Je me souviens de tout.

Elle tourna vers Lucius un visage rayonnant.

— C'est la chose la plus gentille qu'on m'ait jamais dite.

S'approchant de la femme, Amanda prit le koala dans ses mains. L'animal se percha sur son bras et posa la tête sur son épaule. Un grand sourire aux lèvres, elle le caressa en lui adressant des mots doux, après quoi elle le rendit à la femme.

Elle déposa ensuite un baiser sur la joue de Lucius.

— Tu as fait ce détour exprès pour ça. Merci.

Décidément, cette femme l'avait ensorcelé, et sa vie ne serait plus jamais pareille, après son départ.

— Le zoo était sur notre chemin, dit-il en l'embrassant sur le front.

— Dites ce que vous voulez, docteur West, mais je sais que vous êtes un type hors du commun.

Ils arrivèrent à la maison juste avant la nuit. Lucius allait se coucher quand le téléphone sonna. À l'autre bout du fil, l'infirmière l'informa qu'on avait besoin de lui au centre.

Après avoir prévenu Amanda, il gagna sa voiture en toute hâte. Debout devant l'entrée, elle le regarda partir. Il savait qu'elle attendrait son retour.

Oui, ce serait compliqué, quand elle ne serait plus là.

Il ne leur restait que cinq jours, six heures et quarante-deux minutes, à partir de maintenant…

En se réveillant, Amanda ressentit une impression étrange au niveau de l'estomac. Une question qu'elle ne cessait d'écarter la tourmentait : s'agissait-il de nausées matinales ?

Impossible ! Lucius et elle s'étaient toujours protégés.

Elle laissa échapper un gémissement. Dans le feu de l'action, ils avaient été négligents à plusieurs reprises.

Jusque-là, elle avait mis ses malaises sur le compte d'une mauvaise digestion, mais il était temps de voir la vérité en face… et de faire un test de grossesse.

Elle profita de sa pause-déjeuner pour se rendre discrètement à la réserve, tel un agent secret en mission. Elle prit deux tests, pour être certaine d'obtenir une réponse fiable.

Elle se glissa ensuite dans une salle de bains de la maternité, sans être vue. D'une main tremblante, elle déchira l'enveloppe de cellophane, puis elle relut les instructions comme si elle ne l'avait jamais fait auparavant.

Enfin, elle procéda au test… Une ligne apparut peu à peu. Le cœur serré, elle vit que le résultat était négatif, mais quelques secondes plus tard il était positif.

Elle allait avoir un bébé !

Elle aurait menti si elle avait prétendu que la nouvelle ne la remplissait pas de bonheur.

Un bébé de Lucius !

Comment allait-il réagir ? Serait-il aussi heureux qu'elle ?

Ce bébé allait sérieusement compliquer la vie d'Amanda, mais quelle joie il allait lui donner !

Aurait-il les beaux yeux bleus de Lucius ?

Afin d'être absolument sûre, elle fit un second test… Positif, lui aussi.

Maintenant, il s'agissait de savoir comment elle allait l'annoncer à Lucius. Elle soupçonnait qu'une fois le choc passé, il finirait par partager le bonheur qu'elle éprouvait.

En fin d'après-midi, elle le retrouva dans sa voiture comme d'habitude. Au début, la conversation tourna autour des cas intéressants qu'ils avaient vus, mais elle aurait voulu crier qu'elle était enceinte.

Pourtant, elle devait attendre encore…

À deux reprises, Lucius dut répéter ce qu'il lui disait, parce qu'elle ne l'écoutait pas. Une fois rentrés, ils préparèrent le dîner ensemble. C'était le moment qu'elle préférait de toute la journée. Lucius lui tenait compagnie dans la cuisine et il semblait heureux.

Pourtant, elle décida d'attendre encore.

Après le repas, il lui proposa une promenade. Main dans la main, ils marchèrent ensemble. Pour un homme qui ne s'était jamais conduit de la sorte, elle remarqua qu'il semblait apprécier de saluer ses voisins. L'espace d'un instant, elle se vit en train de pousser un landau dans ces allées.

Ils allaient se coucher, quand Lucius sortit de la salle de bains et la trouva étendue, les yeux dans le vague.

— Quelque chose ne va pas ? demanda-t-il.

Posant la main sur son ventre, elle inspira profondément et murmura :

— Je suis enceinte, Lucius.

9.

Lucius la foudroya du regard.

— Comment est-ce possible ?

La question était presque risible, venant d'un médecin spécialiste de la fécondation.

— Tu es sûrement assez intelligent pour le deviner, répliqua Amanda.

— Ce n'est pas le moment de faire de l'humour, répliqua Lucius en commençant à faire les cent pas. Je sais bien sûr comment ça s'est passé, la question est de savoir *quand*.

— N'importe quel jour des trois dernières semaines…

— D'accord. Et… qu'allons-nous faire ?

— Ce n'est pas compliqué. Ce bébé va naître, je vais l'élever et l'aimer.

— Amanda, je ne crois pas que je ferais un bon père… ni un bon mari, d'ailleurs. Je suis sûr de ne pas être ce dont un enfant a besoin.

Cette fois, le malaise d'Amanda n'avait rien à voir avec sa grossesse. Ne comprenait-il pas qu'un enfant avait seulement besoin d'amour ? Elle l'avait vu avec les nourrissons, dans la nurserie, et il s'y prenait très bien. Il lui manquait juste un peu de confiance en lui.

— Si c'est ce que tu ressens, je me débrouillerai seule.

Lucius se passa les doigts dans les cheveux.

— Bien entendu, je t'aiderai financièrement.

Toujours aussi pragmatique…

— Je ne veux pas de ton argent.

— Qu'allons-nous faire, alors ?

En ce qui la concernait, il n'y avait pas de « nous ».

— Rien du tout. Je vais rentrer chez moi samedi et mon bébé naîtra huit mois plus tard.

Lucius pâlit et se remit à arpenter la pièce. Il s'immobilisa quand le téléphone d'Amanda se mit à sonner.

— Désolée, dit-elle, il faut que je décroche. Allô ? Oui, c'est Amanda. Je serai là dans un quart d'heure.

Elle raccrocha avant de se lever. Ce fut le moment que choisit son estomac pour se rappeler à son bon souvenir. S'agrippant au montant du lit, elle parvint à maintenir son équilibre.

Lucius se précipita vers elle.

— Tu vas bien ?

Elle leva la main.

— Je me suis levée trop vite, c'est tout. Je dois aller au centre. Le Dr Johannsson a pris un congé et elle n'est pas en ville. Le Dr Theodore était de garde, mais il a eu un léger accident de voiture et on ignore quand il pourra venir. Le Dr Maxwell est en route, mais une patiente qui attendait des triplés a choisi d'avoir des problèmes maintenant. Je dois l'examiner et j'aurai peut-être besoin de toi.

Un instant plus tard, ils roulaient en direction du centre. Les mains crispées sur le volant, Lucius jeta un coup d'œil à Amanda. Elle parlait au téléphone, une main posée sur son ventre. Elle protégeait déjà instinctivement son enfant.

Il savait qu'il n'avait pas été à la hauteur, durant les trente dernières minutes. Il n'arrivait pas à se voir en père, mais maintenant que l'idée avait fait son chemin, il éprouvait une sorte de fierté.

Amanda serait une excellente mère, mais ses propres parents ne lui avaient rien transmis dans ce domaine. Son père avait son travail et sa mère, ses livres. Kirri et lui avaient grandi seuls.

Il n'avait même pas été un bon mari !

En revanche, il pourrait s'assurer qu'Amanda et son enfant ne manquent de rien, qu'elle soit d'accord ou non.

Ils franchirent les portes de la maternité une demi-heure plus tard. Gagnant directement le vestiaire, ils se mirent en tenue.

Pendant tout le trajet, Amanda n'avait pas cessé de parler au téléphone avec les infirmières qui se trouvaient dans la salle d'accouchement. Apparemment, la situation avait empiré.

Pendant qu'ils se lavaient les mains, Amanda annonça :

— Le Dr Maxwell ne sera pas là avant une demi-heure. La patiente montre des signes de pré-éclampsie. L'un des bébés est déjà en détresse. Tu vas devoir faire une césarienne, parce que sinon, il ne s'en sortira pas. Même ainsi, ce n'est pas sûr. La mère est déjà en route pour le bloc. Je te retrouve là-bas, ajouta-t-elle en poussant les portes battantes d'un coup de hanche.

Quand Lucius arriva au bloc, des infirmières posaient un drap stérile sur la patiente. Les écrans clignotaient et les trois moniteurs de fréquence cardiaque émettaient leur bruit familier.

Amanda auscultait l'abdomen de la patiente et, à en juger par ses lèvres pincées, le pronostic n'était pas excellent.

Lucius adressa un signe de tête au mari, qui se tenait près de son épouse, dont il serrait la main, le visage crispé par la peur.

— Je suis désolé, monsieur, mais vous allez devoir sortir. Dès que les bébés seront nés et que l'état de votre femme sera stabilisé, vous pourrez revenir.

Visiblement soulagé, l'homme quitta le bloc.

Dès qu'Amanda eut terminé son examen, il prit un scalpel.

— Je vais faire l'incision et je m'occuperai de la patiente pendant que tu prendras en charge les bébés, dit-il à Amanda.

— D'accord. Je vais prendre en premier celui qui est en détresse.

Lucius se mit au travail. Moins de cinq minutes plus tard, Amanda tendit à une infirmière un nourrisson tout bleu. Lucius sortit le suivant et le passa à Amanda, qui le remit à une autre infirmière. Ce fut plus difficile pour le dernier et

Lucius dut manœuvrer pour le sortir. Après qu'Amanda s'en fut emparée, l'un des moniteurs se mit à biper.

— La tension artérielle baisse, annonça l'infirmière de bloc.

— Amanda, je vais avoir besoin de toi.

Il devait stopper l'hémorragie, sinon cette femme allait mourir.

Elle obtempéra immédiatement.

— Retire le placenta pendant que je commence le massage.

Il fallait faire ce dont l'utérus était incapable. En cas d'atonie utérine, les saignements pouvaient être très importants et engager le pronostic vital.

Amanda fit ce qu'il lui avait demandé, puis elle pressa sur le ventre de la mère.

— La tension remonte, annonça une infirmière.

L'hémorragie avait diminué, mais elle n'était pas entièrement stoppée.

— Continue, dit Lucius. On n'arrête pas tant qu'elle continue de saigner. Je veux deux unités de sang, tout de suite !

Amanda prit les deux poches des mains de l'infirmière. Très rapidement, elle perça la première avec le dispositif à perfusion, puis elle purgea et connecta le composant sanguin à la voie veineuse.

Au bout d'un temps qui parut trop long à Lucius, l'infirmière annonça :

— Les constantes sont stables.

Aussitôt, la tension, dans ses épaules, se relâcha.

— Je vais parler au père, dit-il. Il doit avoir besoin d'un valium, maintenant.

À sa place, il en aurait eu besoin, en tout cas. Son cœur se serra : il ne serait pas auprès d'Amanda, quand elle accoucherait. Il espérait seulement que quelqu'un d'aussi investi qu'elle l'assisterait.

Une demi-heure plus tard, le Dr Maxwell arriva finalement et Lucius se mit en quête d'Amanda. Il la trouva dans la nurserie, en train de bercer l'un des bébés qui venaient de naître. Elle le regardait, le visage empreint d'une expression angélique. Il était certain qu'elle aurait la même, quand leur bébé viendrait au monde, mais il ne verrait ni l'un ni l'autre.

— Tu es prête à rentrer, Amanda ?

Son cœur cessa une seconde de battre, car elle ne le regarda pas.

— Je te rejoins dans la voiture, dit-elle.

— D'accord.

Il s'éloigna, conscient qu'une conversation difficile l'attendait. Mais il n'avait pas changé d'avis et il devinait qu'Amanda non plus.

Cela faisait longtemps qu'Amanda ne s'était pas sentie aussi fatiguée. Cette grossesse pompait déjà toute son énergie. Tout ce qu'elle voulait, c'était prendre une douche chaude et se coucher.

En rentrant dans la maison, elle se dirigea vers la chambre d'amis.

— Bonne nuit, dit-elle. Ne te gêne pas pour aller seul au centre, demain, je prendrai un taxi.

Lucius ne répondit pas.

Le lendemain matin, le soleil brillait dans le ciel lorsqu'elle s'éveilla. Debout devant la fenêtre, elle contempla un instant le port, qui bourdonnait déjà d'activité. Cette vue allait lui manquer, mais pas autant que Lucius.

Elle soupira. Les quatre prochains jours, elle s'efforcerait d'accumuler de bons souvenirs.

Les larmes lui montèrent aux yeux, mais elle battit des paupières pour les chasser. Lucius était-il encore dans la maison ? Elle n'était pas prête à le voir. Elle risquait de le supplier… de quoi ? De lui permettre de rester pour qu'ils trouvent une solution ?

Posant les yeux sur la table de chevet, elle vit des biscuits et une boisson gazeuse. Elle sourit tristement. Même quand rien n'allait entre eux, Lucius se préoccupait d'elle.

En allant à la salle de bains, elle remarqua un creux, sur l'oreiller. Avait-il dormi là, cette nuit ?

Une heure plus tard, au centre, elle frappa à la porte de son bureau, puisque sa secrétaire n'était pas assise derrière sa table.

— Entrez.

Lucius parut surpris en la voyant, mais il ne bougea pas.

— Je voulais te dire que j'ai retenu une chambre d'hôtel, pour ce soir.

Il parut accablé, comme s'il n'avait jamais envisagé cette possibilité.

— Je voudrais que tu annules, dit-il. Il ne te reste que quelques jours et je suppose que nous pourrons supporter de rester sous le même toit.

Se levant, il contourna le bureau et vint vers elle, les mains tendues.

— Amanda, je voudrais que nous restions amis. Après tout, nous allons avoir un enfant.

— Moi aussi, mais je ne veux pas que tu te sentes mal à l'aise dans ta propre maison.

Elle n'avait pas envie de s'en aller, bien sûr ! Si cela n'avait tenu qu'à elle, elle serait restée auprès de lui toute sa vie.

— Ce ne sera pas le cas.

— Très bien. Merci.

Il ouvrit la bouche, comme pour dire quelque chose, puis il se ravisa. Pourtant, après un bref silence, il demanda :

— Tu veux bien qu'on parle, ce soir ?

— Bien sûr.

Mais elle appréhendait cette conversation, sachant qu'elle n'accepterait rien de moins que l'amour de Lucius.

Le soir, après le dîner, Lucius se surprit en train d'arpenter la salle de séjour, comme un lion en cage. Il voulait trouver un compromis qui puisse leur convenir à tous les deux, mais jusqu'à maintenant, Amanda avait repoussé toutes ses propositions.

Pour l'instant, elle était assise sur le canapé et elle n'avait pas modifié ses projets d'un pouce. Elle voulait quelque chose qu'il était incapable de lui donner. À force de l'arpenter, il allait finir par creuser un sillon dans le parquet !

— Reste ! insista-t-il. Tu te plais, ici. Je partagerai ma vue avec toi aussi longtemps que tu le voudras et on créera un poste pour toi, au centre.

— C'est tout ce que tu as à m'offrir ?

— Je ne comprends pas ce que tu veux dire.

— Ça ne m'étonne pas, dit-elle en souriant tristement. Ça ne peut pas marcher, entre nous. Tu es désolé, pour le bébé, et tu te sens responsable. Alors que moi, je n'avais pas prévu cette grossesse, mais j'en suis très heureuse. Ne t'inquiète pas, Lucius, tout ira très bien.

Sans lui ?

Elle ne lui aurait pas fait plus mal si elle lui avait donné un coup de poing.

— Je t'avertirai, quand il sera né.

— Par mail ou par SMS ? demanda-t-il sèchement.

Le visage d'Amanda se crispa.

— Je t'appellerai à la minute même où j'en serai capable, dit-elle d'une voix neutre. Je ne te cacherai jamais rien, à propos de notre enfant. Si je l'avais voulu, je ne t'aurais pas dit que j'étais enceinte.

Lucius eut l'impression que son cœur était pris dans un étau. Il ne se croyait pas du bois dont on fait les maris ou les pères, mais il voulait connaître son enfant.

Il attendit qu'Amanda lève les yeux vers lui.

— Tu ne peux pas m'écarter de lui. Lui ou elle doit connaître son père.

— Je ne ferais jamais ça.

— J'en suis sûr, mais je n'arrive plus à réfléchir.

Elle tendit la main vers lui sans le toucher.

— Tu le verras autant que tu le voudras.

— Je voudrais que tu reconsidères ta position et l'éventualité de t'installer ici.

Elle lui lança un regard suppliant.

— Tu ne peux pas tout contrôler, Lucius.

Il se leva d'un bond.

— Ce n'est pas mon intention !

— Tu contrôles le centre, ton travail. Tu as essayé de contrôler Kirri, mais elle s'est échappée et pour cela, il a fallu qu'elle aille à Atlanta. Tu t'efforces même de contrôler tes émotions.

Il sursauta, comme si elle l'avait frappé.

— Ton enfance avec ton père a affecté ta vision du monde, poursuivit Amanda, et elle est parfois déformée. Ton mariage a échoué, alors qu'on t'avait martelé que l'échec n'était pas envisageable. Mais il arrive qu'on ne puisse pas maîtriser les événements de notre vie.

Lucius la fixait, les mains sur les hanches.

— Tu penses que nous devrions nous marier, c'est ça ? Si cela peut te dissuader de partir, je suis prêt.

Se levant à son tour, Amanda se dirigea vers la fenêtre, les épaules légèrement voûtées.

— C'est une proposition que n'importe quelle femme voudrait entendre. Merci, Lucius, mais non merci !

— Désolé, je fais tout de travers.

Amanda secoua la tête, sans le regarder.

— Je ne crois pas que tu saches suffisamment ce que tu veux pour t'impliquer auprès du bébé ou auprès de moi.

Cela sonnait comme un verdict final.

— Ne fais pas de psychanalyse sauvage, tu veux bien ?

Amanda se tourna vers lui.

— Je te dis seulement les choses comme je les ressens. Je t'avertirai quand le bébé sera né et tu pourras le voir à ta guise. Il faut que tu réfléchisses à la façon dont tu souhaites t'impliquer. Tu seras peut-être surpris, quand tu réaliseras que tu *es* du bois dont on fait les pères. C'est quelque chose que je sais déjà.

— Comment ça ?

— Je te l'ai déjà dit. Je t'ai vu faire, à la nurserie. Tu sais quoi ? Ton secret est dévoilé : tu es un grand sentimental.

— Ça ne veut rien dire.

— Mais c'est un bon début. Nous n'avions pas projeté d'avoir un enfant, mais pour moi, ce n'est pas une erreur. Je l'aime déjà, c'est pourquoi je ne peux pas rester ici, être ta maîtresse et occuper le poste que tu créeras pour moi. J'ai aussi ma fierté, Lucius.

— Un peu trop. Tu t'es trop habituée à ton indépendance pour envisager d'accepter mon aide. Tu es persuadée que soit les hommes sont incapables de te donner ce dont tu as besoin, soit ils te déçoivent. Alors tu ne les laisses jamais approcher assez pour les laisser te prouver que tu te trompes.

— Ce n'est pas…

— Tu penses que nous sommes tous comme ton beau-père et tu nous repousses parce que tu es certaine que, de toute façon, nous t'abandonnerons.

— C'est faux !

— C'est ce que tu fais, maintenant. Tu t'en vas, sans même examiner d'autres options. Reste un peu, et nous verrons si nous trouvons une solution qui n'implique pas que le bébé et toi soyez à des milliers de kilomètres de moi.

— Est-ce que tu me le demanderais, si je n'étais pas enceinte ? Notre relation devait être de courte durée, tu te rappelles ?

— Nous en revenons au mariage, non ?

— Je n'en ai jamais parlé. C'est toi qui mets le sujet sur la table, mais là encore, tu ne l'aurais jamais envisagé s'il n'y avait pas le bébé.

La tête haute, elle se dirigea vers la chambre d'amis.

— Nous avons assez discuté pour aujourd'hui. Bonne nuit.

Interdit, Lucius la regarda s'éloigner. Il aurait voulu la suivre, mais ce n'était pas le moment. Il devait réfléchir et quelques longueurs de bassin lui feraient le plus grand bien.

Étendue dans sa chambre, Amanda entendait Lucius nager sans relâche dans la piscine. On aurait dit qu'il s'agissait pour lui d'une question de vie ou de mort.

Pourquoi ne comprenait-il pas qu'elle avait tenté de lui dire quelque chose d'important ? Qu'elle voulait son amour, et rien d'autre ? Qu'elle ne resterait pas à Sydney juste pour faire évoluer sa carrière ?

Pour un homme aussi intelligent, il manquait singulièrement de perspicacité.

Tout à coup, la porte de la chambre s'ouvrit doucement. Quelques secondes plus tard, le matelas se creusa auprès d'elle et Lucius la prit dans ses bras.

— Lucius…

— Chut. Endors-toi.

Il l'attira contre lui et elle posa la tête sur son épaule. Elle s'attendait à ce qu'ils fassent l'amour, mais il n'en fut rien. Il avait placé une nouvelle rangée de briques sur le mur qu'il érigeait entre elle et lui.

Elle ferma les yeux, mais fut longue à trouver le sommeil.

Lorsqu'elle se réveilla, le lendemain matin, Lucius n'était plus dans le lit. Il y avait des biscuits et une boisson gazeuse sur la table de chevet.

Après s'être préparée pour aller au travail, Amanda rejoignit Lucius dans la cuisine. L'air aussi malheureux qu'elle, il regardait dans le vide, une tasse de café à la main. Ses cheveux étaient en bataille, comme s'il y avait passé les doigts à maintes reprises. Elle brûlait d'envie de les lisser, mais elle n'était pas certaine qu'il le lui permettrait.

— Merci pour les biscuits, dit-elle en souriant faiblement.

— De rien. Je déteste que tu te sentes mal.

Les yeux bleus de Lucius avaient perdu leur éclat, et elle *détestait* cela.

Le reste de la journée se déroula sur le même mode. Ils se comportaient en colocataires, avec cette barrière, entre eux, qui lui semblait de plus en plus haute.

Plus d'une fois, Amanda se demanda si elle avait raison

de partir. Après tout, Lucius lui offrait tout ce qu'elle pouvait désirer… à part son amour.

Mais s'il décidait un jour qu'il ne voulait plus d'elle ? Dans l'intervalle, leur enfant et lui auraient tissé un lien très fort et elle ne pourrait plus repartir aux États-Unis.

Le vendredi, elle se sentit vraiment mal, et cela n'avait rien à voir avec sa grossesse. Le lendemain, elle allait prendre l'avion, sortir de la vie de Lucius et de ses bras.

Elle continua pourtant de travailler comme d'habitude, souriant quand il le fallait et tenant les propos appropriés, en vraie professionnelle.

Ce soir-là, le personnel avait organisé pour elle un pot de départ. Elle jeta un coup d'œil à Lucius. Il avait passé la dernière heure à la surveiller du regard, un verre à la main.

Tous les autres membres du personnel lui parlaient et elle en embrassa plusieurs. Elle promit à quelques-uns de rester en contact, tout en sachant qu'elle ne le ferait pas. Si elle voulait survivre, il lui faudrait tirer un trait sur cet épisode de sa vie.

Quand l'un des hommes la serra dans ses bras, elle remarqua que Lucius se raidissait. L'espace d'un instant, elle craignit qu'il ne vienne saisir le collègue par l'épaule pour le jeter loin d'elle. Rompant rapidement l'étreinte, elle se tourna vers quelqu'un d'autre.

Après la fête, Lucius l'aida à porter ses cadeaux dans la voiture.

— On dirait que tu as fait forte impression sur le personnel, dit-il.

— S'il te plaît, Lucius… C'est assez difficile comme ça.

Le trajet fut silencieux. Une fois arrivés dans le hall d'entrée, ils prirent deux directions différentes sans échanger un mot.

Amanda boucla sa valise, puis elle dîna. Dehors, Lucius faisait des longueurs de bassin.

Après sa douche, elle se mit au lit et resta allongée dans le noir. Lucius la rejoindrait-il, cette nuit ?

Son cœur battit la chamade quand la porte s'ouvrit. Un

instant plus tard, il la prenait dans ses bras. Se tournant vers lui, elle caressa sa poitrine.

— Lucius, j'ai besoin que tu m'aimes.

C'était l'invitation que Lucius semblait attendre, puisque sa bouche trouva aussitôt la sienne. Mais ce qu'elle voulait, c'était un amour qui vienne de son cœur, pas seulement de son corps.

Il ne comprenait toujours pas… ou il ne le voulait pas.

Le lendemain matin, Lucius la conduisit à l'aéroport. Là encore, ils se turent pendant le trajet. Tout avait déjà été dit.

Elle insista pour qu'il la laisse devant le dépose-minute. Il sortit sa valise du coffre et la posa près d'elle. Leurs regards se croisèrent. Voyait-il le chagrin et la déception, dans ses yeux ?

Amanda eut le sentiment qu'elle étouffait, comme si elle avait tout le poids du monde sur la poitrine.

— Au revoir, Amanda. Je vais attendre ton appel.

La voix de Lucius n'exprimait aucune émotion, comme s'ils étaient déjà devenus des étrangers l'un pour l'autre.

— Au revoir, Lucius. Je te souhaite tout le bonheur du monde.

Et tandis que son cœur explosait en un million de morceaux, elle lui tourna le dos.

10.

Au prix d'un énorme effort, Amanda empoigna sa valise et se dirigea vers les portes de l'aéroport. Toutes les fibres de son corps lui criaient de faire volte-face pour courir dans les bras de Lucius… Sauf qu'il ne les lui ouvrirait pas.

Elle savait qu'il se souciait d'elle et du bébé, mais c'est de son amour qu'elle avait besoin. Elle croyait même qu'il l'aimait à sa façon, mais il était incapable de le lui dire. Le comprendrait-il un jour ? Rien n'était moins sûr…

Au moment de l'embarquement, elle apprit qu'elle avait été surclassée. Du coup, son siège serait transformable en couchette. Elle ne doutait pas que Lucius soit à l'origine de cet arrangement. Il continuait de prendre soin d'elle à distance.

Elle parvint à réprimer ses larmes jusqu'à ce qu'elle soit installée dans l'avion. Ensuite, elle les laissa couler. Elle avait trouvé un vrai foyer et des amis, à Sydney. Ses collègues l'avaient même suppliée de rester. Elle leur avait promis de revenir, si elle en avait l'occasion, mais en réalité, ce serait trop douloureux.

Pendant le vol, plusieurs personnes lui jetèrent des regards inquiets. L'hôtesse lui demanda même si elle allait bien. Tout en essuyant ses larmes, elle lui assura que oui.

Épuisée, elle finit par s'endormir. Et quand elle se réveilla, il y avait des biscuits et une boisson gazeuse posés près d'elle. Lucius devait avoir donné des instructions…

Après l'atterrissage, elle prit un taxi pour rentrer chez elle. Il lui semblait être partie plusieurs années, et non quelques semaines. Bizarrement, c'était comme si son vrai foyer se trouvait à Sydney, désormais.

Assise sur son canapé, elle prit un coussin qu'elle serra contre sa poitrine. Elle avait dû laisser chez Lucius ceux qu'elle avait achetés. Est-ce qu'il les jetterait, après son départ ?

Elle avait pensé lui rendre le bracelet, mais finalement, elle en avait été incapable. Plus tard, elle le donnerait à sa fille, si elle en avait une. Et si c'était un fils, le bijou irait à son épouse.

Elle allait devoir se ressaisir, et vite ! Elle avait du courrier en retard, des courses à faire et une valise à vider. Elle devait aussi appeler sa famille.

Se complaire dans son chagrin ne servirait à rien.

Le lundi matin, Amanda se présenta au cinquième étage du centre médical et entra dans la maternité. La première personne qu'elle croisa fut Kirri West… maintenant Kirri Sawyer.

Elle n'avait pas anticipé cette rencontre avec la sœur de Lucius. L'estomac retourné, elle s'agrippa au comptoir de la station centrale.

— Eh ! Viens t'asseoir, dit Kirri en lui prenant le bras pour l'entraîner dans une salle d'examen. Tu te sens bien ? Je n'ai pas l'habitude que les gens tombent dans les pommes à ma vue.

Kirri était une très belle femme et Amanda était certaine que beaucoup d'hommes se retournaient sur son passage, du moins quand son mari, le Dr Ty Sawyer, n'était pas là.

— Un bassin !

Kirri lui tendit aussitôt une cuvette de plastique. Puis elle attendit qu'Amanda aille mieux pour lui demander :

— Tu nous as rapporté une sale bactérie d'Australie ?

Amanda n'était pas prête à lui dire qu'elle portait l'enfant de son frère. C'était à Lucius de le faire.

— Je vais bien, affirma-t-elle. J'avais peur que personne ne remarque mon retour, alors j'ai imaginé cette petite scène.

— Je peux t'assurer qu'on a tous remarqué que tu étais partie et on a de la chance que tu reviennes. Il paraît qu'ils voulaient te garder, à Sydney. Je veux que tu me racontes tout !

Par bonheur, le téléphone de Kirri se mit à sonner, dispensant Amanda de lui répondre.

— Je dois partir, dit son amie. Tu devrais manger quelque chose et y aller doucement, aujourd'hui, jusqu'à ce que ton organisme soit de nouveau adapté au fuseau horaire d'Atlanta.

— D'accord.

Au grand soulagement d'Amanda, Kirri s'éloigna rapidement. Elle prit quelques minutes pour récupérer, puis elle se mit au travail.

Le lendemain matin, Amanda se leva de bonne heure pour boire et manger quelque chose. Dans la journée, elle s'arrangea pour éviter Kirri et quand les gens lui posaient des questions sur l'Australie, elle se lançait dans un exposé aussi bref qu'élogieux.

Mais un jour, de bonne heure le matin, Kirri intervint dans un accouchement dont Amanda assurait le déroulement. Par malchance, son estomac décida de se manifester.

— Excusez-moi ! lança-t-elle avant de se précipiter vers la porte.

Quelques minutes plus tard, Kirri la rejoignit dans le vestiaire. Assise sur un banc, Amanda venait de sortir des toilettes et elle gémit en voyant son amie.

— Je commence à croire que je te rends malade, dit Kirri, ou bien qu'il te faudrait faire quelques analyses.

— Pas besoin. Je sais ce que j'ai.

— Tu veux m'en parler ?

— Je suis enceinte.

— Je suppose que ça s'est passé à Sydney. C'est quelqu'un que je connais ?

— Oui, assez bien, puisque c'est ton frère.

Kirri poussa un cri strident, puis, le choc passé, se mit à applaudir frénétiquement.

— Je vais être tatie ! Au téléphone, Lucius m'a dit que tu étais une infirmière exceptionnelle et brillante. De sa part, c'est un énorme compliment. Mais je ne savais pas qu'il s'était passé quelque chose entre vous. Il sait, pour le bébé ?

— Je le lui ai dit dès que je l'ai su, peu de jours avant mon départ, répliqua Amanda en fixant le sol.

— Et il t'a laissée partir ?

— Il ne voulait pas, mais il n'a pas dit le mot magique.

— Ça ne me surprend pas.

— J'aimerais autant que les autres ne soient pas au courant… Et je te serais reconnaissante de ne pas en discuter avec Lucius.

Kirri posa une main sur l'épaule d'Amanda.

— Tu l'aimes, non ?

— Énormément.

Elles ne parlèrent plus pendant quelques instants.

— Je ne lui dirai rien aussi longtemps que je le pourrai. Après tout, il s'agit de mon futur neveu ou de ma future nièce, et j'ai le droit de donner mon avis, surtout si les parents sont trop têtus pour mettre les choses au point.

Kirri pressa légèrement l'épaule d'Amanda avant de poursuivre :

— Quand Lucius aime, c'est profond et absolu. Il protégerait ceux qu'il aime jusqu'à la mort. Le problème, c'est qu'il n'exprime cet amour qu'à travers ses actes. Parfois, il m'est arrivé de faire la moitié du chemin, dans sa direction.

Le week-end suivant, Amanda retrouva sa mère dans un café situé dans Virginia Highland. C'était l'un des quartiers préférés d'Amanda. Les immeubles anciens avaient été rénovés et il y régnait une atmosphère amicale qui la détendait.

À sa vue, sa mère se leva et l'embrassa.

— Je suis si contente de te voir, ma chérie ! Comment s'est passé ton séjour en Australie ?

Cette simple question suffit à faire monter les larmes aux yeux d'Amanda.

— Assieds-toi, et raconte-moi.

Amanda obéit, et ensuite, elle se sentit mieux.

— Si je comprends bien, dit enfin sa mère en souriant, je vais être grand-mère ?

— On le dirait bien, répondit Amanda en posant une fois de plus la main sur son ventre.

Elles avaient fini leur repas, lorsqu'elle posa la question qui la tourmentait depuis si longtemps :

— Pourquoi mon beau-père ne m'a jamais aimée ?

Sa mère lui jeta un regard triste.

— Je suis désolée que tu aies eu cette impression. C'est en partie ma faute… Il t'aime vraiment, mais il n'a pas su te le montrer. Tu as pensé qu'il ne te traitait pas comme ton frère et ta sœur, mais le fossé n'était pas aussi large que tu l'imaginais. Il y a eu une époque, quand tu étais petite, où tu grimpais sur ses genoux, et vous étiez très proches. Et puis un jour, comme si une lumière s'était éteinte, tu l'as repoussé. Ensuite, la distance n'a cessé de grandir. Au début, il a essayé de se réconcilier avec toi, mais ça n'a pas marché.

— Je vous ai entendus vous disputer, au sujet de ma robe, pour le bal de la promo. Il ne voulait pas l'acheter.

— Il voulait en prendre une plus chère et je lui disais que nous n'avions pas les moyens.

— C'est vrai ?

— Bien sûr que oui !

— Maman, tu aurais dû me prendre à part et m'expliquer la situation.

— Nous avons cru que ton attitude était normale, pour une adolescente. Tu as toujours été très déterminée et on avait du mal à te faire changer d'avis, une fois que tu avais une idée en tête. Il nous restait à attendre que tu voies les choses différemment.

— Comme maintenant ?

Sa mère haussa les épaules. Amanda n'aurait pas pu être plus honteuse ou déçue d'elle-même.

— Tu penses qu'il acceptera mes excuses ?

— J'en suis sûre, ma chérie. Il n'est jamais trop tard pour dire à quelqu'un qu'on est désolé.

Le soir, dans son lit, Amanda évoqua le visage de Lucius, lorsqu'elle l'avait laissé devant la porte de l'aéroport. S'était-elle comportée envers lui comme avec son beau-père ? En jugeant la situation de son propre point de vue, en négligeant les arguments et les sentiments de Lucius ?

Un sanglot lui échappa.

Il devait la haïr. Elle était partie, enceinte de leur enfant, ne lui promettant rien de plus qu'un coup de fil après l'accouchement. Qui était-elle vraiment, pour quitter de cette façon l'homme qu'elle aimait ?

Elle aurait pu lui accorder quelques semaines, le temps qu'il parvienne à formuler ce qu'il ressentait. Mais elle avait préféré camper sur ses positions.

Est-ce que Lucius accepterait ses excuses ?

Si elle en croyait Kirri, Lucius montrait son amour par des actes plutôt qu'avec des mots. En ce cas, il était clair qu'il éprouvait des sentiments à son égard.

Simplement, il n'avait pas pu, pas su les exprimer.

Il avait peut-être raison, quand il avait évoqué sa peur de l'abandon pour expliquer le fait qu'elle n'avait jamais laissé aucune chance à un homme.

Mais c'était terminé, désormais ! Elle irait chercher ce qu'elle voulait… Lucius, un père pour son enfant et l'occasion unique de trouver le bonheur.

En quittant l'aéroport, Lucius était persuadé que laisser Amanda partir était la seule chose à faire. Il n'était pas l'homme qu'elle méritait, pas plus que le père qu'il fallait pour leur enfant.

En rentrant chez lui, il n'alla pas plus loin que la porte de la chambre d'amis. Dégoûté de lui-même, il fixa le lit. Chaque nuit, il était venu à elle, tel un drogué qui a besoin de sa dose. Ils avaient fait l'amour pour la dernière fois avec tendresse et maintenant, ce lit le narguait.

Les deux coussins d'Amanda étaient toujours là. D'une certaine façon, ils prouvaient que la rupture était définitive. Elle les avait laissés derrière elle tout comme elle l'avait laissé, lui.

Faisant volte-face, Lucius sortit de la maison et monta dans sa voiture. Il roula encore et encore. La destination importait peu, puisque ce qu'il voulait désespérément, c'était oublier.

Il faisait nuit lorsqu'il s'arrêta devant un petit hôtel, en bordure de l'autoroute. Il n'avait pas le courage de rentrer chez lui ce soir, et il craignait fort d'éprouver la même débâcle des sentiments une fois arrivé au centre.

Il devait pourtant reprendre le cours de sa vie. Il avait un métier à exercer, des recherches à poursuivre… Il avait le week-end pour se remettre.

Le lendemain soir, il retourna chez lui. Cette fois, il ferma la porte de la chambre d'amis, puis il gagna son bureau et lut ses mails avec l'espoir qu'il y en aurait un d'Amanda.

Peine perdue.

Par bonheur, la semaine suivante fut surchargée. Il parvint même à passer quelques heures sans penser à Amanda, quand il recevait des patientes. En revanche, il n'y arrivait pas quand il se retrouvait seul au laboratoire.

Un jour, il abandonna la lutte, complètement dégoûté.

Ça ne pouvait plus durer.

Les membres de son personnel commençaient à le regarder bizarrement et ils chuchotaient dans son dos quand ils le croyaient ailleurs. Certains semblaient avoir peur de l'approcher.

D'une certaine façon, il se faisait peur à lui-même. Il mangeait, il dormait sur un canapé ou dans une chambre d'amis… Du moins quand il dormait. Il redoutait d'aller au travail et il détestait rentrer chez lui.

Le week-end suivant, il décida de rendre visite à son père. Tout valait mieux que de rester seul à se morfondre. De toute façon, il allait le voir par devoir, non par amour.

Le dimanche matin, il conduisit pendant une heure et demie avant d'arriver à la maison de retraite luxueuse où vivait son père. L'homme qui avait été un personnage exigeant était amoindri physiquement, mais son esprit restait alerte.

Quand Lucius entra dans la chambre, il trouva son père adossé à ses oreillers, les yeux fermés. Le volume de la télévision était bas, comme si ce n'était qu'un fond sonore.

— Bonjour, père.

Le vieil homme ouvrit les yeux.

— Lucius.

— Comment allez-vous ?

— Comme d'habitude. Je suis coincé ici.

Jusqu'à cet instant, Lucius n'avait pas réalisé qu'il était venu dans un but précis.

— Est-ce que vous avez aimé ma mère ? demanda-t-il.

Son père battit des paupières et posa ses yeux délavés sur lui.

— Pas comme j'aurais dû.

— Pourquoi ?

— Parce que je n'ai pas su être un bon médecin, un bon mari et un bon père en même temps. C'est mon plus grand regret.

Cette constatation fut comme un coup de poing dans la poitrine de Lucius.

— En tant que médecin, j'ai accompli de grandes choses, poursuivit son père, mais dans le même temps, j'ai négligé ma femme et mes enfants. Et quand je l'ai compris, il était trop tard. Ta mère était dans son propre monde, tu étais un homme, et Kirri…

Il secoua la tête en soupirant.

Lucius fixait son père. Il n'aurait jamais imaginé avoir cette conversation avec lui un jour.

— Le travail ne tient pas chaud la nuit, reprit ce dernier. Il ne te sourit pas le matin et il ne te rend pas visite quand tu es devenu vieux, murmura-t-il avant de se réfugier dans une bienfaisante somnolence.

Lucius resta un instant assis, réfléchissant à ce que son

père venait de lui dire. Les fondations de sa vie venaient de s'effondrer.

Avait-il marché sur les pas de son père ? Pas seulement sur le plan professionnel, mais aussi dans sa vie privée, au point de repousser Amanda et leur bébé ?

Et si elle rencontrait un autre homme qui deviendrait son amant et le père de l'enfant ? À cette pensée, Lucius serra si fort les bras de son fauteuil que ses jointures blanchirent. C'était à lui de les protéger tous les deux, or elle se trouvait à des milliers de kilomètres parce qu'il était incapable de lui dire qu'il l'aimait !

La dernière nuit, elle lui avait demandé de l'aimer. Elle avait besoin de l'entendre dire combien elle était désirée et précieuse à ses yeux… et pas seulement physiquement.

Amanda était sa chance d'un amour vrai.

Et que lui avait-il proposé ? De changer de pays, d'abandonner le poste pour lequel elle avait travaillé si dur, de dormir dans son lit sans qu'il ne lui promette rien, et d'abandonner toute fierté !

Quel genre de fou égoïste se comportait de cette façon ?

Il voulait reconstruire sa vie avec Amanda à son côté.

Étendue sur la table d'examen, Amanda se préparait pour sa première consultation prénatale avec une excitation teintée de tristesse. Si la situation avait été différente, elle aurait partagé cet instant avec Lucius.

Elle ne doutait pas qu'il serait un père attentif et elle avait bien l'intention de lui en donner l'occasion. Dans deux jours, elle prendrait l'avion pour l'Australie et elle accepterait sa proposition de travail.

Il ne méritait pas que son enfant soit élevé aussi loin de lui. Si Lucius la voulait dans sa maison et dans son lit, elle était d'accord, maintenant qu'elle avait compris qu'il manifestait son amour par des actes.

À la fin de l'examen, l'obstétricienne déclara :

— Tu peux prendre l'avion. Je sais que tu bénéficieras

des meilleurs soins, en Australie, mais tu vas nous manquer. Habille-toi pendant que je remplis ton dossier.

Percevant des éclats de voix, dans le couloir, Amanda se tourna vers la porte.

— Tu veux que j'inscrive le nom du père ? demanda le médecin.

Juste à cet instant, la porte s'ouvrit à la volée et Lucius fit une entrée fracassante.

— Oui, elle le veut ! Docteur Lucius West.

— Lucius ! s'exclama Amanda, le cœur battant.

S'approchant d'elle, il lui prit la main.

— Comment va-t-elle ? demanda-t-il à l'obstétricienne.

Celle-ci souriait largement.

— Je suis ravie de faire enfin votre connaissance, docteur West.

Lucius hocha la tête sans quitter Amanda des yeux, comme s'il ne pouvait pas se lasser de l'admirer. C'était une impression très agréable.

— Elle va très bien, continua le médecin, et elle est prête à prendre l'avion.

— Vous en êtes sûre ? Prendre l'avion ?

Le visage de Lucius exprimait le plus grand trouble.

— J'ai fini, Amanda, dit l'obstétricienne. Tu peux te rhabiller.

Une fois l'obstétricienne partie, Amanda s'assit sur le bord de la table. Elle avait besoin de ses vêtements, pour soutenir la conversation qui allait suivre.

— Qu'est-ce que tu fais là ? demanda-t-elle.

Lucius lui offrit sa main pour l'aider à descendre. Dès qu'elle fut par terre, elle fila derrière le rideau.

— Pourquoi es-tu là ? demanda-t-elle de nouveau.

— À cause de mon cœur.

Elle craignit aussitôt qu'il soit malade.

— Qu'est-ce qu'il a, ton cœur ?

— Tu le possèdes. Je ne peux pas respirer, penser, travailler ou vivre sans toi.

Le souffle coupé, Amanda ne répondit pas. Est-ce qu'il voulait vraiment dire ce qu'elle espérait ?

— Tu n'es toujours pas habillée ? demanda Lucius.

— Pas complètement.

— Je te préfère déshabillée, de toute façon, dit-il en écartant le rideau et en l'embrassant comme s'il ne voulait plus jamais la laisser partir.

Amanda était au paradis. Prenant le visage de Lucius entre ses mains, elle lui rendit ses baisers avec une sorte de frénésie.

— Je t'aime, Amanda. Je t'aime.

— Et je t'aime de tout mon cœur, moi aussi.

On frappa à la porte et Kirri entra dans la pièce.

— J'ai entendu une rumeur selon laquelle un célèbre médecin australien avait fait un scandale et je suis venue voir qui ça pouvait être. Imaginez ma surprise, en apprenant que c'était mon frère !

Elle s'approcha de Lucius et l'embrassa affectueusement.

— Salut, Amanda, je suis contente de voir que cette tête de mule est finalement arrivée ! Je comptais lui donner encore une semaine, et ensuite j'aurais trahi ma promesse pour avoir une petite conversation avec lui.

Réduite au silence, Amanda restait immobile.

— On vous attend demain à dîner, continua Kirri. Toute la famille de Ty sera là.

À entendre Kirri, une rencontre avec la famille Sawyer était un bonheur qu'elle voulait partager.

— À demain, donc, dit-elle. Je vais être tatie ! Je vais être tatie ! chantonna-t-elle en quittant la pièce.

Amanda finit de s'habiller sous les yeux de Lucius, dont le regard exprimait l'intensité de son désir. Un instant plus tard, ils roulaient en direction de chez elle dans la voiture qu'il avait louée.

Main dans la main, ils entrèrent dans l'ascenseur. Dès que les portes se fermèrent, Lucius attira de nouveau Amanda contre lui et l'embrassa avec fougue.

Dès qu'il eut franchi le seuil de chez elle, Lucius regarda autour de lui.

— J'aime bien ton appartement. Il te ressemble.

— Il n'a pas une vue comme le tien.

— Il t'a, toi, et c'est ce qui fait la différence.

Prenant la main d'Amanda, il l'entraîna vers le canapé.

— Il faut qu'on parle.

Dès qu'elle fut assise, il prit place auprès d'elle, mais suffisamment loin pour voir son visage tout en lui tenant les deux mains.

— Amanda, je me suis conduit comme un imbécile et j'en suis désolé. Après ton départ, tout ce qu'il y avait de merveilleux dans ma vie a disparu. J'allais permettre que mon fils ou ma fille grandisse à des milliers de kilomètres de moi parce que je n'étais pas fichu de te dire que je t'aimais. Or je t'aime de tout mon cœur.

— Lucius…

— Laisse-moi finir. J'ai toujours cru, à cause de mon mariage raté, que ma vie ne pourrait plus changer. Et puis tu as débarqué, avec tes plaisanteries, ton sourire et ta façon optimiste de voir les choses. Le problème, c'était que j'avais peur. Peur de t'aimer et que ce ne soit pas réciproque. Peur de te perdre, aussi.

— Cela n'arrivera jamais.

— Je ne pouvais pas supporter de vivre sans toi. Tu es ma vie, c'est toi qui fais briller le soleil le matin et la lune le soir. Et j'ai quelques points à éclaircir : si je devais choisir entre le bébé et toi, ce serait toi ; entre le centre et toi, ce serait toi ; entre la médecine et toi, ce serait toi. Et s'il faut m'installer à Atlanta, je le ferai. C'est *toi* que je veux…

Amanda jeta ses bras autour du cou de Lucius.

— Moi aussi, je te veux, mais je préférerais te le dire dans ma chambre, ajouta-t-elle en se levant.

Un large sourire aux lèvres, Lucius la suivit jusqu'à son lit.

— Tu m'as tellement manqué !

Sur ces mots, elle lui offrit ses lèvres, tandis qu'elle lui arrachait sa ceinture.

Plus tard, dans l'après-midi, Lucius tenait Amanda dans ses bras. Étendus sur le lit, ils parlaient, puis ils s'embrassaient, puis ils parlaient de nouveau.

Pour la première fois de sa vie, Lucius était pleinement heureux. Amanda serait toujours à son côté pour le soutenir. Rien d'autre n'avait d'importance et tout le passé était effacé, puisqu'il repartait de zéro.

— J'ai vu mon père, l'autre jour.

Amanda se tourna vers lui.

— Et que s'est-il passé ?

— Il m'a énormément surpris en me disant avoir appris trop tard que le travail n'était pas tout. Il regrettait d'avoir négligé sa famille, ce qui m'a fait réfléchir.

— Je lui en suis très reconnaissante.

— Mon père et moi, nous ne serons jamais proches, mais mon enfant saura que je l'aime et que je suis fier de lui, quoi qu'il fasse.

— J'en suis certaine, parce que auprès de toi, je me sens très aimée. J'ai eu une révélation, moi aussi. En déjeunant avec ma mère, j'ai appris que mon beau-père n'est pas ce que je croyais. Il m'aimait, mais c'est moi qui l'ai repoussé. Je suis allée le voir le week-end dernier, pour m'excuser.

— Ça n'a pas dû être facile. J'aurais voulu être avec toi.

Amanda l'embrassa.

— Tu es gentil, mais tout s'est bien passé…

— N'aie pas l'air si surprise, répliqua Lucius en souriant.

— Je ne le suis pas… promis ! Les choses se sont arrangées, avec mon beau-père. Ce n'est pas parfait, mais à l'avenir je ferai la moitié du chemin.

— On ne peut pas t'en demander davantage. Dis-moi, je voulais te demander… Tu comptais prendre l'avion ? Mais pour aller où ?

— À Sydney.

— À Sydney ?

Amanda se mit à rire.

— Oui… Tu sais ? Là où tu habites. Je retournais vers toi.

Lucius écarquilla les yeux.

— Ah bon ?

— Oui. J'avais décidé que même si tu ne disais pas que tu m'aimais, tu me l'avais déjà montré de toutes les façons possibles. J'avais tort d'exiger de toi que tu sois ce que tu n'es pas.

— Donc, je me suis déplacé pour rien ? fit Lucius avec un sourire malicieux.

— Je peux te dédommager, si tu veux, dit Amanda en l'embrassant.

Les bras de Lucius se refermèrent sur elle…

Longtemps plus tard, alors qu'ils étaient comblés, Lucius posa la main sur le ventre d'Amanda.

— Je t'ai acheté un koala en peluche. Il est dans mon sac. Tu aurais vu la tête des douaniers !

— Je le partagerai avec le bébé. J'ai déjà tout ce que l'Australie pouvait m'offrir.

Lucius déposa un baiser derrière son oreille.

— Tu voudrais une fille, ou un garçon ?

— Peu importe, pourvu qu'il ou elle ait tes yeux bleus.

— Je me demandais si tu accepterais de devenir Mme Lucius West. Je t'aimerai pour l'éternité.

Les yeux brillants de larmes, elle déclara :

— Oui, j'adorerais être ta femme. Ça, ton amour et notre bébé, c'est tout ce dont j'ai besoin pour être pleinement heureuse.

BLANCHE

HARLEQUIN

Retrouvez en octobre 2020,
dans votre collection

BLANCHE

Ce héros inattendu, d'Alison Roberts - N°1506

Grand, ténébreux, viril. Voilà les mots qui viennent à l'esprit de Kelly lorsqu'elle fait la connaissance d'Ari Lawson. Or, sous ses airs de mauvais garçon, cet homme cache une vraie sensibilité. N'a-t-il pas embrassé la carrière de sage-femme, une spécialité si rarement choisie par la gent masculine ? À mesure qu'elle le fréquente, Kelly sent naître pour Ari des sentiments troublants… et interdits. Car tous deux se doivent de garder leur relation professionnelle !

Le rival de son cœur, d'Annie Claydon

Depuis l'échec de son mariage, le Dr Anna Caulder se protège des affres de l'amour. Pourtant, au contact de son confrère Jamie Campbell-Clarke, elle sent les battements de son cœur redoubler… Leur rivalité, leurs joutes verbales, cette connexion entre eux est si intense qu'elle a soudain envie de baisser les armes. Mais peut-elle avouer ses sentiments à Jamie, sans lui révéler son secret ?

Conquise par le Dr Cardoza, de Tina Beckett - N°1507

SÉRIE : UN ÉTÉ À SAO PAULO - 3/3

Kinésithérapeute de talent, Amy est invitée à séjourner trois mois dans le plus prestigieux hôpital de Sao Paulo. Très vite, elle est séduite par le Dr Roque Cardoza, directeur du *Paulista*, et se prend à rêver d'une aventure entre ses bras. Comment espérer davantage, alors qu'elle doit bientôt rentrer en Floride ? Hélas, Amy est cruellement déçue car, alors même qu'il semble attiré par elle, le très secret Roque Cardoza s'obstine à garder ses distances…

Idylle à Hawaï, de Julie Danvers

Honolulu. La mer, le soleil, le sable… Voilà le nouveau cadre de vie du Dr Kat Murphy ! Abandonnée au pied de l'autel par son fiancé, licenciée du jour au lendemain, elle avait grand besoin de retrouver confiance en elle, aussi ce poste à l'hôpital général d'Oahu est-il une chance inespérée. Mieux encore, sa rencontre avec Jack, son sublime collègue, a de quoi alimenter ses rêves de bonheur. Hélas, il serait imprudent de s'attacher à cet homme rétif à toute forme d'engagement…

Leur mission : sauver des vies.
Leur destin : trouver l'amour.

HARLEQUIN
www.harlequin.fr

Chirurgienne et princesse, de Karin Baine - N°1508

La princesse Kaja est bouleversée. Il y a cinq ans, elle a dû quitter le Dr Seth Davenport, chirurgien tout comme elle, pour remplir ses obligations royales. Et c'est un crève-cœur de retrouver au palais d'Alderisi cet homme qu'elle a tant aimé, accompagné d'une petite fille dont elle n'est pas la mère... Bien malgré elle, les regrets l'assaillent, dévastateurs. Se pourrait-il qu'elle ait commis l'erreur de sa vie, en faisant passer son devoir avant son bonheur ?

Le retour d'un époux, de Sue MacKay

Cole est de retour. Longtemps, Vicki a ardemment souhaité découvrir son mari sur le pas de leur porte. Mais il est trop tard. Médecin dans l'armée, celui-ci lui a tant manqué qu'elle a fini par le quitter, désespérée par sa solitude. Alors qu'elle essaye depuis des mois de se reconstruire sans Cole, le revoir la bouleverse au plus haut point, car Vicki l'aime encore... Sera-t-elle assez forte pour lui résister, alors qu'il ne lui cache pas son intention de la reconquérir ?

Un irrésistible médecin, d'Amalie Berlin - N°1509

Si Imogene a accepté ce poste d'infirmière dans un cabinet médical perdu dans les Appalaches, c'est uniquement pour rendre service à sa meilleure amie. Et elle n'y restera que six mois ! Mais, lorsqu'elle rencontre son nouveau patron, le Dr Wyatt Beechum, elle tombe sous le charme. À tel point qu'elle, la voyageuse infatigable, pourrait presque s'imaginer poser enfin ses valises au côté de cet homme. À condition qu'il partage ses sentiments....

Un véritable mariage d'amour, de Lilian Darcy

Excédée d'être délaissée par son mari, médecin à l'hôpital, Alicia décide de partir. Elle est toujours folle amoureuse de lui, mais est convaincue que ses sentiments ne sont plus réciproques. Alors, quand quelques semaines plus tard elle le voit frapper à sa porte et lui promettre de tout tenter pour la reconquérir, elle est stupéfaite. Même si elle en meurt d'envie, peut-elle de nouveau le croire ?

Leur mission : sauver des vies.
Leur destin : trouver l'amour.

HARLEQUIN
www.harlequin.fr

BLANCHE

HARLEQUIN

Un nouveau bonheur pour Samantha, d'Amy Ruttan - N°1510

Samantha n'a qu'une hâte : commencer sa nouvelle vie d'infirmière des airs à Thunder Bay, au côté de son fils, Adam, qu'elle élève seule depuis la disparition de son mari. Mais, pour cela, il faut d'abord qu'elle s'acquitte d'une dernière mission : former George Atavik, son stagiaire. Sauf que, dès qu'elle pose les yeux sur ce dernier, un curieux trouble s'empare d'elle, comme si son cœur dégelait après un trop long hiver…

Un chirurgien à apprivoiser, de Melanie Milburne

Quand Jemina apprend que le Dr Alessandro Lucioni est le tuteur de la petite Claudia, une de ses élèves, elle est sous le choc. Car il n'est autre que l'homme qu'elle a follement aimé, cinq ans plus tôt, avant qu'il lui brise le cœur. Or ces retrouvailles imprévues ne se déroulent pas comme l'imaginait Jemina : au lieu d'ignorer froidement Alessandro, elle ne peut s'empêcher de fondre à nouveau sous son regard sombre…

Leur mission : sauver des vies.
Leur destin : trouver l'amour.

HARLEQUIN
www.harlequin.fr